二哈和他的白猫師尊

바보 허스키와 그의 흰 고양이 사존

二哈和他的白猫師尊

바보 허스키와 그의 흰 고양이 사존

육포부출육 장편소설

9권

BLab

목차

218장 교산, 함께 싸우는 동료

묵연은 말이 없었다.

이번 꿈이 아니었다면, 그는 자신의 마음 깊은 곳에 이렇게 끔찍한 두려움이 숨어 있는 줄 몰랐을 것이다. 초만녕의 죽음, 사매를 향한 감정에 대한 비난, 그리고 이 생애 자체에 대한 두려움이 사실은 자신의 허황한 꿈이었던 것이다.

그는 고개를 축 늘어뜨렸다. 파몽한수의 효과 때문인지, 다른 이유 때문인지 알 수가 없었다.

너무 추웠고, 추워서 덜덜 떨었다.

초만녕이 몸을 일으켰다. 보는 눈이 너무 많았다. 여기서 묵연과 더는 친밀한 행동을 해선 안 되었다. 게다가 조금 전 악몽을 꾸던 묵연이 자신을 껴안고 자신의 이름을 부르지 않았던가. 그가 있는 힘을 다해 제지하지 않았다면, 사람들이 다 보는 앞에서 묵연에게 눌려 바닥에 나자빠졌을 것이다. 어쨌든 그런 상황은 벌어지지 않았으나, 극도로 흥분한 묵연을 보고 얼마나 많은 사람이 수상쩍게 여길지 알 수 없는 일이었다.

초만녕은 천천히 일어났다. 오래 앉아 있었더니 다리가 저렸다.

설몽이 무의식적으로 손을 들었지만, 무슨 이유에선지 그에게 다가가 부축하진 않았다. 오히려 사매가 손을 뻗으며 나직하게 말했다.

"사존, 잠깐 쉬세요."

속눈썹을 내리깐 초만녕은 별다른 말도 설명도 없이 이미 헝클어진 장포를 벗었다. 흰옷이 펄럭이며 묵연의 어깨 위에 내려앉았다.

"두르고 있거라. 약의 한기가 좀 가시면 돌려주도록 해."

묵연도 감히 그를 보지 못하고 낮은 소리로 말했다.

"예, 사존."

다른 사람들은 정전 내부를 자세히 살펴보거나 암살 무기 같은 것이 있는지 확인하기 위해 모두 흩어졌다. 설정옹이 묵연에게 이것저것 물어보더니, 조카가 괜찮은 걸 확인하고는 그의 어깨를 두드려 주었다. 그러곤 다른 장문들이 있는 곳으로 성큼성큼 걸어갔다.

그러나 설몽은 가지 않고 다른 사람들이 멀어질 때까지 기다렸다. 그러고는 돌연 몸을 굽혀 주변을 살핀 다음 목소리를 낮춰 으르렁거렸다.

"조금 전에 꿈에서 뭘 본 거야?"

묵연은 대답하지 않았다.

설몽이 이를 악물었다.

"내가 묻고 있잖아."

"그냥 꿈일 뿐이야."

"그게 다 네놈의 머릿속에 들어 있던 것들이야!"

설몽의 눈빛은 혼란스러웠다. 그는 극도로 불안해졌다.

"도대체 무슨 생각을 하는 거야? 너 설마…… 너 설마……."

"꿈에서 내가 사람을 죽였어."

묵연은 뼛속까지 파고드는 추위에 몸을 떨었고, 입술도 새파랬다.

"꿈에서 내가 사존을 죽였어."

"너……!"

"그게 다야……."

설몽은 묻고 싶은 게 있는 듯 입술을 뻥긋거렸지만, 묵연이 거짓말을 하는 것 같진 않았다. 그런데 그는 자신이 꿈에서 사존을 죽였다고 했다…….

묵연이 요즘 사존을 그토록 존경하고 도리를 중히 여기는데 어째서 그런 두려움이 생겼는지는 알 수 없었다. 그런데 이 얘긴 차치하고라도, 조금 전에 그가 초만녕을 꽉 껴안았을 때의 표정은…… 그게 제자가 지어 마땅한 표정인가? 뭔가 다른 게 더 있는 거 아닌가? 뭔가……. 하지만 설몽은 생각을 이어 나가지 못했다.

한 발만 더 앞으로 내디뎠다간, 천 길 낭떠러지가 있을 것만 같았다.

약 기운이 점점 사라지자 묵연이 천천히 일어났다. 설몽은 잠시 주저하다 그를 부축했다.

묵연이 말했다.
"고마워."
앞에 지나가는 수사들이 보였다.
"나 말고 미향에 현혹된 사람은 없어?"
"없어, 너뿐이야. 네가 너무 빨리 달렸어."
설몽은 여전히 걱정이 태산이었지만, 그래도 아까만큼 흥분한 상태는 아니었다.
"우리가 궁전에 들어가자마자, 여기에 18층 귀신의 향인가 뭔가를 피웠었다는 걸 강희가 알아차렸어."
"……18층 귀신이 아니라 19층 지옥이야."
"어쨌든 그거. 이름이 뭐가 중요해."
설몽이 말했다.
"강희가 향을 다 없애고 나서 우리가 들어갔으니 괜찮았어."
그는 잠시 뜸을 들이다 갑자기 뭐가 생각났는지 또 말했다.
"그런데 참 다행이었어. 일이 조금이라도 틀어졌으면 정말 곤란했을 거야."
"무슨 뜻이야?"
"넌 빨리 가 버려서 못 봤겠네. 천궁으로 오던 길에, 남궁류가 메고 있던 광주리에서 갑자기 독사 몇 마리가 튀어나왔어. 미처 피하지 못한 사람들이 적잖이 물려 버렸지. 물린 사람들은 함부로 움직이면 안 되니까 자리에 앉아 쉬게 되었어. 그 뱀은 독성이 너무 강해서, 강희는 사람들에게 먼저 가라고 했어. 자신이 남아서 독을 빨아낸 다음 뒤따라오겠다고 말이야……. 그런데 만약 정말 그랬다면, 천궁에 도착한 사람들은 전부 계략에 걸려들었을 거야."

설몽이 말했다.

"강희가 가지고 있던 파몽한수는 아까 그 한 병이 전부라서, 그렇게 많은 사람을 구할 수 없거든."

묵연은 뭔가 이상하다고 생각하며 물었다.

"그럼 강희는 왜 결국 남아서 독을 뽑지 않은 거야?"

"그의 제자 중 하나가 자기도 해독을 할 수 있다고 했거든. 그래서 그 제자가 남고, 강희는 우리와 같이 올라온 거야."

묵연의 미간에 파인 주름이 더 깊어졌다.

그의 시선은 고월야 일행의 뒷모습을 좇았다. 사람들을 쭉 훑어보았지만, 그가 찾는 사람은 보이지 않았다.

강희의 제자가 해독하지 못했다면, 그곳에 남았어야 할 사람은 고민의 여지 없이 그 두 명이었을 것이다. 강희, 그리고 화벽남.

"화벽남은?"

설몽이 어리둥절해했다.

"한린성수를 의심하는 거야?"

"그냥 물어보는 거야."

"의심할 거 없어. 화벽남도 물러서 아래에서 쉬고 있으니까. 근데 화벽남이 자기는 원래 몸속에 독이 많아서 조금만 쉬면 괜찮아진다고, 금방 따라오겠다고 했어."

묵연의 표정이 더욱 어두워졌다.

한린성수가 다쳐서 움직일 수 없다면, 상처를 치료할 수 있는 사람은 강희뿐이야. 다행히 강희 문하에 해독할 줄 아는 제자가 있었기에 망정이지, 그마저 없었으면 강희는 지금도 여전히 밑에서 다친 수사들의 독을 빨아내고 있었겠지.

나중에 그가 올라왔을 때 천궁의 광경은 어땠을까? 파몽한수 한 병으로 감당할 수 있었을까?

"설몽."

"왜?"

"화벽남을 조심해."

이 말을 하자마자 돌연 땅이 흔들리더니, 천지를 가르는 용의 포효가 멀리 궁 밖에서부터 들려왔다.

자라 보고 놀란 가슴 솥뚜껑 보고도 놀란다더니, 누군가 깜짝 놀라 소리쳤다.

"무슨 일이지? 방금 그 진동은 뭐야?"

그래도 담력이 좀 있는 수사가 말했다.

"내가 가 보지."

그는 빠른 걸음으로 궁 입구에 가서 아래도 내려다보고, 하늘도 한번 올려다봤다. 그러고는 고개를 돌려 말했다.

"아무것도 없네. 아마 이 산에서 가끔 나는 소리겠지. 교룡의 악령이 변한 산 아닌가."

그가 말을 마치고 다시 돌아오려고 했다.

바로 그때 뭔가가 그의 발을 붙잡았다. 아래를 내려다보니 그의 발을 잡은 건 파리한 손 한쪽이었다. 그는 순간 멍해진 채 우두커니 서서 어리둥절한 표정을 지었다.

예리한 설정옹이 멀리서 크게 소리쳤다.

"조심해!"

그러나 이미 늦어 버렸다. 시체 하나가 풀쩍 날아올랐다. 유풍문의 학휘를 입고 비단 띠로 눈을 가린 시체의 검이 정확하고도 강하게 그 수사의 가슴을 관통했다.

"난……."

수사는 초점이 흐려진 눈을 크게 뜨고 무의식적으로 자신을 찌른 장검을 만졌다. 그러고는 울컥 피를 토하며 바닥에 쓰러진 후 다시는 움직이지 않았다.

잠깐의 적막이 지나고, 지면이 또다시 우르릉거리며 진동했다. 사람들은 일제히 궁문 밖을 바라보았다. 굵고 힘센 용의 힘줄들이 땅에서부터 솟아나 구름을 뚫고 올라왔다. 피가 줄줄 흐르는 힘줄들은 모두 유풍문 선대 제자의 유해를 묶어 받쳐 들고 있었는데, 멀리서 보면 마치 언제든 궁전 안으로 쳐들어와 사람들을 고깃덩어리로 만들 수 있는 벌 떼가 공중에 가득 모여 있는 것 같았다.

마 장주가 깜짝 놀라 소리치며 눈을 가렸다.

"세상에, 세상에나. 죽었다, 죽었어!"

설정옹은 호들갑을 떠는 이 상인의 뒤통수를 갈겨 조용히 시킨 다음, 사람들을 향해 크게 소리쳤다.

"빨리 문을 닫아라! 젠장, 어서 빨리 문을 막아! 저것들이 들어오지 못하게 해야 한다!"

그는 앞장서서 피 묻은 장검을 들고 비틀거리며 걸어오는 시체들을 맞이했다. 쥘부채를 휘둘러 시체들을 궁전 밖으로 날려 보내고, 발로 걷어차 긴 계단에서 떨어뜨렸다. 그러고는 영석 대문 한쪽을 잡고 닫으려고 했다.

그런데 어찌 된 일인지, 밖에서 밀 때는 솜털 같았던 문이 안에서 닫으려고 하니 바윗덩이처럼 무거웠다. 설정옹의 핏줄이 툭 불거졌지만, 문은 꿈쩍도 하지 않았다. 용의 힘줄에 매달린 시체 떼가 점점 가까워져 오는 걸 보며 설정옹은 화가 나서 욕을 퍼부었다.

"어떻게 된 거지? 남궁장영이 조금 전에 다 봉인한 거 아니야? 거지 같은 교룡이 말을 들어 먹질 않네! 주인에게 반항하는 거냐!"

묵연과 설몽이 재빨리 달려가 설정옹에게 힘을 보탰다. 남궁사가 말했다.

"소용없습니다! 이 영석으로 만든 문은 증조부께서 짐꾼 4천 명을 동원해 옮겨 오신 겁니다. 이렇게는 절대로 못 옮겨요."

황소월은 화가 머리끝까지 나서 옆에서 마구 욕을 해 댔다.

"증조부께서 참 대단도 하시네!"

남궁사는 들은 체도 하지 않았다. 그는 입구에서 필사적으로 유풍문의 시체 떼를 막고 있는 사람들에게 소리쳤다.

"안에서 궁전의 문을 닫으려면, 궁전 끝으로 가서 장치를 당겨 열어야 해요. 조금만 시간을 벌고 있으면 제가 얼른 가서 장치를 열게요."

설정옹이 강철 부채를 휘둘러 만들어 낸 검은 바람은 코앞까지 다가온 몇몇 시체를 날려 버렸다. 검은 피가 부채에 잔뜩 튀었다. '설씨는 잘났다'라고 쓰인 글자 위에도 튀었다. 그러나 시체들은 겁이 없었다. 계단으로 굴러떨어져도 곧바로 다시 일어나 계속 이쪽으로 돌진해 왔다.

설정옹이 고개를 돌리고 말했다.

"빨리! 점점 많아진다! 젠장…… 도대체 이게 무슨 일이지?"

묵연은 견귀를 소환했다. 궁전의 문이 최후의 방어선이라는 걸 알고 있던 그는 아예 밖으로 나가 긴 계단에서 시체 떼와 싸우기 시작했다. 그러나 계단의 폭이 좁아 힘을 완전히 쓸 수 없었을 뿐만 아니라, 까마득히 높은 곳에서 발을 헛디디지 않도록 조심해야 했기 때문에 여간 힘이 드는 게 아니었다.

채찍질 한 번에 계단을 오르는 시체 한 뭉텅이를 해치웠지만, 주변에서 더 많은 괴물이 피비린내 나는 용의 힘줄에 의해 저 아래 지면에서부터 올라오고 있었다. 결국, 그는 앞뒤로 적의 공격을 받는 형국이 되어 깊은 시체의 바다에서 빠져나올 수가 없었다.

묵연도 바로 빠져나갈 생각은 없었다. 이 시체들은 사람의 냄새를 맡고 위로 올라오는 것이었다. 그랬기에 여기에 서 있는 그가 가장 가까운 목표였고, 거의 모든 시체가 그가 있는 곳으로 왔다.

덜덜 떨며 강희의 뒤에 서 있던 마 장주가 감격한 듯 말했다.

"아이고, 묵 종사는 정말 정의롭고 늠름하네요. 패기가 대단합니다, 대단해."

강희는 화가 머리끝까지 나서 고개를 돌리고 말했다.

"마 장주는 장사 말고 다른 건 할 줄 아는 게 없소?"

"제가 할 줄 아는 건 전부 시간을 들여 탐구해야 하는 것들입니다. 진법이나 기교, 무기 조립 같은 것이지요. 백병전[#1]은 정말이지 자신이 없습니다……."

#1 백병전 白兵戰. 무기를 가지고 적과 직접 몸으로 맞붙어서 싸우는 전투

마 장주는 강희의 차가운 표정을 보며 침을 꿀꺽 삼켰다. 한참 머뭇거리던 그가 넌지시 물었다.

"아니면…… 제가 응원의 환호성이라도 좀 보낼까요?"

강희는 할 말을 잃었다.

"……."

그러나 이 사람의 말도 일리는 있었다. 문파마다 각자의 장단점이 있기 마련이었다. 지금의 이런 혈전에 앞장서는 사람들은 목숨을 지킬 수 있는 몇몇이었고, 다른 사람들은 나간다 해도 사실 죽으러 가는 거나 다름없었다. 강희조차 힘을 쓸 수 없었다. 가루약은 시체에게 아무 소용이 없으니 말이다.

설몽은 용성을 들고 궁전 입구에 서서 학위를 입은 시체들 사이에서 오르락내리락하는 검은 형체를 주시했다. 그때 용의 힘줄이 땅에서부터 솟아나 유풍문의 상급 제자를 매달고 묵연에게로 곧장 돌진했다. 더는 참지 못한 설몽이 검을 뽑아 들고 돌진해 시체의 팔을 잘라 버렸다. 곧이어 묵연과 서로 등을 맞댄 채 꿈틀거리는 용의 힘줄을 베었다.

순식간에 사방으로 핏물이 튀었다!

설정옹이 소리쳤다.

"몽아! 빨리 돌아와!"

"괜찮아요! 같이 있잖아요!"

그가 말하는 사람이 누군지는 굳이 설명할 필요가 없었다.

묵연이 고개를 반쯤 돌려 설몽에게 말했다.

"빨리 가. 여긴 내가 지킬 테니까 넌 두 번째 방어선을 맡아. 내가 버티지 못하면 네가……."

"닥쳐!"

설몽이 용성을 휙휙 휘두르며 불쾌한 듯 말했다.

"영산 제일이 너야, 아니면 나야? 사생지전의 소주가 너야, 아니면 나야? 더 대단한 사람이 너야, 아니면 나야!"

"……."

묵연은 속에서 천불이 나는 것 같았지만, 입을 다문 채 설몽과 등을 맞대고 싸우는 것에만 몰두하며 사방에서 달려드는 시체를 상대했다.

이때, 양쪽의 돌문이 우르릉하며 움직이더니 천천히 가운데로 모이기 시작했다. 설정옹이 기뻐하며 급히 소리쳤다.

"됐다, 됐어. 움직인다! 문이 닫힌다! 너희 둘, 빨리 돌아와! 이쪽으로 와!"

묵연과 설몽은 호흡이 잘 맞았다. 견귀의 붉은빛과 용성의 붉은빛이 양쪽에서 잔영을 남겼고, 챙챙 부딪치는 소리에 수많은 시체가 하늘의 가장 높은 곳에서 떨어지고 용의 힘줄은 피를 뿜으며 끊어졌다.

그들은 조금씩 닫히는 대문 쪽으로 천천히 다가갔다.

설몽이 말했다.

"너 먼저 들어가."

묵연이 말했다.

"같이 들어가."

"……."

"빨리! 멍하니 뭐 하고 있어!"

설정옹이 안에서 초조하게 소리쳤다.

"빨리! 빨리 돌아와!"
묵연이 설몽의 옷섶을 잡아당겼다. 화가 난 설몽이 말했다.
"이거 놔! 잘난 체하지 말라고, 너……."
"누가 너한테 잘난 체를 해? 가!"
한 손으론 설몽을 잡아끌며 돌계단을 오르고, 다른 손으론 견귀를 세차게 휘두르며 그들에게 달려드는 시체들을 물리쳤다. 그리고 설몽과 함께 대문 쪽으로 계단을 스치듯 뛰었다.
문은 반 정도 닫혀서 사실 그렇게 급할 건 없었다. 묵연은 설몽을 설정옹에게 휙 밀어 넣었다. 그리고 자신은 문에 기댄 채 불꽃이 사방으로 튀는 버드나무 채찍을 들고 바람을 맞으며 서 있었다. 그는 무거운 눈빛으로 천천히 뒤로 물러났다.
순간, 점점 닫히던 바위 문이 멈춰 섰다.
설몽이 놀라서 말했다.
"왜 안 움직이지?"
창백한 얼굴의 남궁사가 성인 남자 열 명이 둘러싸야 겨우 안을 수 있는 천궁의 돌기둥 뒤에서 나타나더니 음울한 목소리로 말했다.
"장치의 중축이 망가졌습니다. 반밖에 닫지 못했는데, 사슬도 끊어져서 연결할 수가 없어요."
말을 마친 남궁사가 손을 들었다. 상처투성이 손에서 반만 남은 청동 자물쇠 고리가 흔들렸다.

219장 교산, 깍지 낀 손

설몽은 입 밖으로 나오려는 피마저 도로 삼키는데, 묵연은 그럴 여유마저 없었다. 그는 남궁사의 말을 듣자마자 다시 시체 무리가 있는 쪽으로 돌아가 첫 번째 방어선을 지켰다.

조금 전까지 남궁사를 도와 누군가 손을 써 놓은 게 분명한 장치를 시험하던 초만녕은 고전하고 있는 묵연을 보고, 곧바로 궁의 문 옆으로 땅 위를 스치듯이 날아와 소리쳤다.

"묵연, 돌아와!"

"사존……."

초만녕이 금빛 결계를 쳤다. 빛나는 결계는 순식간에 시체들을 수 장 밖으로 밀어냈다. 초만녕은 곧이어 긴 계단, 궁의 앞뜰, 바위 문틈에 각각 수호 결계를 세 겹씩 만든 다음 묵연을 잡아끌었다.

"그 손 멈춰라."

묵연이 초조하게 말했다.
"교산 안에서 사존의 결계는 오래 버티지 못합니다! 이러실 필요까지 없어요!"
초만녕의 눈은 자줏빛이 반짝이는 푸른 서리 같았다. 그는 이를 악물고 궁 안으로 묵연을 세차게 밀어 넣었다.
"상처투성이 몸으로 죽으러 가는 것이냐? 돌아가서 좌선하고 있어! 사명정!"
"예, 사존."
초만녕이 사납게 묵연을 가리켰다.
"가서 치료해 주거라."
사매가 고개를 끄덕였다.
"예, 사존."
묵연은 사매의 손을 막으며 이미 뒤돌아선 초만녕에게 말했다.
"찰과상일 뿐이에요. 사존, 사존의 결계는 여기선 길어 봤자 향 하나 타는 시간밖에 못 버텨요. 영력도 너무 많이 소모되고요. 사존……."
초만녕은 돌아보지 않고 하늘빛을 받으며 서 있었다.
"그럼 난 향 하나 다 타는 시간만이라도 버티겠다."
묵연은 더 말하고 싶었으나 사매가 그를 말렸다. 사매는 살짝 차가운 손으로 묵연의 소매를 걷어 올린 다음, 법술로 상처를 치료하기 시작했다. 묵연과 눈이 마주쳤지만, 그는 말없이 고개를 저었다. 그리고 눈을 내리깐 채 자신의 법술에 집중했다.
초만녕이 말했다.
"설몽."

"예, 사존."

"내가 버티지 못하면, 네가 맡거라. 억지로 버티려 하지 말고, 힘에 부친다 싶으면 바로 존주께 넘겨드리고."

설정옹이 급히 말했다.

"그렇게 하지. 돌아가면서 맡는 게 좋겠네."

초만녕은 세 겹의 결계에 끊임없이 영력을 불어넣으며 말했다.

"존주께서 해 주셔야 할 일이 하나 더 있습니다."

"말하게."

초만녕이 이를 부득부득 갈며 말했다.

"저 뒤에 숨어 있는 멍청이들에게 얘기해 주십시오. 답설궁이나 고월야처럼 백병전에 능하지 않은 자들 말고, 싸울 수 있는 자들은 모두 다 나오라고 말입니다!"

"……만약 안 오겠다고 하면 어쩌나?"

초만녕이 말했다.

"그럼 문이 부서질 때까지 가만히 앉아서 죽기만 기다려야지요. 오나 안 오나 한번 보십시오."

설정옹이 허둥지둥 뛰어갔다. 남궁사는 우울한 얼굴로 손에 쥔 반 토막 난 자물쇠 고리를 쳐다보았다. 어떻게 해야 좋을지, 어째서 초대 장문이 내린 명령이 갑자기 깨져 버렸는지 알 수가 없었다.

남궁장영이 교룡의 악령에게 내린 명령은 아무도 바꿀 수가 없는 게 마땅하거늘, 어쩌다 이런 일이…….

싸울 수 있는 사람은 나와서 싸우라는 설정옹의 말에 엽망석이 말했다.

"제가 가겠습니다."

정신이 번쩍 든 남궁사가 그녀를 말렸다.

"여자가 어찌……."

그러나 엽망석은 벌벌 기면서 어물쩍 넘어가려는 강동당의 제자들을 노려보며 차갑게 말했다.

"유풍문에 남은 자는 이제 둘뿐이다. 우리는 죽기를 두려워하는 비겁한 제자가 아니잖아."

여자의 몸으로 주제넘게 나선다며 그녀를 비난했던 중년의 여수사들은 말없이 엉뚱한 곳만 쳐다보며 엽망석의 시선을 피했다.

그렇게 사람들이 모였다. 그때, 설정옹이 멈칫했다.

"함설? 네가 어찌……. 안 돼, 안 돼. 넌 이런 일에 익숙하지 않으니 돌아가도록 해."

매함설은 오늘따라 단호해 보였다.

"백부, 걱정하지 마세요. 저도 생각이 있습니다. 장난치는 게 아니에요."

설정옹은 답설궁 궁주를 바라보았다. 궁주가 별다른 말을 하지 않으니 그도 어쩔 수 없이 매함설을 합류시켰다.

강희가 미간을 찌푸리며 말했다.

"이렇게 계속 막는단 말이오? 백병전이 가능한 사람들 몇은 안쪽에서 상황을 살피는 게 낫지 않겠소?"

설정옹이 말했다.

"우선 시간을 벌면서 장치를 고칠 수 있는지 보고 다 같이 가는 게 상책입니다. 도저히 못 고칠 것 같으면 어쩔 수 없이 두

조로 나눠 한 조는 막고, 한 조는 안쪽에서 조사해 보도록 해야겠죠."

강희가 말했다.

"……그것도 좋겠군요. 그럼 누가 장치를 고친단 말인가?"

이때, 떨리는 손 하나가 올라왔다. 조금 전 강희에게 잔뜩 욕을 먹고 거북이처럼 목을 움츠린 마운 장주가 고개를 내밀며 조용히 말했다.

"이, 이 기관 기술에 관한 일은 제, 제가 한번 해 볼 수 있을 것 같습니다."

강희는 부아가 치밀기도 하고 우습기도 했다.

"그럼 빨리 안 가고 뭐 하는 거요?"

마운은 곧장 남궁사를 끌고 이리저리 비틀거리며 갔다. 설정옹도 싸움에 나설 사람들을 데리고 자리를 떴다.

강희는 연옥과 구천으로 나누어진 정전을 둘러보며 깊은 생각에 잠겼다.

그의 시선은 지금도 우스갯소리를 하며 한담을 나누는 바둑돌들, 그리고 한쪽에서 가혹한 형벌을 받는 바둑돌들을 지나, 계속 귤 광주리 옆에 멍하니 쪼그리고 앉아 있는 남궁류에게 가닿았다.

정말 이상하단 말이야.

남궁류도 그렇고, 정전 안에 있는 다른 바둑돌들도 그렇고, 왜 바깥의 시체들처럼 폭주하거나 사람을 죽이지 않는 거지?

서상림이 정전 안의 바둑돌을 통제하고 있다면, 지금 공격을 시작해도 우린 아무 대책 없이 안팎으로 곤경에 빠지게 될 텐데.

왜 하지 않는 거지?

하기 싫은 건가?

아니면…… 못하는 건가?

강희는 이 점이 놀라웠지만, 묵연은 전혀 놀랍지 않았다.

그는 진롱기국이 정전 안에 있는 꼭두각시들에게 생전에 지녔던 성격, 고집, 심지어 일부 기억까지 완벽하게 남겨 놓았다는 걸 똑똑히 느낄 수 있었다. '공심진법'으로 조종하는 바깥의 시체 무리와는 완전히 달랐다. 조금 께름칙한 비유를 들자면, 바깥의 시체들은 실에 매달린 꼭두각시였고, 안에 있는 이것들은 자신만의 고유한 성질이 있는 '산 송장'이었다.

서상림이 이 산 송장들을 조종하지 않는다면, 이유는 하나였다. 그의 영력이 한계에 다다랐다는 뜻이었다.

"초 종사, 도와주십시오!"

희미한 소리가 돌계단 아래에서부터 들려왔다. 초만녕이 눈을 들어 바라보니, 화벽남이 열 명 정도 되는 수사들을 이끌고 돌계단에서 시체들의 포위망을 뚫으려 안간힘을 쓰고 있었다.

그들은 독사에게 물려 아래에서 회복하던 중, 예상치 못했던 시체 무리의 두 번째 공격을 받고 말았다. 스무 명 남짓이었던 수사들이 순식간에 반으로 줄었고, 필사적으로 여기까지 온 수사들은 모두 상처가 심각했다. 초만녕은 얼른 그들 주위에 보호 결계를 친 다음, 천문을 휘둘러 그들에게 달려드는 시체들을 해치웠다.

"이리 오십시오!"

초만녕이 화벽남에게 손을 내밀었다.

순간, 묵연의 머릿속에서 경고음이 울렸다. 그는 사매가 아직 약을 반밖에 안 바른 것도 잊고, 초만녕을 저지하려고 홱 일어났다.

"사존, 조심해요!"

그러나 화벽남은 전혀 수상한 구석이 없었다. 그는 덜덜 떨며 초만녕이 내민 손을 잡았다. 초만녕은 그를 더 강한 보호 결계 안으로 끌어당긴 후 고개를 돌려 소리쳤다.

"와서 좀 도와줘!"

하나둘 끌어 올려진 생존자들은 들것에 실려 정전으로 갔다. 그들은 모두 거친 숨을 몰아쉬며 신음했고, 피투성이 얼굴은 극심한 고통에 시달리는 표정이었다.

강희가 고월야 제자들을 데리고 왔다. 화벽남 앞에 몸을 굽히고 앉은 그의 얼굴에 보기 드물게 초조한 표정이 드러났다.

"상처가 어찌 이리 깊은 게냐."

"전 아직 괜찮습니다. 존주께선 다른 이들을 먼저 살펴 주십시오."

화벽남은 대들보에 몸을 기댔다. 그의 삿갓과 면사는 완전히 망가졌고, 장포도 온통 피로 얼룩져 있었다. 강희가 그의 맥을 짚으려 했지만 그의 손에 저지당했다.

"괜찮습니다. 작은 상처일 뿐이에요. 저보다 존주의 어린 제자가…… 콜록, 콜록, 그, 그의 상처가 너무 심합니다. 존주께선 어서 그의 상처를 치료해 주십시오. 전 신경 쓰지 마시고……."

그들의 부상은 매우 심각했다. 한쪽 다리가 거의 잘려 나간 사람도 있었다. 그래도 정상적으로 말을 할 수 있는 화벽남은 그들에 비하면 확실히 부상이 가벼웠다.

강희는 속으로 욕을 하며 화벽남을 한 번 더 쳐다본 후, 다른 사람들의 상처를 치료하러 갔다.

화벽남은 몸을 떨며 건곤낭 안에서 지혈용 가루약을 꺼내 자신의 상처에 뿌리려 했다. 그때, 손 하나가 불쑥 나와 그의 손에 들려 있던 병을 가져갔다. 묵연이 말했다.

"제가 도와드리겠습니다."

"……괜찮습니다."

묵연이 어두운 표정으로 그를 바라보았다.

"가루약 바르는 건 쉬운 일입니다."

화벽남이 병을 다시 빼앗으며 조용히 말했다.

"다른 사람이 내 몸에 손대는 게 익숙지 않아서요. 묵 종사는 치유의 수사도 아니잖습니까. 번거로울 뿐입니다."

"그럼 제가 도와드리죠."

"사매?"

묵연이 고개를 돌렸다. 사매는 어느새 신속하게 약상자를 내려놓고 있었다. 화벽남은 약상자를 보더니 입을 삐죽거리면서도 말없이 고분고분해졌다.

사매가 은침 보따리를 열며 작게 말했다.

"성수 선배님, 후배가 혹여나 실수할지도 모르니 미리 사과드립니다."

"……."

화벽남은 말이 없었다.

그 역시 상처가 심해 바로 법술을 써 지혈하는 건 소용이 없었고, 반드시 영침(靈針)으로 먼저 피가 나는 부분을 막아야 했다. 차가운 빛이 반짝거리고, 예리한 바늘이 지나갔다. 사매의 눈동자에 은침의 빛이 반짝였고, 눈 깜짝할 사이에 침 열 개를 놓았다.

"선배님의 면사 삿갓을……."

한린성수의 표정에 음울한 빛이 스쳤다. 그러나 그 역시 몇몇 혈 자리는 반드시 얼굴에 침을 놓아야만 한다는 걸 알고 있었기에, 체념한 듯 괴팍한 표정으로 말했다.

"내가 벗지."

핏물이 든 면사 삿갓을 벗자, 한 번도 사람들 앞에 보인 적이 없는 한린성수의 얼굴이 드러났다.

매우 기괴한 얼굴이었다. 얼굴의 위쪽은 그래도 수려하다고 할 만했으나, 콧날 아래로는 온통 뒤틀린 화상 흉터가 불가사리 같은 동물을 연상시켰다.

화벽남이 고개를 들었다. 눈빛에는 희미한 적대감과 자조가 담겨 있었다.

"어쩐 일로 묵 종사는 아직도 안 가고 계시네. 구경거리라도 났습니까?"

"……죄송합니다."

화벽남이 그의 뒤에서 냉소를 지었다.

"진즉에 가라고 했는데 왜 그러지 않은 거요. 입으로는 미안하다고 해도 속으로는 무슨 생각을 하는지 모르겠군요. 아마 '이 놈의 한린성수 꼬락서니가 정말 한심하군' 이러고 있을지도 모를 일이지요, 큭."

묵연은 고개를 젓고는 말없이 자리를 떴다.

마 장주는 여전히 부서진 자물쇠와 씨름하는 중이었다. 천궁의 문 앞에 있던 초만녕은 영력이 거의 바닥을 보였다. 그가 설몽에게 말했다.

"설몽, 이어받아라!"

설몽이 칼을 들고 서둘러 다가갔다. 둘의 교대는 너무나 순조로워서 그들이 교대하는 순간 시체가 비집고 들어올 틈이라곤 전혀 없을 정도였다.

초만녕은 결계를 풀자마자 자기도 모르게 뒤로 한 걸음 비틀거렸다. 창백한 그의 얼굴을 보며 묵연은 마음이 아팠다. 하지만 모두가 보고 있으니 아무것도 해 줄 수 없을뿐더러 초만녕의 손도 잡을 수 없었다. 그래서 자신의 감정을 억누르며 조용히 물었다.

"만…… 사존, 괜찮으세요?"

"괜찮다."

초만녕이 가볍게 기침했다.

"영력을 좀 많이 쓴 것뿐이다."

그러나 묵연은 초만녕의 영핵이 원래부터 아주 약하다는 걸 알고 있었다. 영력을 많이 쓴 게 다른 사람에겐 별일 아닐지 몰라도, 초만녕에겐…….

묵연은 눈을 감았다.

전생에서 그들은 정사(正邪)에 대한 생각의 차이로 분열해 서로 대립했다. 초만녕은 그 전쟁에서 영력을 다 써 버렸고, 순식간에 영핵이 파괴되었다. 그때부터 초만녕은 속인과 다름없었고, 그의 몸은 속인보다 더 약해졌다.

어떻게 괜찮을 수 있겠는가…….

묵연은 속상했다. 눈시울이 붉어진 그는 말없이 초만녕이 자신에게 줬던 옷을 다시 그의 어깨에 둘러 주었다. 그제야 옷을 사이에 두고 가만히 초만녕의 어깨를 주물러 줄 수 있었다.

그를 향한 자신의 깊은 사랑을 가볍게 닿는 손끝에 숨길 수밖에 없었다.

묵연은 초만녕을 부축해 옆으로 갔다. 일부러 사람이 적고 외진 곳을 찾아가 초만녕과 앉은 다음, 아무도 보지 않는 틈을 타 조용히 초만녕의 손을 잡았다.

손이 서늘했다.

초만녕이 그의 칼에 패하고, 그가 초만녕의 가슴을 짓밟은 후 그의 턱을 잡았을 때와 똑같은 서늘함이었다.

눈을 내리깐 묵연의 손끝이 약하게 떨렸다.

초만녕은 손을 빼고 싶었다. 보는 눈이 너무 많았기 때문이다. 그러나 묵연의 희미한 떨림이 느껴지자 빼려던 손을 다시 그의 열 손가락에 깍지 꼈다.

"좀 보자."

초만녕이 다른 손으로 묵연의 얼굴을 들었다. 뺨과 콧등이 온통 상처투성이였다.

"아프냐?"

묵연은 고개를 저으며 초만녕의 얼굴을 응시했다. 정작 본인의 입술이 새파랗게 변했는데도 여전히 자신의 사람을 걱정하고 있었다.

묵연은 너무 아팠다.

상처가 아니라.

마음이 아팠다.

묵연도 드디어 '초만녕식' 거짓말을 배웠다. 그가 말했다.

"안 아파요."

"안 아픈데 왜 이렇게 떠느냐?"

그는 침묵했다. 말을 할 수가 없었다. 그래서 초만녕은 그가 역시나 아파서 떠는 거라고 생각했다. 초만녕의 손끝에 옅은 푸른색 빛이 감돌았다. 묵연의 동공이 순식간에 죄어들었다. 그는 자신의 얼굴로 다가오는 초만녕의 손을 붙잡았다.

"미쳤어요? 또 영력을 쓰다니!"

"이 정도는 별것 아니다."

초만녕이 말했다.

"통증을 멎게 하는 가장 사소한 치유 주술에 불과해."

그의 손가락이 묵연의 상처에 닿았다.

통증이 사라졌다.

그러나 그의 마음은 칼에 베이듯, 갈기갈기 찢어지는 듯했다. 그만큼 마음이 아팠다.

묵연도 영력이 거의 소모되지 않는 주술이라는 건 당연히 알고 있었다. 드넓은 바다에 던져진 좁쌀 한 알 정도였다. 초만녕은 거의 모든 영력을 사람들에게 나눠 주고 그에겐 이만큼의 영력만 나눠 주었다.

전생에서 그는 초만녕이 언제나 세상 사람들에게는 너무 많이 주고 자신에게 주는 건 너무 적다는 이유로 초만녕을 원망했었다.

그러나 그때의 묵연은 알지 못했다.

사실 초만녕이 그에게 주었던 한 방울은, 비록 너무 적긴 했지만 자신에게 남은 모든 것, 마지막까지 짜낸 최후의 것이었다.

"됐어요! 고쳤어요, 고쳤어!"

갑자기 마 장주의 수사 하나가 부리나케 입구로 달려왔다. 두 볼이 빨갛게 달아오른 그가 크게 소리쳤다.

"돌아올 준비 하세요, 곧 문이 닫힙니다! 곧 문을 닫을 거예요!"

이때 시체 무리를 막아 내고 있는 사람은 매함설이었다. 설몽도 상처를 입었다. 그러나 상처가 깊지 않아 스스로 붕대를 감아도 충분했다. 그는 붕대를 입에 물고 자신의 상처에 감으면서 매함설이 시체를 물리치는 모습을 바라봤다.

생각해 보니 이상했다. 그가 기억하는 매함설은 분명 물과 나무 속성의 영핵이었는데, 지금은 어쩐 일이지 불 속성의 기술을 시전하고 있었다. 공후를 켜는 그의 손가락 끝이 울렸다. 표정은 차가웠지만, 다가오는 시체들을 모조리 해치우는 기술은 붉은색의 맹렬한 불길이었다.

"문이 닫히고 있어! 매 공자!"

매함설은 공후를 허공에 띄우고 한 걸음씩 뒤로 후퇴했다. 그가 문까지 왔을 때, 설몽이 돌아보며 말했다.

"문을 조금만 더 열어 줘요. 악기가 넓어서 들어올 수가……."

"필요 없어."

매함설은 차갑고도 간결하게 설몽의 말을 끊으며 공후를 건곤낭 안에 집어넣었다. 영화(靈火)를 누르는 악기 소리가 사라지자, 순식간에 시체들이 미친 듯이 올라왔다. 설몽은 매함설이 백병전에 익숙하지 않다는 걸 알고 있었다. 사색이 된 설몽이 그를 돕기 위해 용성을 뽑아 들고 밖으로 나가려 했다.

그런데 설몽이 나가기도 전에 은빛이 번쩍했다. 매함설의 손에 언제 나타났는지 알 수 없는 은색 패검이 들려 있었다. 위엄이 넘치는 검기였다. 그는 검을 휘둘러 회오리를 만든 다음, 지면을 스치듯 후퇴하면서 검을 홱 던졌다. 그러고는 대문이 닫히기 직전, 손을 들고 크게 외쳤다.

"삭풍, 돌아와!"

패검은 눈처럼 새하얀 빛이 되어 좁은 틈 사이로 쏜살같이 날아들어 왔다. 매함설은 재빨리 검을 잡아 원래 있던 곳에 채웠다.

천궁의 대문이 '쾅' 소리를 내며 닫혔다.

바깥에서 쿵쿵거리는 소리가 들렸다. 시체 떼와 용의 힘줄이 문을 두드리는 소리였다. 그러나 그 소리는 아주 먼 곳에서 들리는 듯이 아득했다. 남궁 집안이 대규모 토목 공사를 하며 축조한 궁문은 그렇게 쉽게 부서지지 않았다.

모두가 안도의 한숨을 길게 내쉬었다. 세상 물정을 잘 몰랐던 상수진계의 몇몇 제자들은 다리가 풀려 바닥에 주저앉았고, 심지어 징징거리는 변변찮은 사람들도 있었다.

"세상에나…… 이게 도대체 무슨 일이야."

여태껏 싸우던 매함설도 조용히 숨을 돌렸다. 그의 모습은 평소와 별반 다르지 않았다. 설몽이 계속 옆에서 그를 쳐다보지 않았다면, 그가 입술을 살짝 내밀고 숨을 내쉬는 것도 발견하지 못했을 것이다.

옆에서 소름 끼치게 자신을 쳐다보는 시선에, 매함설이 고개를 돌렸다.

"……뭐야? 왜 그렇게 쳐다봐?"

설몽은 목이 바짝 말랐다.

"그 검 말이야……."

매함설은 은빛 광채가 흐르는 장검을 곁눈질했다.

"삭풍이야."

설몽은 어떤 표정을 지어야 할지 갈피를 잡지 못했다. 그가 겨우 입을 열었다.

"언제부터 검을 쓸 수 있었지? ……아니지, 아니지. 언제 신무를 얻은 거야?"

"계속 있었는데."

설몽이 깜짝 놀라 말했다.

"그럼 영산논검에선 왜 안 썼어?"

"……."

매함설은 잠시 뜸을 들이다가 말했다.

"쓰기 싫어서."

이해할 수 없다는 표정을 짓던 설몽은 이제 화가 나기까지 했다.

"너 우릴 무시하는 거야? 네가 신무를 꺼냈으면 어쩌면 넌……꼭 2, 2위가 아니었을지도 모르는데."

매함설이 눈알을 굴렸다. 언제나 차가웠던 눈이 비웃음을 짓는 것 같았다. 그는 분노로 얼굴이 조금 달아오른 설몽을 한참 쳐다본 후 말했다.

"3위를 했어도 좋았을 거야. 1위는……."

그는 입술을 오므리고 설몽의 귓가를 스쳐 지나가며 슬그머니 한마디를 던졌다.

"1위는 너무 바보 같잖아."

220장 교산, 변절한 혼백

그 자리에 한참을 서 있던 설몽이 번뜩 정신을 차리고는 격분하며 매함설에게 소리 질렀다.

"개자식, 지금 누가 바보 같다는 거야?"

설정옹이 그를 말렸다.

"몽아!"

"저놈이 지금 저더러 바보 같다잖아요!"

"그만해라, 그만. 네가 잘못 들은 거야. 함설은 아무 말도 안 했단다."

"그건 저놈이 제 귀에다 속삭여서 그런 거라고요!"

시끌벅적한 이쪽과는 달리, 강희는 저쪽에서 부상자들을 꼼꼼히 살피며 상황을 파악했다. 강희는 치료해야 할 사람은 치료하고, 좌선해야 할 사람은 좌선하면서 모두 이곳에서 한동안 쉬어야 한다고 말했다. 다른 방도가 없었다. 전투력이 강한 사람들이 모두 힘을 너무 많이 소모했다. 활시위를 아직 다 당기지도 않았는데 화살촉이 무뎌진 것과 마찬가지였다. 이 상태로 계속 무모하게 전진했다가 변고라도 생기면 대응하기 어려울 터였다.

분부를 마친 후, 강희가 남궁사에게 다가갔다.

"남궁사, 물어볼 게 있다."

"말씀하십시오."

강희는 입을 다문 채 먼저 엽망석을 쳐다봤다.

남궁사가 말했다.

"함께 들어도 상관없습니다."

"그래도 자리를 좀 피해 주면 좋겠군."

강희가 시선을 아래로 내리다 남궁사의 심장이 있는 부분에서 멈췄다. 남궁사의 영핵이 있던 자리였다.

엽망석이 자리를 뜨자 강희가 남궁사의 옆에 앉았다.

"영핵은 어쩔 셈이지? 계속 숨길 건가?"

남궁사의 표정이 어두워졌다.

"엽망석에겐 어떻게 말해야 할지 모르겠습니다."

"널 싫어하게 될까 봐? 그건 괜한 걱정 같다만. 엽 낭자는 절대……."

"아닙니다."

남궁사가 강희의 말을 잘랐다.

"그건 걱정되지 않습니다. 그저 속상해할까 봐 그렇지요."

"……."

강희는 마치 남궁사의 뼛속 깊이 박혀 있는 알 수 없는 오만함에 찔리기라도 한 것처럼 한참 동안 말이 없었다. 그가 조소를 지었다.

"자신감이 넘치는군."

"강 장문, 그게 아닙니다. 전 자신감이 넘치는 게 아니라 그녀를 믿는 겁니다."

단호한 그의 말에 강희가 담담하게 말했다.

"이빨 빠진 호랑이가 이런 말투로 날 상대하다니, 내가 널 괴롭힐까 걱정되지 않느냐?"

"그러실 분이 아닙니다."

강희가 잠시 뜸을 들였다.

"날 믿는다는 건가?"

"지금까지 함께하면서 강 장문이 어떤 분인지 이젠 알 것 같습니다."

남궁사가 말했다.

"그래서 제가 죽은 목숨이라고 생각했을 때 장문께 그런 말씀을 드렸던 겁니다."

그때까지 남궁사를 응시하던 강희는 이 얘기가 나오자 시선을 돌렸다.

"네가 여전히 살아 있는데, 그 말들이 유효한 건가?"

"유효하지요."

남궁사가 말했다.

"서상림을 무너뜨리고 나면 제가 사람들에게 얘기할 겁니다."

강희는 말이 없었다. 한참이 지난 후, 그가 입을 열었다.

"남궁사, 유풍문이 네 손에서 빛을 보지 못하는 게 아쉽군.

그랬으면 한번 겨뤄 볼 만한 상대였을 텐데."

남궁사의 대답은 담담하면서도 그만의 오만함이 옅게 배어 있었다.

"아닙니다. 운 좋게도 전 유풍문의 가장 좋은 점을 이미 배웠습니다."

강희는 다른 사람의 말을 그대로 수긍한 적이 별로 없었다. 조소와 풍자를 하지 않은 적도 별로 없었다. 다른 사람의 말에 탄복하거나 동의한 적은 더더욱 없었다. 그러나 이번엔 입을 꾹 다물었다. 아무리 생각해도 남궁사의 말을 부정할 거리가 없었다. 마침내 그가 말했다.

"이 얘긴 그만하지. 더 중요한 걸 물어야겠다."

"……장문께서 뭘 물으실지 이미 알고 있습니다."

남궁사는 전갑 안에 누워 있는 노백금을 쓰다듬었다. 다친 요랑의 이마는 가죽이 벗겨지고 피가 맺혀 있었다.

"그런데 교산이 왜 갑자기 통제를 벗어나 태장문의 명령을 거역했는지는 저도 모릅니다. 저도 불가능하다고 생각합니다."

강희가 말했다.

"일말의 단서도 없느냐? 잘 생각해 보거라. 유풍문에 이 산과 관련된 다른 비밀이 있는지."

남궁사가 고개를 저으며 말했다.

"없습니다. 남궁 집안의 후손은 교산이 남궁 집안의 명령에만 복종한다는 걸 다 알고 있어요. 하지만 가장 우선시하는 명령은 분명 장영 선조의 명령입니다."

"절대 다른 사람은 없다는 거지?"

"없습니다. 교룡의 혼백이 인정한 최초의 주인이 태장문이라는 사실은 변하지 않습니다."

강희의 눈빛이 혼란스러워졌다. 교착 상태에 빠진 그의 표정도 점점 흉악해졌다.

"서상림은 도대체 어떻게 한 거지?"

"저도 모르겠습니다."

남궁사가 갑자기 말을 멈추었다. 강희는 그가 뭔가 생각이나 그런 줄 알고 그를 바라봤다. 알고 보니 그는 먼발치에 있는 사람을 뚫어지게 쳐다보고 있었다. 그의 시선을 따라가자, 귤을 까먹고 있는 남궁류가 보였다.

남궁사는 지금까지 바둑돌이 된 부친을 보지 않으려 애썼다. 그러나 막상 부친을 보게 되자, 그의 얼굴은 고통스럽게 일그러졌다. 사실 서상림, 설정옹과 나이가 비슷한 강희도 수련의 심법이 달라 외관상으로는 여전히 젊고 준수했으나, 마음의 젊음은 빛이 바랜 지 오래였다. 그는 남궁사를 바라보다 안타까운 마음에 입을 열었다.

"그만 보거라."

"……."

"다신 보지 마."

남궁사는 남아 있던 힘을 죄다 끌어모아 겨우 아버지에게서 시선을 거두었다. 시선을 떨구는 그의 어깨가 미세하게 떨리는 것도 같았다. 얼굴은 손에 가려졌지만, 흐느낌은 묻을 수가 없었다.

그가 쉰 목소리로 화제를 돌리려 애썼다.

"저도 서상림이 어떻게 했는지 모르겠습니다. 태장문이 길들인 마룡인데……."

그러나 어깨는 점점 격하게 떨렸다.

강희는 언제나 무뚝뚝했고 표정도 무미건조했다. 그런 그가 손을 뻗어 남궁사의 어깨를 두드렸다. 남궁사에게 위로의 말을 건네려는 것 같았지만, 한 번도 남을 위로해 본 적이 없어 결국 뻣뻣하게 말했다.

"괜찮다, 다 각자의 운명이 있는 게지. 너와 네 부친은 비록 이런 상황까지 오긴 했지만 그래도 부자의 연이라는 게 있지 않으냐. 날 보거라. 지천명[#2]의 나이가 되도록 후손 하나 없다. 좋게 생각하거라."

남궁사는 당연히 아무 대답이 없었다. 말한 강희 자신조차 너무 무미건조했으며, 하지 않느니만 못한 말이었다는 생각이 들었다.

민망해진 그가 몸을 일으켰다.

"난 다른 곳을 둘러봐야겠군. 좀 쉬거라. 이따 또 가야 하니까."

"……."

"참, 이제 더 가면 어디지?"

남궁사가 작게 말했다.

"용혼지입니다."

"뭘 하는 곳이냐?"

"사악한 용의 영에 제사를 지내는 피의 연못입니다."

남궁사가 말했다.

#2 지천명 '하늘의 뜻을 안다'는 뜻으로, 보통 쉰 살을 가리킨다.

"사악한 용의 원신이 잠들어 있는 그곳에 매년 유풍문 사람들이 가서 제사를 올립니다."

강희가 미간을 찌푸리며 말했다.

"그쪽에선 아무 일도 일어나지 않아야 할 텐데."

사람들은 정전에서 반 시진 정도를 쉬며 정비했다. 다친 사람과 영력을 너무 많이 소모한 사람들도 치유 수사들의 도움을 받아 서서히 회복하기 시작했다.

강희는 서상림이 만든 '선'과 '악'의 극단을 훑어보며 미간을 점점 찌푸렸다.

싸움에 전혀 도움이 안 되는 것들을 서상림은 뭐 하러 만들었을까? 그냥 보기에 좋으라고?

바둑돌이 된 남궁류가 툭하면 폐하 타령을 하는 걸로 보면, 서상림은 자신을 제왕에 봉하고 이 흑백과 선악으로 나누어진 꼭두각시들을 신민으로 삼은 것 같기도 한데.

그는 그렇게 쭉 훑어보다가 결국 남궁류에게 갔다. 남궁류는 자기 광주리 위에 앉아 천천히 귤을 까고 있었다.

뜸을 들이던 강희는 홱 몸을 굽히고는 희망을 버리지 않고 이미 물어본 것을 또 물어봤다.

"폐하가 계신 곳으로 데려가 줄 수 있나?"

남궁류는 같은 대답을 했다.

"폐하께선 할 일이 있으시니, 어찌 뵙고 싶다고 바로 뵐 수 있겠어요?"

"……."

강희가 언짢은 듯 말했다.

"정말 쓸모없군. 등신은 여전히 등신이야. 살아 있을 때나 바둑돌이 되고 나서나 똑같이 등신이야."

욕을 먹은 남궁류가 목을 움츠리며 무기력한 모습으로 자신의 귤 광주리를 끌어안았다. 그러더니 갑자기 대성통곡하기 시작했다.

"어찌 그리 잔인하십니까? 쓸모가 없으면 없는 거지요. 전 원래부터 등신이었는데, 그렇게 잔인하게 말하면 저더러 어쩌란 말씀이세요?"

우는 소리가 하도 커서 주위 사람들이 하나둘씩 그를 쳐다봤다.

거의 회복을 마친 초만녕도 미간을 찌푸렸다.

"남궁류가 정말 이상하군."

묵연이 물었다.

"왜요?"

"설명하기가 힘들다."

초만녕이 말했다.

"저자가 남궁류라는 건 틀림이 없는데, 뭔가 좀 이상해. 마치 내가 알던 남궁류가 아닌 것 같은 느낌이다."

묵연도 남궁류가 있는 쪽을 쳐다보았다. 강희가 새파랗게 질린 얼굴로 남궁류를 노려보고 있었고, 남궁류는 훌쩍거리며 억울해 죽겠다는 듯 두 손으로 눈물을 닦았다.

"……."

그의 행동거지를 살피던 묵연도 확실히 뭔가 이상하다는 생각이 들긴 했다. 중년의 얼굴을 한 아이를 보는 것처럼 소름이 돋았다. 순간, 묵연이 멈칫하더니 중얼거렸다.

"아이……."

"뭐라고?"

묵연이 고개를 홱 돌리며 물었다.

"사존, 남궁류의 모습이 어린아이 같지 않나요?"

그는 또 한 번 곁눈질로 남궁류를 쳐다봤다. 남궁류는 옷소매에 대고 코를 풀고 있었다.

"……대여섯 살짜리 어린아이 같잖아요."

초만녕은 묵연의 말을 들으며 다시 한번 남궁류를 봤다. 정말 그런 것 같았다.

남궁류는 사십 대의 외모였으나 행동 하나하나가 바보 같고 유치한 구석이 있었다.

초만녕이 중얼거렸다.

"서상림이 그의 기억과 의식을 대여섯 살에 머무르게 한 것인가?"

묵연이 말했다.

"기다려 보세요. 제가 가서 알아볼게요."

"어떻게 하려고?"

묵연은 말없이 사람들의 주목을 받으며 남궁류 옆으로 갔다. 그러고는 귤 하나를 집어 그에게 건네며 말했다.

"울지 말고 귤 먹자."

"안 먹어요. 전 이미 먹었어요. 이건 폐하께 드릴 거예요."

묵연이 귤을 광주리에 도로 넣으며 물었다.

"폐하가 누군데?"

강희가 말했다.

"뭐 하러 묻지? 이미 내가 물어봤다."

아니나 다를까, 남궁류가 말했다.

"폐하는…… 폐하는 폐하지 누구예요."

묵연은 낙담하지 않고 다음 질문을 했다.

"그래, 폐하는 폐하지. 네가 이렇게 충심이 깊고 철이 든 걸 폐하께서 아시면 분명 기뻐하실 거야. 참, 내가 계속 폐하에 관해서만 묻고 너에 대해선 안 물어봤네. 꼬맹이, 넌 이름이 뭐야?"

옆에서 참다못한 황소월이 조소를 지으며 입을 열려 했으나, 강희가 그를 막으며 고개를 저었다. 강희도 어렴풋이 뭔가 이상하다는 걸 깨달았다.

귤 광주리를 안고 있던 남궁류가 묵연을 한번 쳐다보더니 조금 겁이 나는 듯 말했다.

"남궁류요."

묵연이 빙그레 웃으며 남궁류의 머리를 쓰다듬었다. 그리고 침착하게 물었다.

"그렇구나. 난 묵연이고, 스물두 살이야. 넌?"

"저, 저는 다섯 살……."

"!"

순간, 적막이 찾아왔다.

남궁류는 조그만 목소리로 대답했지만, 모두가 숨죽여 이쪽을 보고 있었기 때문에 그가 전전긍긍하며 내뱉은 '저는 다섯 살'이라는 말은 천둥소리처럼 정전을 뒤흔들었다.

모두가 깜짝 놀라 할 말을 잃었다.

심각한 상황이 아니었다면, 현장에 있는 많은 사람들이 박장대

소하며 눈물이 나도록 웃었을 것이다. 다섯 살? 다섯 살이라고?

삼 년 전까지만 해도 천하제일 문파의 장문이었던 사람이, 지금은 잔뜩 움츠린 채 광주리 옆에서 중얼거렸다.

"저는 다섯 살이에요."

사람들은 차라리 암퇘지가 나무에 올라간다는 말을 믿는 편이 쉽겠다고 생각할 정도였다.

그러나 남궁류는 똑똑히 말했다. 사람들은 모두 멍한 표정으로 우두커니 서서 서로를 바라보았다. 도대체 이게 무슨 상황인지 알 수가 없었다.

강희가 앞으로 나와 성난 목소리로 물었다.

"매일 이 궁 안에서 뭘 하느냐?"

남궁류는 황급히 묵연의 뒤에 숨어 그의 옷소매를 잡아당기며 말했다.

"형아, 저 사람이랑 말하기 싫어요. 저 아저씨 너무 무서워요……."

강희는 할 말을 잃었다.

자신보다 나이 많은 남궁류가 자신을 아저씨라고 부를 날이 오리라고는 상상도 하지 못했기 때문이었다.

묵연도 난처하긴 마찬가지였다. 정말 다섯 살짜리 아이였다면 괜찮았겠지만, 지금 그의 소매를 잡아당기는 건 눈가에 주름이 자글자글한 남자였다. 묵연은 입을 삐죽거리며 헛기침을 하고는 그를 달랬다.

"그래그래, 저 아저씨랑은 얘기 안 해도 돼. 그럼 내가 물어볼게. 매일 여기서 하는 일이 뭐야?"

강희의 눈이 휘둥그레졌다. 그는 묵연의 모습에 감탄했다. 이 녀석, 대단한데? 이걸 참아 낸다고?

"전 매일 귤을 따요. 따서 잘 씻은 다음, 폐하께 가져가요. 폐하 드시라고요."

남궁류가 말했다.

"폐하는 귤을 제일 좋아하세요. 하루에 한 광주리를 다 드신다니까요. 산 아래에는 원래 온통 꽃만 피고 열매는 안 열리는 나무들이었는데, 폐하께서 별 소용이 없다고 전부 귤나무로 바꾸셨어요. 저도 귤나무가 더 좋은 것 같아요. 과일이 달잖아요."

그는 한참을 종알거리다 갑자기 표정이 어두워졌다.

"그런데 요즘 폐하의 몸이 계속 안 좋으셔서 한 광주리를 따도 반밖에 못 드세요……."

강희가 핵심을 꼬집었다.

"폐하께서 요즘 몸이 안 좋으시다고?"

남궁류는 여전히 그에게 앙심을 품은 듯 입을 삐죽거리며 볼에 바람을 넣고 말했다.

"흥, 아저씨랑은 말 안 해요."

강희는 참다 참다 더는 참지 못하고 고개를 홱 돌리며 손수건으로 입을 막았다.

황소월이 걱정스러운 듯 물었다.

"왜 그러십니까?"

"말 걸지 마시오."

강희가 혐오스럽다는 듯 미간을 찌푸렸다. 저쪽에 쪼그려 앉아 입을 꾹 다물고 있는 거대한 어린이 남궁류를 다시는 쳐다

보고 싶지 않았다.
“젠장, 저 인간 때문에 헛구역질이 나서.”
묵연이 말했다.
“폐하께서 몸이 어떻게 안 좋으셔?”
“그러니까…… 그러니까 그게, 계속 기침을 하시는데 기침할 때마다 피가 나와요. 그리고 엄청나게 말랐어요. 그런데도 밥을 안 드세요. 몸 여기저기가 다 썩었고요…….”
남궁류는 말을 하다 말고 눈물을 뚝뚝 흘리더니 또 슬퍼하며 울기 시작했다.
“너무 걱정돼요. 폐하께서 안 계시면 전 어떡해요? 저랑 놀아 줄 사람도 없고, 말할 사람도 없고, 저한테 귤을 먹여 줄 사람도 없는데.”
“폐하께서…… 귤을 먹여 주신다고?”
지난번 유풍문 사건 때의 상황을 보자면, 남궁류와 서상림 형제는 완전히 피맺힌 원한 관계였으므로 서상림이 자기 형에게 능지과를 계속 먹이지 않는 것만으로도 이미 기적이라고 할 수 있었다. 그런데 귤을 먹여 준다고?
상상도 할 수 없는 일이었다.
강희가 깊은 생각에 빠졌다.
“몸 여기저기가 다 썩었다고…….”
설정옹이 말했다.
“진롱기국의 반격을 당한 것 같소만?”
묵연도 이 점을 잘 알고 있었다. 3대 금지 술법 중 하나인 진롱기국은 시전자가 영력이 충분하지 않은 상태에서 억지로 바둑돌을 너무 많이 조종하면 몸이 서서히 썩기 시작한다.

묵연이 전생에서 처음 진롱기국을 수련할 때도 이런 경험이 있었다. 발가락부터 썩기 시작했는데, 초만녕에게 발각될까 봐 경거망동하지 못하고 '공심진법'을 만들어 낸 다음에야 수련을 지속할 수 있었다. 시간이 흘러 그는 답선제군이 되었고, 영력이 흘러넘쳐 공심진법을 쓰지 않고도 천군만마를 조종할 수 있었다. 그러나 망가진 왼쪽 발가락은 어떻게 해도 되돌릴 수 없었다.

묵연은 의아했다.

바깥의 저 시체들은 모두 공심진법에 조종당하는데, 이 정전 안에서 자유롭게 돌아다니는 시체들만 서상림의 영력에 통제당하고 있었다.

어차피 서상림은 그렇게 많은 바둑돌을 감당하지 못하는데, 득보다 실이 많은 일을 벌인 이유가 뭘까?

여기에 앉아 생각만 해 봤자 아무 소용이 없었다. 강희가 말했다.

"갑시다."

용혼지로 통하는 대문 역시 장치를 열어야 했는데, 이 장치는 다행히 파괴되지 않았다. 장치를 움직이자, 칠성 법진이 새겨진 정전 후문에서 우르릉하는 소리가 나면서 돌문이 벽 안으로 들어갔다. 유풍문 천궁의 중전(中殿)이 서서히 모습을 드러냈다.

육각형의 밀폐된 방은 사방이 습하고 축축했다. 천장에는 분노의 눈을 부릅뜬 채 날아오르는 굵고 힘센 용 한 마리가 새겨져 있었다. 이 거대한 용은 입에 등잔을 물고 있었는데, 안에 든 기름이 어떤 기름인진 모르겠지만 불빛이 짙은 남색이었다.

중전의 한가운데, 핏빛 거품이 부글거리는 연못에서 뜨거운 김이 모락모락 나고 있었다.

남궁사가 말했다.

"여기가 바로 용혼지입니다. 마룡의 원신이 이곳에 봉인되어 있지요."

누군가 가까이 가서 자세히 보려고 하자, 남궁사가 말했다.

"자세히 보지 마세요. 이 연못은 사기가 강해서 오래 쳐다보면 의식이 흐려질 수 있습니다. 어서 갑시다."

사람들은 남궁사를 따라 차례로 용혼지 옆을 지나갔다. 그들은 중전 뒤에 있는 회랑에 들어섰다. 암흑천지인 이곳엔 빛이 들어오지 않았지만, 묵연은 자신들이 계속 오르막길을 걷고 있음을 느낄 수 있었다.

향 하나가 다 탈 정도의 시간이 흐르고, 남궁사가 걸음을 멈췄다. 그의 앞에 이전의 것보다는 작지만 온통 금은보화로 장식이 된 문이 나타났다.

"이 문을 열면 다시 길이 나오고, 다음은 이 통로의 출구입니다."

남궁사가 말했다.

"거기로 나가면 천궁의 가장 마지막에 있는 초혼대가 나옵니다. 서상림은 분명 그곳에 있을 겁니다."

황소월이 물었다.

"유풍문의 천궁이 이게 다라고? 정전, 용혼지, 그리고 초혼대?"

"맞습니다."

"그럼 밀실 같은 건 없단 말인가?"

그는 급한 마음에 보물을 숨겨 놓은 밀실이라고 말할 뻔했지만, 다행스럽게도 무사히 넘어갔다.

"내 말은, 서상림이 밀실에 있을 수도 있다는 거지."

남궁사가 의미심장한 눈빛으로 그를 쳐다봤다. 그 눈빛에 황소월은 자기도 모르게 움츠렸다. 남궁사가 말했다.

"초혼대에 도착하면 다시 얘기하시죠."

마지막 문을 열려면 역시 남궁 집안의 피가 필요했다. 남궁사는 자신의 피를 돌문에 새겨진 용의 눈동자에 발랐다. 문의 기관이 드르륵하고 돌아가더니, 낮은 탄식이 들렸다.

황소월이 깜짝 놀랐다.

"누가 말을 하는 거야?"

그러고는 또 남궁사를 가리키며 말했다.

"네 이놈, 꿍꿍이가 있는 거 아니지? 우릴 몽땅 속이려고?"

남궁사가 개의치 않고 말했다.

"황 도사님께서 절 못 믿으시겠다면 지금 나가셔도 됩니다. 정전에 앉아 기다리시지요."

황소월은 당연히 그렇게 하지 않았다. 그러나 들어가기 전 세심한 주의를 기울였다. 이 길을 오는 동안, 중요한 문은 모두 남궁 집안의 피가 있어야만 열 수 있었다. 전설로 내려오는 보물이 숨겨진 밀실도 분명 그럴 터였다. 그래서 황소월은 안으로 들어가기 전에 용의 눈동자에 슬쩍 손을 문질러 몰래 남궁사의 피를 자신의 손에 묻혔다…….

순간, 조용하고 쓸쓸한 목소리가 깜깜한 통로에 울렸다.

– 이곳을 찾은 자, 누구냐?

황소월은 도둑이 제 발 저린 듯 너무 놀라서 펄쩍 뛸 뻔했다. 다른 사람들도 하나둘 주위를 둘러보았다. 남궁사가 말했다.

“유풍문의 제7대 후손, 남궁사다.”

– 망리…… 주인님을…… 뵈옵니다…….

목소리가 천천히 말을 마친 후 아득히 사라졌다.

“망리는 마룡의 이름입니다.”

남궁사가 강희에게 말했다.

“강 장문, 가시죠.”

강희는 통로를 쳐다봤다. 백여 척 정도 떨어진 곳에서 흰빛이 새어 나왔다. 그곳이 초혼대일 것이라 짐작하며 강희가 몇 걸음을 옮겼다. 그때, 갑자기 땅이 뒤흔들리더니 신비한 목소리가 다시 들렸다.

– 망리, 주인님을…… 뵈옵…… 니다…….

“용이 왜 이러지?”

강희가 미간을 찌푸렸다.

“왜 같은 말을 두 번이나 하는 거지?”

남궁사의 안색이 변했다. 그가 재빨리 초혼대 쪽을 바라봤다. 그쪽의 빛이 약하게 반짝이더니, 제대로 볼 틈도 없이 그의 귓가에 혀가 날름거리는 소리가 들렸다. 곧이어 빛이 보이던 곳에서부터 집채만 한 파도가 밀려들어 왔다.

남궁사의 동공이 순식간에 죄어들었다. 그가 큰 소리로 외쳤다.

“뛰어요!”

221장 **교산, 〈소요유〉**

그들에게 미친 듯이 돌진하는 건 집채만 한 파도가 아니었다. 거대한 독사 떼의 홍수였다!

좁은 통로 안은 삽시간에 아수라장이 되었다. 정신없이 서로를 미는 통에 짧은 시간 동안 밟혀 죽은 사람이 부지기수였다. 강희가 남궁사를 밀면서 말했다.

"먼저 가라. 여긴 내가 맡을 테니."

그는 소매에서 영롱하게 빛나는 가루를 꺼내 뿌렸다. 가루의 냄새를 맡은 독사들은 굳어 버린 몸으로 제자리에서 잔뜩 웅크린 채 앞으로 나아가지 못했다.

강희가 앞쪽을 향해 격노하며 소리쳤다.

"다들 침착해! 빨리 중전으로 돌아가! 밀치지 말고!"

독사의 홍수를 제압하고 빠른 걸음으로 무리를 따라가던 강희는 돌문 앞에서 날아오르는 용의 부조를 살피는 남궁사를 보았다. 그가 남궁사에게 물었다.

"어떻게 된 일이냐?"

"마룡이 조종당하는 것 같습니다."

남궁사가 말했다.

"용혼지의 상황을 좀 알아봐야겠어요."

용혼지로 가려는 그를 강희가 붙잡았다.

"뒤의 저 독사 떼는 어쩌지? 독사를 쫓아낼 수 있는 가루의 양이 얼마 되지 않아. 약효가 사라지면 분명 다시 쫓아올 게다."

옆에 있던 엽망석이 말했다.

"제가 맡겠습니다."

어릴 때부터 유풍문의 암성에서 훈련을 받은 그녀는 어둡고 좁은 곳에서 벌어지는 각개 전투에 그 누구보다 뛰어났다. 남궁사는 그녀를 남겨 두고 가기 싫었지만, 엽망석의 결심은 확고했다. 그녀보다 더 나은 선택이 없기도 했기에, 남궁사는 결국 그녀의 어깨를 토닥일 수밖에 없었다.

"어두운 이곳을 네가 싫어하는 건 알지만, 조금만 버티고 있어. 금방 돌아올게."

강희와 남궁사가 마지막으로 통로를 빠져나왔다. 그들이 나타나자마자 황소월이 다짜고짜 달려들었다. 그 사나운 기세는 머리털이 하얗게 센 노인네의 것이라고는 믿기 힘들 정도였다.

"남궁사! 아직도 아무런 꿍꿍이가 없다고 말할 거냐?"

오랫동안 참았던 남궁사도 인내심이 한계에 다다랐다. 그가 격분했다.

"저에게 꿍꿍이가 있었으면 황 장문께서 지금 여기에 멀쩡히

서 계실 수 있을 것 같습니까? 비키십시오, 길 막지 말고!"

황소월은 깜짝 놀랐지만 이내 그의 얼굴에 삿대질을 해 댔다.

"이것 봐, 이것 봐! 가면이 벗겨졌지? 정체가 드러났잖아? 여태껏 애송이 행세를 하더니, 자기네 땅에 왔다고 아주 목소리가 쩌렁쩌렁하네. 아직도 네가 위풍당당 유풍문의 적자인 줄 아느냐? 어찌 이리 오만방자한 게야!"

"황소월."

인내심이 한계에 다다른 사람은 남궁사 외에도 한 명이 더 있었다.

강희는 결코 호락호락한 사람이 아니었다. 그가 이를 부득부득 갈며 위엄 있는 목소리로 말했다.

"큰소리치는 당신이 사실은 뭘 하려고 하는지, 내가 모른다고 생각하진 마시오."

황소월이 손을 홱 거두었다. 그는 사색이 된 표정을 감추고 억지로 침착하려 애썼다.

"강 장문께선 아마 절 이해할 수 없으실 겁니다. 유풍문은 제 동생을 죽였습니다. 전……."

"황 도사의 마음을 이해하지 못하겠군."

강희가 눈알을 굴리며 차갑게 그를 바라봤다.

"보물이 숨겨져 있다는 유풍문의 밀실에 난 전혀 관심이 없으니."

그의 눈빛은 칼집에서 뽑힌 예리한 칼날 같았다. 황소월은 주춤주춤 뒤로 물러나며 입을 딱 벌린 채 강희를 쳐다봤다. 수레바퀴 자국 속의 붕어처럼 입을 뻐끔거렸지만 아무 말도 하지 못했다.

강희가 말했다.

"남궁사, 가서 알아보거라."

벽으로 둘러싸인 방 정중앙에 있는 용혼지는 아까와 똑같은 모습이었다. 멀리서 한눈에 바라보고 가까이에서도 여러 차례 자세히 살펴보았지만, 이상한 점은 없었다. 남궁사가 고개를 저으며 말했다.

"정전에도 가 봐야겠어."

정전은 장식이 훨씬 복잡한 데다 진룡 바둑돌도 많았다. 정전에 들어가 보니, 그곳에 남아 있던 남궁류가 광주리를 끌어안고 쿨쿨 자고 있었다.

아버지 앞에 선 그의 눈빛은 아득하면서도 공허했다. 눈시울이 저도 모르게 붉어졌다. 그는 더 서 있지 못했다. 바둑돌로 변한 아버지를 깨우지도 않았다. 그저 작은 단서라도 발견하길 바라며 다른 바둑돌들을 하나씩 살펴보는 데 신경을 기울였다.

모두가 정전에 있을 때는 이곳을 자세히 볼 여유가 없었기에 '극락'과 '연옥'으로 나뉘어 있다는 것만 파악했다. 그런데 지금 찬찬히 살펴보니, 꼭두각시 중에는 고인이 된 분들이 많았다. 그는 늘 서상림과 사이가 안 좋았던 넷째 숙부가 '연옥' 깊은 곳의 불 속에서 구워지는 걸 보았다. 삼생별원의 시녀들이 '극락'에서 개똥벌레나 나비를 잡는 모습도 보았다.

심지어 할아버지도 있었다.

그러나 슬픔을 느끼기엔 시간이 많지 않았다. 곧 누군가를 보게 될 거란 생각이 들었기 때문이었다. 누군가를…….

그리고 그는 들었다.

정전에 가득한 온갖 소리 중에서, 그 소리를 들었다.

모깃소리만큼 작고 떨리는…….

"사야……."

날벼락을 맞은 기분이었다. 고개를 돌리기도 전에 눈물이 먼저 차올랐다.

몸을 돌리자, 뿌연 시야 너머로 희미한 하늘빛 형상이 보였다. 그는 그 형상 쪽으로 황망히 내달리며 쉰 목소리로 외쳤다.

"어머니! 어머니!"

눈물이 떨어졌고, 시야가 또렷해졌다.

'극락'에 아름다운 여인이 홀로 서 있었다. 남궁사의 모친, 용언이었다. 남궁장영과 마찬가지로 강한 정력을 지닌 데다 서상림이 정전의 바둑돌에 생전의 마음을 남겨 두었으니, 어릴 때의 모습과 다른 남궁사의 모습도 그녀는 알아볼 수 있었던 것이다.

그녀는 나무처럼 뻣뻣한 손가락을 부들부들 떨면서 힘겹게 남궁사 쪽으로 뻗었다.

"사…… 야……."

용언은 남궁사가 그녀를 마지막으로 봤을 때 입고 있던 옷차림 그대로였다. 그는 그녀의 앞에 무릎을 꿇었다. 마치 하룻밤 사이에 유풍문의 더할 나위 없이 평범했던 그 밤으로 돌아간 것 같았다. 어머니가 아이를 보러 서재로 갔던 그날 밤, 창밖에는 둥근 보름달이 떠 있었다.

용언의 앞에 무릎 꿇고 앉은 남궁사가 고개를 들어 그녀를 바라보았다. 하고 싶은 말이 많았지만, 결국 입에서 나온 말은 떨리는 그 한마디였다.

“어머니…… 세상이 칭송해도 더 많은 칭송을 받기 위해 노력하지 않고, 세상이 비난하여도 낙담하지 않는다…….”

시간은 이렇게 거꾸로 흘렀다.

늘 엄격했던 어머니가 창가에 서서 아름다운 눈썹을 찌푸린 채 물었었다.

– ‘세상이 비난하여도 낙담하지 않는다’의 앞 구절이 뭐지?

어린아이는 어물거리며 대답하지 못했었다.

이후 갑작스러운 죽음을 맞은 어머니의 새카만 관 앞에 무릎 꿇었을 때도, 그는 여전히 어머니가 생전에 암송하라고 한 마지막 경문을 완벽히 외우지 못했다.

‘세상이 칭송해도 더 많은 칭송을 받기 위해 노력하지 않고, 세상이 비난하여도 낙담하지 않는다’라는 구절은 십 년이라는 긴 세월이 흘러 드디어 마침표를 찍었다.

용언의 앞에 무릎 꿇은 남궁사는 달밤의 이별을 할 때와 같은 자세였다. 그들의 모습이 그때와 완전히 겹쳐졌다. 다만 그때의 원망은 찢어지는 아픔으로 변했고, 그때의 아름다운 얼굴은 다른 사람의 바둑돌이 되어 있었다.

용언은 남궁사의 귀밑머리와 뺨을 어루만졌다. 그러고는 아들의 피투성이 손을 붙잡고 떨리는 눈을 감았다.

“사야, 이 어미의 몸은 도마 위에 오른 고기처럼 통제를 받고 있단다. 언제든지 의식을 잃을 수 있어……. 하지만 이 어미가 하는 말은…… 다 진심이라는 걸…… 죽기 전에 생각했던 것들이라는 걸…… 믿어 주렴……. 이 어미는 날 이렇게 만든 백부를 너무나도 증오하지만…… 또 한편으론 고맙기도 해."

"어머니……."

"그가…… 날 바둑돌로 만들지 않았다면, 내가 어떻게 널 다시 만나서…… 너와…… 이야기를 할 수 있겠니."

용언이 뻣뻣한 몸을 천천히 굽혔다. 그녀는 떨리는 손을 뻗어 남궁사를 품에 꽉 안았다.

"이 어미가 죽기 전에 가장 후회한 건……."

그녀가 흐느끼더니 목이 멘 듯 말을 멈췄다. 하지만 서상림의 통제 때문이 아니라 자신의 아이를 너무 꽉 안아서였다. 그녀가 떨리는 목소리로 말했다.

"가장 후회한 건 한 번도, 단 한 번도 이렇게 널 안아 준 적이 없다는 거야. 난 한 번도 널 이렇게 안아 준 적이 없어……. 사야……."

그녀가 목 멘 소리로 말을 이었다.

"그래도 엄만 널 사랑해."

남궁사는 울음 때문에 말을 할 수가 없었다.

"알아요…… 다 알아요. 어머니, 전 다 알고 있어요."

이때, 땅이 또 진동하기 시작했다. 용언은 두려움에 눈을 크게 뜨며 중얼거렸다.

"망리의 피의 계약이 깨질 거야……."

"뭐라고요?"

"망리의 피의 계약이 깨질 거야! 난 여기서 매일 볼 수 있단다!"

용언이 긴장했다.

"사야, 넌 무사해야 해. 내가 가서 막아야 해……. 내가 가서 남궁서를 막아야 해……."

남궁사가 눈물을 닦으며 어머니를 잡았다.

"어머니, 여기서 뭘 보신 거예요? 무슨 피의 계약이 깨진다는 거예요?"

"잘 들어라."

용언이 멈칫하더니 동공이 확 조여들었다. 순간, 누군가의 통제가 다시 시작된 것 같았다. 그녀는 이를 악물고 육신의 의식에 기대 진룡기국의 통제에 저항했다.

"남궁서는 다섯 개의 신무를 모았어. 수많은 사람의 피를 마신 다섯 개가 힘을 합치면 마룡과 남궁 집안의 연결 고리를 끊어 버릴 수 있단다."

"연결 고리를 끊는다고요?"

"그래, 가장 먼저 끊어지는 고리는 용의 힘줄이다."

남궁사가 깜짝 놀랐다.

"그러면 바깥에서 갑자기 폭주한 시체들이, 사실은 힘줄의 연결 고리가 끊어져서 통제를 벗어난 거였군요?"

"그렇지."

용언이 쉰 목소리로 말했다.

"두 번째, 용의 비늘이다."

남궁사는 조금 전 맞닥뜨렸던 독사들이 생각났다. 분명 용의 비늘이 변한 것일 터였다.

"세 번째, 용의 꼬리다."

남궁사가 질겁했다.

"그럼 방금 그 진동이 꼬리의 연결 고리가 끊어진 것 때문인가요?"

"맞아. 그다음은 머리, 마지막이 몸통이란다."

용언이 말했다.

"남궁서가 다섯 번째 신무를 사용해 법술을 성공적으로 시전하면 교산 전체가 통제를 벗어나게 되고…… 다시는…… 다시는 태장문을 주인으로 인정하지 않게 될 거야."

그녀의 표정이 다시 고통스럽게 일그러지더니, 잠시 말을 하지 못했다. 아마 서상림이 그녀의 행동을 감지하고 필사적으로 그녀의 몸을 집어삼키려 하는 것 같았다.

용언이 낮게 울부짖었다. 길고 창백한 손가락이 머리카락 사이를 파고들었다.

"안 돼…… 안 돼……."

"어머니!"

"사, 사야……."

그의 목소리에 다시 번쩍 정신을 차린 그녀는 갈증으로 죽기 직전인 사람이 샘을 만난 것처럼 그를 꽉 끌어안았다. 두려우면서도 무력한 표정이었다.

남궁사는 이렇게 무력한 표정의 어머니를 한 번도 본 적이 없었다.

가슴이 찢어질 듯 아팠다. 그는 어머니를 품에 안았다. 그가 어릴 적 언제나 고고하고 엄격했던 어머니는 그를 안아 준 적이 거의 없었다.

그런데 지금, 그가 마침내 어머니를 지킬 수 있게 되었다.

비록 환영일 뿐이었지만, 혼백은 오래전에 사라지고 생전의 의식만 조금 남은 빈 껍데기 육신일 뿐이었지만.

이걸로도 충분했다.

용언이 몸을 구부린 채 남궁사의 품에서 약하게 떨었다. 한참이 지난 후, 고개를 든 그녀의 얼굴은 진룡 바둑돌이 흘린 피눈물 범벅이었다.

남궁사는 괴로워하며 어머니의 얼굴을 닦아 주려 했다. 그러나 아무리 닦아도 더러웠고, 아무리 닦아도 핏자국은 사라지지 않았다. 그는 고통스럽게 눈을 감았다.

용언이 말했다.

"난 그가 이미 날 감지했다는 걸…… 알 수 있어……. 이제 시간이 얼마 남지 않았다……. 잘 들어. 그가 피의 계약을 깨려…… 깨려는 이유는 마룡과 새로운 계약을 맺기 위해서야. 그때가 되면…… 악!"

그녀는 의식이 흐릿해져 말을 계속 이어 나갈 수 없었다.

남궁사는 모든 걸 깨달았다. 그의 얼굴에 조금이나마 남아 있던 핏기가 사라졌다.

"그때가 되면 망리는 그의 명령만 듣게 되고, 교산에서…… 단 한 사람도 빠져나갈 수 없겠네요?"

"절대로 안 돼……."

"절대로 안 돼요!"

모자가 이구동성으로 말했다.

남궁사는 고개를 숙여 어머니를 바라봤다.

"어떻게 해야 할지 어머닌 아시죠?"

"남궁서는 수련이 아직 부족해……."

용언의 얼굴에 희미한 한기가 스쳤다.

"그는…… 그는 절대 진룡기국을 버티지 못할 거야……. 그러면 진룡기국의 반격을 당하게 되지. 나도 그것 때문에…… 남궁서의 속마음을 조금이나마 알게 되었다……. 난 어떻게 해야 할지 알고 있어. 내 말을 들어라."

용언은 남궁사의 팔을 잡았다. 그녀의 시선이 조금씩 옆으로 가다가 남편에게서 멈췄다.

조금 전의 진동으로 남궁류는 너무 놀란 나머지 자신의 광주리를 안고 멍하니 주위를 둘러보고 있었다. 영문을 모르겠다는 표정이었다.

매가 굴속에 든 뱀을 응시하듯, 그녀가 그를 응시했다.

"한 명이 죽어야 해."

붉은 입술이 열리고, 용언이 말했다.

"사야, 아버지를 죽이거라."

222장 **교산, 군자의 약속**

"!"

남궁사는 충격으로 전율했다.

"어머니?"

"마룡의 계약은 남궁 집안의 산 제물을 올려야만 더욱 견고해진단다."

용언이 말했다.

"너 아니면 네 아버지뿐이야. 그러니 당연히 네 아버지여야만 하지……. 네 아버진 이미 바둑돌이고, 살아 있는 송장에 불과해……. 저렇게 구차한 목숨을 부지할 자격도 없고 말이야. 남편으로서 도리를 다하지 못했고, 아버지로서 엄하게 가르치지 못했고, 군자로서 제대로 다스리지 못했어. 할 줄 아는 건 아첨질뿐이었지. 남궁서가 순간의 인정 때문에 그에게 걸린 능지과 주문을 풀어서 그냥 바보로 살게 해 줄 줄 누가 알았겠느냐?"

남궁사는 너무 놀라 그 자리에 서서 꿈쩍도 하지 않았다. 뻣뻣하고 움직이기 힘든 바둑돌이 된 것만 같았다.

"사야, 이 어미는 몸이 말을 듣지 않아서 움직이기가 힘들구나. 그를 용혼지에…… 피의 연못에 던져 넣을 사람은 너밖에 없어……. 그의…… 그의 천한 목숨으로 모두가 평안을 얻을 수 있다면 그것 또한…… 덕을 쌓는 일이겠지!"

그가 대답하기도 전에 갑자기 용혼지 쪽에서 소리가 들렸다.

"어떻게 된 거야? 이 딱정벌레들은 다 어디서 날아온 거지?"

딱정벌레……?

곧이어 정전 여기저기에서 끔찍한 비명과 함께 설정옹, 강희 등 여러 사람이 크게 명령하는 소리가 들려왔다. 용언이 초조하게 말했다.

"어서, 꼬리의 피의 계약이 깨졌다. 이제 남은 건 두 개뿐이야. 완전히 깨진 후에는 네 아버지를 용혼지에 던져도 아무 소용이 없단다."

그녀의 말에 남궁사가 정신을 번쩍 차렸다.

"머뭇거릴 시간이 없다!"

용언이 말했다.

"네 아버지가 사방을 들쑤시며 쌓은 죄업 때문에 유풍문이 이 지경이 된 것 아니니. 사야! 정신 차리렴! 다른 선택지는 없다. 사……!"

순간, 그녀의 목소리가 끊겼다.

그녀의 눈이 뒤집히고, 동공이 급격히 수축했다. 참지 못한 서상림이 가장 난폭한 영력으로 그녀를 지배했다.

용언은 더는 자신의 의식을 찾지 못했다.

그녀는 다시 꿈꾸는 것 같은 얼굴을 하고 천천히 일어나 '극락'으로 걸어가서는 자신이 앉아 있던, 눈에 잘 띄지 않는 곳으로 돌아가 허공을 바라보며 중얼거렸다.

"사야⋯⋯ 이 어미한테 말해 보렴. '세상이 비난하여도 낙담하지 않는다'의 앞 구절이 뭐지?"

남궁사는 부들부들 떨었다.

바닥에 무릎을 꿇고 앉아 떨었다. 그는 무엇의 지배도 받지 않았지만, 이미 빈틈없는 포위망에 갇혀 빠져나갈 구멍이 없는 것만 같았다.

세상이 칭송해도 더 많은 칭송을 받기 위해 노력하지 않고, 세상이 비난하여도 낙담하지 않는다.

어머니는 그가 이런 사람이 되길 바랐다. 어려운 일이었다.

정말 어려운 일이었다.

글이 어려워 이해하기 어려운 〈소요유〉 암송도, 화살 열 발 중 아홉 발은 무조건 과녁 중앙에 맞혀야 하는 활쏘기도, 어린 그에겐 너무나도 어려운 일이었다.

그런데 지금 그녀는 그에게 아버지의 피로 교산과의 피의 계약을 견고히 하라고 말했다.

정전 바깥에서 슬픈 비명이 들렸다. 소리만 들어도, 깨어난 용의 꼬리가 변한 딱정벌레가 얼마나 끔찍한지 알 수 있었다. 그는 엽망석을 떠올렸다. 어둠 속에서 혼자 독사 떼들을 상대하고 있을 그녀는, 그가 모든 걸 밝혀내고 돌아오길 기다릴 터였다.

"사야……."

뒤에서 어머니가 중얼거렸다.

그는 천천히 장검을 빼 들고 남궁류에게 다가갔다.

증오.

어찌 증오하지 않을 수 있을까?

그는 이 남자를 바라보았다…….

어찌 그를 증오하지 않을 수 있을까?

어머니의 심장을 산 채로 꺼내고, 강동당의 장문과 사통하고, 벽담장의 이 장주를 괴롭혀서 유풍문을 골칫거리와 오명으로 가득한 문파로 만들었고, 이 때문에 자신과 엽망석이 상갓집 개처럼 갈 곳이 없어 불안에 떠는 상황이 되었다. 그러니 어찌 그를 증오하지 않을 수 있겠는가!

패검을 높이 쳐들었다. 흰빛이 남궁류의 얼굴에서 번쩍였다.

젊음이 없는 얼굴에 어린아이만의 편안함과 고요함이 있었다.

남궁류가 남궁사를 바라보았다. 남궁사의 손이 떨렸다. 그는 시선을 외면하며 말했다.

"일어나요."

"누구세요? 왜 나보고 일어나라고 해요? 앉아 있을 거예요. 폐하를 기다릴 거예요……."

"폐하는 무슨 폐하!"

남궁사가 그에게 소리쳤다. 심장이 미친 듯이 뛰었고, 혈관에선 피가 마구 솟구쳤다.

"그 사람은 동생이잖아! 이봐요, 남궁류! 당신 동생이라고!"

"동생이어도 폐하예요."

남궁류는 깜짝 놀라 또 몸을 잔뜩 웅크렸다.

"무섭게 그러지 말아요. 왜…… 왜…… 왜 울어요?"

내가 운다고?

남궁사는 어리둥절했다.

내가…… 울어?

짜디짠 눈물이 줄줄 흘러 패검과 함께 바닥에 떨어졌다.

남궁사는 바닥에 털썩 무릎을 꿇고 주저앉아 목 놓아 울었다.

왜 이렇게 된 거지?

그는 아버지를 증오했다. 아버지를 강제로 용혼지로 끌고 가 교산과 망리의 피의 계약을 다시 맺게 할 만큼 아버지를 증오한다고 생각했다.

증오해선 안 되는 이유가 뭔가? 이 사람 때문에 내가 돌아갈 집이 사라졌고 집안이 풍비박산 났는데, 증오하지 않을 이유가 있을까?

하지만…….

하지만 정말 못 하겠어.

검광이 이 사람의 얼굴을 비췄을 때, 이 사람의 눈가에 있는 주름을 봤을 때, 그의 머릿속에 떠오른 건 바로…….

바로 자신이 아주아주 어렸을 때 소월 연무장에서 노백금을 쫓아 뒤뚱뒤뚱 뛰던 장면이었다.

그러다 결국 넘어지고 말았다.

용언이 앞에 서서 엉엉 우는 그에게 말했다.

— 일어나거라.

너무 아팠다.

너무 아파서 그는 필사적으로 노력해 봤지만 일어날 수가 없었다.

그는 손을 뻗어 어머니에게 한 번만 안아 달라고, 한 번만 붙잡아 달라고 애원했다.

그러나 용언은 손을 내밀지 않았다. 영원히 내밀지 않았다.

결국, 따뜻하고 큰 손이 어린 그를 일으켜 세운 다음 품에 꼭 안았다. 쏟아지는 햇빛 속에서 남궁사는 한 얼굴을 보았다.

젊고, 부드럽고, 무골호인[#3]처럼 언제나 자애롭고 온화한 얼굴이었다.

– 아이고, 우리 사도 일으켜 달라고 할 때가 다 있네.

그 사람이 가늘고 부드러운 머리칼을 쓰다듬었다. 눈빛이 참 따스했다.

– 매번 혼자 일어서면, 아빠 엄마는 뭘 해 줘야 하나?

남궁사가 기억하는 아버지에 관한 가장, 가장 오래된 기억이었다.

산 송장 천지인 어둡고 광활한 이 정전에서 유일하게 살아 있는 사람이 비틀거리며 일어나려 했다.

#3 무골호인 줏대 없고 순하여 남의 비위를 다 맞추는 사람

남궁사는 일어났지만 이내 다시 무릎을 꿇었다.

그러고는 용언이 있는 먼 곳을 향해 머리를 길게 세 번 바닥에 찧고, 다시 일어나 이제는 정말 가려고 했다.

그때, 뭔가가 옷소매를 잡아당겼다.

그를 붙잡은 사람은 뜻밖에도 남궁류였다.

"……."

남궁류는 광주리에서 귤 하나를 꺼내 남궁사의 손에 쥐여 주고는, 잠시 생각하다 또 하나를 까서 그의 입가로 가져갔다.

"울지 마요. 어딜 가는지는 모르겠지만. 귤이 정말 달고 맛있어요. 제가 따 온 거예요, 먹어 봐요."

남궁사는 먹고 싶지 않았지만, 귤이 코앞에 와 있었다. 어린 남궁사의 입에 수도 없이 먹을 것을 넣어 주던 남궁류의 예전 모습 그대로였다.

새콤달콤한 과즙이 입 안 가득 퍼졌다. 남궁사는 눈물을 쓱 쓱 닦았다. 마침내 장검을 내던지기로 마음먹은 그가 성큼성큼 정전 밖으로 걸어 나갔다.

그는 아수라장이 된 용혼지에 도착했다.

용의 꼬리가 변해 만들어진 딱정벌레는 정말 끔찍했다. 이미 많은 수사가 목숨을 잃었고, 바닥은 흐르는 피로 강이 되었다. 딱정벌레가 너무 작아서 초만녕, 강희 등 대종사들이 보호할 수 있는 사람은 많지 않았다. 물이 끓어오르는 큰솥에 빠진 것만 같은 혼돈의 도가니였다.

아무도 남궁사가 들어온 걸 눈치채지 못했다.

그가 중전 안으로 들어갔다.

몇 시진 전, 그는 영핵을 잃었다. 그래서 자신은 이제 속인이 되어 평범한 인생을 살게 될 거라 생각했다.

그런데 지금은 운명이 애초부터 그의 커다란 포부를 알고 있었다는 생각이 들었다. 그렇게 후하진 않았지만, 그렇다고 해서 마지막이 박하지도 않았다.

유일하게 아쉬운 점은…….

그의 시선이 초혼대로 가는 통로에 꽂혔다.

엽망석.

남궁사가 불현듯 미소 지었다.

다행이다. 마지막까지 떠나지 않고 버리지 않아 줘서 고맙다고, 변하지 않아서 고맙다고 말할 시간이 없어서.

다행히도 아직 말하지 않았다. 마침내 그녀의 마음, 그녀의 사랑, 그리고 영원히 함께하고 싶은 자신의 마음을 깨달았노라고.

안 그랬으면, 그녀에게 누를 끼쳤을 테니까…….

풍덩.

그러면 어땠을까?

그는 생각을 이어 가지 않았다. 더는 용기가 나지 않을 것 같았다. 그는 생각을 이어 가지 않았다. 부글부글 끓어오르는 피의 연못이 그를 집어삼켰다. 그는 생각을 이어 가지 못했다. 그렇게 뼈가 되고, 재가 되었다.

그가 생전에 늦지 않고 할 수 있었던 마지막 일은 허리춤의 전갑을 벗어 놓는 것이었다. 어머니가 한 땀 한 땀 수놓아 준 전갑과, 그 안에서 우는 요랑 노백금을 피의 연못 옆에 놓아둔 것이었다.

남궁사는 자신이 재로 변하는 순간에도 여전히 의식이 있는 것처럼 느껴졌다. 그러나 아프진 않았다. 전갑이 안전하게 바닥에 떨어지는 소리와 노백금의 우는 소리가 또렷하게 들렸다. 초만녕이 자신의 이름을 부르는 소리도 들었다. 겨우 붙잡고 있던 태연함이 다 사라졌다.

그는 대답하고 싶었다.

대답하고 싶다.

사존…….

전 당신을 알아요.

제가 어떻게 모를 수 있겠어요.

사실 전 다 기억해요. 그때 꽃나무 아래에서 사존께 절하며 예를 올렸잖아요.

하지만 사존은 절 받아들이려 하지 않으셨죠.

제 오만한 자존심 때문에, 사존이 절 마음에 들어 하지 않으실까 봐 겁이 났어요. 그래서 여태껏 너무 어렸을 때라 기억나지 않는다고 거짓말했던 거예요.

나중에 절 받아 주시려고 했지만, 전 사존까지 안 좋은 일에 끌어들일까 걱정이 돼서…….

이젠 다 괜찮아요.

전 사존이 있고, 어머니 앞에서 〈소요유〉를 읊었고, 엽망석과 노백금은 다 무사하니까요.

참, 죽기 전에 귤도 먹었네요.

그 사람이…… 직접 까 준…….

어릴 때 종종 저에게 먹여 주던 그 귤과 같은 맛이었어요.

정말 달더라고요…….

남궁사의 혼령이 사라졌다. 모든 게 희미해졌고, 모든 게 지나간 환영이 되었다. 옛일은 모두 지나가 버렸다.

피의 계약에 귀속되었다.

갑자기 용혼지에서 눈부신 광채가 뿜어져 나왔다. 광채가 닿는 곳마다 용의 포효와 칼이 울부짖는 소리가 휩쓸고 지나갔다. 용의 꼬리였던 딱정벌레, 용의 비늘이었던 독사가 흔적도 없이 사라졌고, 바깥에서 시체 떼를 옮기던 사악한 용의 힘줄은 재 가루가 되었다.

엽망석은 온몸이 피투성이가 된 채 통로를 빠져나오자마자 그 광경을 보고 말았다. 용혼지에 몸을 던지는 남궁사의 마지막 뒷모습, 용의 빛이 뿜어져 나오는 피의 연못, 그 연못을 바라보는 수사들, 옆에서 무력하게 울고 있는 노백금, 노백금을 안아 드는 초만녕…….

그녀의 패검이 쨍그랑 소리를 내며 바닥에 떨어졌다.

"사야!"

하늘이 찢어지도록, 목이 터져라 그를 불렀다.

엽망석은 이미 온몸이 상처투성이였다. 그녀가 비틀거리며 앞으로 걸어갔지만 피의 연못에 다다르기도 전에, 눈물이 흘러내리기도 전에, 심각한 상처와 극도로 격앙된 감정은 그녀를 무너뜨렸다. 뱀독이 몸 전체에 퍼진 그녀의 몸은 얼음처럼 차가웠고, 오한으로 덜덜 떨렸다.

"사야……."

그녀는 한 걸음, 한 걸음 비틀거리며 갔다. 푸르스름한 입술

사이로 흐느낌이 새어 나왔고, 눈물이 주르륵 흘러내렸다. 결국, 더는 버티지 못하고 차가운 바닥에 쓰러졌다.

눈앞이 깜깜했다. 그러나 그녀는 피로 얼룩진 손으로 바닥을 짚으면서 어떻게든 앞으로 기어가려고 했다.

이미 늦었다는 걸 너무나도 잘 알았다.

용혼지에 몸을 던지는 남궁사를 두 눈으로 똑똑히 봤다.

모든 게 끝났다는 건 분명했다.

하지만 이건 아니었다. 어떻게 받아들이겠는가…… 어떻게!

죽기 살기로 용혼지까지 기어가면 그 사람이 돌아올 것 같았고, 그 시간을 붙잡고 있기만 하면 남궁사가 다시 자신의 곁으로 돌아올 것만 같았다.

그가 말했다.

독사 떼가 득실거리는 통로 앞에서, 그는 분명히 말했었다…….

어두운 이곳을 네가 싫어하는 건 알지만, 조금만 버티고 있어. 금방 돌아올게.

눈물이 뚝뚝 떨어졌다.

그녀는 버텼다. 이가 부서지도록 악물고 버텼다. 그렇게 조금씩, 몽롱한 정신과 경련이 일어나는 몸으로 기어서 빛이 사라진 용혼지까지 왔다.

내가 왔어.

너는?

너무 어둡고 추워. 또다시 악귀가 오려는 걸까. 또 독사가 나타나려는 걸까. 예전처럼 부적을 펄럭이며 당당하게 돌아올 수는 없어?

다시 말해 줘.

– 나랑 가자. 내가 지켜 줄게.

"남궁사…… 사야……."

그녀의 흐느낌은 오열이 되었다.

"돌아와! 군자가 한번 말했으면 지켜야지! 돌아오라고!"

그러나 울음소리도 오래가진 못했다. 강력한 독과 상처가 그녀를 집어삼켰기 때문이었다. 의식을 잃기 전 그녀가 마지막으로 한 일은 용혼지의 벽에 손을 댄 것이었다. 연못 안에 있는 그의 옷깃을 만지는 것처럼, 그를 곁에 남겨 두려는 듯 그렇게 손을 댔다.

다 좋아지고 있었는데…… 사의 난폭한 영핵을 억제할 방법도 알아냈는데. 사람들도 예전만큼 앙심을 품고 있지 않았고…… 힘든 시간이…… 끝나 가고 있었는데.

그러나 어둠은 또다시 찾아왔다. 그녀에겐 다시는 빛이 없을지도 몰랐다.

"사야……."

엽망석은 그의 이름을 되뇌며 천천히 눈을 감았다.

마룡의 악령이 드디어 진압되었다. 남궁사는 자신의 피와 살을 제물로 바쳐 파괴되기 직전의 계약을 견고히 했다. 그리고 용혼지에는 남궁사의 혼백이 깃들어 있었으니, 서상림이 이를 파괴하는 건 거의 불가능했다.

모든 게 끝났다.

서상림은 이제 교산의 작은 풀 한 포기조차 움직이지 못했다. 남궁장영만큼의 실력은 없었지만, 서상림의 가장 날카로운 이빨을 뽑아 버린 사람은 결국 남궁사였다.

다들 아무 말이 없었다. 상처를 입은 사람의 가냘픈 신음만 들렸다.

용혼지의 광채가 점점 희미해졌다. 묵연이 초만녕에게 다가갔다. 초만녕은 고개를 숙인 채 눈을 감고 있었다. 노백금을 안고 있는 창백하고도 차가운 손은 감정을 억제하느라 연푸른 핏줄이 툭 불거졌다.

"사존……."

초만녕은 입을 열지 않았다. 그저 엽망석 곁에 노백금과 남궁사의 전갑을 같이 놓아둘 뿐이었다.

몸을 일으킨 그의 눈이 촉촉했다. 그러나 그가 초혼대로 향하는 통로를 바라본 순간, 촉촉한 물기는 얼음으로 변했다.

말이 없는 그의 손에 금빛 광채가 흐르는 천문이 나타났다. 그가 어두운 통로로 향했다.

묵연을 비롯한 사생지전의 제자들은 모두 말없이 그를 따랐다.

입을 여는 사람은 아무도 없었다.

선두에 선다는 것이 무엇을 의미하는지 잘 알고 있었다. 그러나 그들은 모두 따랐고, 아무도 뒷걸음질 치지 않았다. 답설궁, 고월야가 그 뒤를 이었다.

강희는 통로에 들어가기 전, 치유와 방어를 맡을 제자들의 이름을 불렀다.

"너희들은 여기에 남아 부상자들을 세심히 보살피도록 해라. 특히 엽 낭자를. 만약 이 사람들 중에 또 사망자가 나오면 일 년 치 급료로 받을 영석은 없던 것으로 하겠다."

"예, 장문님."

초혼대로 향하는 문이 열렸다. 수많은 목숨을 잃고 여기까지 왔다. 그들은 유풍문 천궁의 마지막 장소에 도착했다…….

마침내, 혼을 불러 제사를 지내는 곳에 도착했다.

초혼대였다.

223장 교산, 날 보고 미쳤다며 비웃었지

초만녕이 가장 먼저 통로를 빠져나왔다. 마지막 돌계단을 오르니, 좁은 통로와 달리 너른 축대가 보였다. 끝이 보이지 않는 광활함은 마치 하늘의 가장 높은 곳을 떠다니는 정토(淨土) 같았다.

하늘에는 밝은 달이 걸려 있었다. 축대의 사방엔 아무것도 없었으며 풀 한 포기 자라지 않았다. 멀리 내다보니, 찬 바람이 불고 구름의 그림자가 희뿌옇게 드리워 있었다. 그리고 축대의 정중앙에 누군가가 앉아 있었다.

서상림이었다.

통로를 빠져나온 사람들은 모두 서상림을 보자마자 경악했다. 설정옹이 깜짝 놀라 말했다.

"이게…… 어찌…… 어찌 된 일이지?"

'헉' 하고 놀라며 중얼거리는 사람도 있었다.

"세상에, 어떻게 이럴 수가 있지?"

"죽은 거야, 산 거야?"

묵연이 그가 있는 쪽으로 걸어갔다. 거리가 가까워질수록, 뼛속까지 한기가 스며드는 소름 돋는 광경이 나타났다. 서상림은 책상다리를 하고 바닥에 앉아 눈을 감고 있었다. 몸의 오른쪽 반은 완전히 부패하여 사람의 형상이라고 할 수 없을 지경이었다. 몸에선 피고름과 시커먼 물이 줄줄 흘렀고, 악취가 코를 찔렀다. 그의 앞뒤 좌우에는 사악한 기운이 가득한 신무 다섯 개가 꽂혀 있었다.

묵연은 자기도 모르게 주먹을 쥐었다……. 불귀였다.

불귀는 바닥 깊이 꽂혀 있었고, 연녹색 광채가 바닥에서부터 올라와서 다른 네 개의 신무에서 나오는 광채와 합쳐져 서상림의 심장으로 흘러 들어갔다. 뼈가 드러날 정도로 여윈 서상림의 얼굴은 그 광채로 번쩍번쩍 빛났다.

서상림의 뒤에는 시커먼 운무가 빙빙 돌고 있었는데, 형태를 갖추기 직전의 결계 같았다.

다른 사람들도 속속 묵연의 곁에 모여들었다.

황소월이 믿을 수 없다는 듯 중얼거렸다.

"이건…… 이건 무혼술인가?"

무혼술이 뭔지 몰랐던 설몽이 아버지에게 물어보려 고개를 돌렸을 때, 설정옹의 얼굴은 이미 백지장처럼 하얗게 질려 있었다. 이런 술법을 쓰는 사람이 있다는 걸 믿을 수 없다는 표정이었다.

"이게 도대체 뭔가요?"

무혼술을 모르는 사람이 설몽만은 아니었던지, 다른 후배가 조용히 물었다.

초만녕이 서상림의 얼굴을 주시하며 말했다.

"무혼술은 자신의 혼백을 피로 물든 신무에 바치는 것이다. 신무와 계약을 맺고 맹세하면, 죽고 난 후 신무의 기령(器靈)이 그 사람의 영혼을 갈기갈기 찢어 삼켜서 신무를 단련하는 제물로 삼는 거지."

"무기에 산 제물을 올린다고요?"

설몽이 경악했다.

"왜 이렇게 하는 거죠?"

"영력이 부족하기 때문이다."

초만녕이 말했다.

"자신의 실력을 빠르게, 그리고 대폭 높일 수 있는 방법이기 때문이야. 그는 혼백을 신무에 바치고, 신무는 그에게 힘을 주지."

갑자기 어디선가 조용한 탄식이 들렸다.

모두가 무의식적으로 한 걸음 물러섰고, 설몽은 용성을 뽑아 들고 서상림의 얼굴을 주시했다.

서상림이 천천히 눈을 떴다. 달빛 아래 고개를 든 그의 얼굴은, 반은 정상이었지만 반은 이미 혐오스럽게 피떡이 진 얼굴이었다.

"초 종사…… 그리고 제군들, 결국 찾아오셨구려."

그가 한 손으로 바닥을 짚고 비틀거리며 일어났다. 그의 시선이 경계심, 혹은 혐오감, 혹은 두려움으로 가득 찬 얼굴들을 하나하나 훑고 지나갔다.

그런 표정들을 보며 그는 전혀 개의치 않았다. 하나밖에 없는 멀쩡한 눈동자 속에는 악랄한 조롱과 사기가 담겨 있었다. 한 번, 또 한 번 훑어보던 그는 그 사람이 없다는 걸 깨닫자, 얼굴에서 사악한 미소가 사라졌다.

서상림이 거칠게 소리쳤다.

"엽망석은?"

설몽이 격분했다.

"어디서 감히 그 이름을 입에 올려?"

"그 아이를 어찌했지?"

설몽은 더욱 화가 났다.

"무슨 상관이야? 양심도 팔아먹은 놈이 어디서 염치도 없이 엽망석을 걱정해?"

"걱정?"

이 말이 서상림의 감정을 건드린 것 같았다. 잠시 멈칫한 그는 눈을 가늘게 떴다. 서서히 평정심을 되찾았는지, 평상시와 같은 목소리로 말했다.

"아니, 내가 걱정을? 우습기 짝이 없군."

강희가 살벌하게 말했다.

"쓸데없는 말을 해서 뭐 하나? 저자를 죽여라!"

강희가 오른손을 들자 설황 패검이 나타나 곧장 서상림을 끝장내려 했다. 그런데 뜻밖에도 검은 그림자가 번개처럼 나타나 그의 공격을 막아섰다.

강희가 눈썹을 추켜세우며 이를 부득부득 갈았다.

"왜 날 막는 게냐?"

"서상림에게 물어볼 것이 있습니다!"

묵연이 돌아섰다. 눈 속에 복잡한 빛이 서려 있었다. 그는 하고 싶은 말이 더 있는 듯 입술을 달싹였지만, 결국 내뱉은 말은 한마디였다.

"네놈과 한패인 자는 어딨지?"

서상림은 느릿느릿 ―이런 상황에도 여유로웠다― 자신의 발을 문질렀다.

묵연은 그가 여전히 맨발이라는 걸 깨달았다.

"한패라."

서상림이 이를 드러내며 씩 웃었다. 반쪽 얼굴의 미소엔 비웃음이 담겨 있었지만 여전히 눈부셨다.

"그렇다면 내가 절대로 말하지 않을 거라는 것도 알고 있겠군. 이 사람 서 아무개, 그래도 강호의 의리는 지킨다네. 여기 계신 영웅호걸과 군자, 사내대장부 여러분, 괜히 힘 빼지 마시게."

그가 묵연의 손에 들린 견귀를 응시하며 말했다.

"다른 심문 방법도 쓸모없네. 그래 봤자 내 뛰어난 칼솜씨로 혀를 날려 버리면 그만이야. 진실을 말하지 않을 방법은 많아."

설몽은 대경실색했다.

"너, 너 같은 놈이 감히 뻔뻔하게 강호의 의리를 입에 담다니……."

"이상하군. 나는 왜 말하면 안 되지?"

서상림이 말했다.

"벗은 서로 돕고, 형제는 서로 사랑하고 존중하며, 스승은 자애롭고 제자는 존경하며, 선인은 삶을 편히 누리고 악인은 벌을 받는 것. 이게 세상의 이치 아닌가. 너희 같은 사람만 안다고 생각하느냐?"

너무나 뻔뻔하고 후안무치한 그의 말에 설몽은 기가 막혔다. 그가 서상림에게 삿대질하며 말했다.

"형제가 서로 사랑하고 존중해? 스승은 자애롭고 제자는 존경한다고? 당신!"

서상림이 태연하게 말했다.

"그래. 그게 어때서?"

"아직도 체면이랄 게 남았느냐? 피를 나눈 형에게 칼을 들이댄 게 당신이고, 남궁류에게 라풍화의 영핵을 삼키라고 꼬드긴 것도 당신이다. 나쁜 일은 몽땅 저질러 놓고 감히…… 감히 아직도 이렇게 당당하게…… 세상의 이치를 논하다니!"

줄줄이 이어지는 설몽의 말에 서상림은 입을 벌리고 웃었다. 그러나 가타부타 대답 없이 엉뚱한 얘기를 했다.

"우리 아우는 올해 나이가 어찌 되시나?"

"그게 왜 궁금하지?"

"말하지 않아도 상관없다."

서상림이 설몽을 위아래로 훑어보더니 말했다.

"보아하니 스무 살 언저리겠군. 스무 살이면 말이야, 혈기가 넘치고 순진하기 짝이 없지. 의기양양하게 버티고 서서 세상에 자신이 못 할 일은 아무것도 없다고 생각하잖아."

그가 잠시 뜸을 들이더니 미소를 지었다.

"정말이지 인생에서 가장 좋을 때지."

땅에서는 신무의 광채가 끊임없이 흘러 그에게 강한 영력을 불어넣고 있었다. 그는 이 영력으로 수많은 진룡 바둑돌을 조종하고, 바둑돌의 반격에 대항했다. 그런데도 그의 피부는 맨눈으로도 그 속도를 느낄 수 있을 정도로 빠르게 썩어 들어가고 있었다.

서상림은 신경 쓰지 않았다. 마치 살기에 잠식당하는 자신의 몸을 보지 못한 것 같았다. 그는 뒤에서 돌고 있는 결계 앞을 천천히 왔다 갔다 했다.

"스무 살이라…… 내가 네 나이에 뭘 했는지 아느냐?"

"네놈이 뭘 할 수 있었겠어?"

설몽이 격분하며 말했다.

"네놈이 했던 터무니없는 일을 모르는 사람이 어딨어? 장문이 물려받는 반지를 갈취해서 형 대신 유풍문의 장문이 됐잖아. 세 달 만에 상수진계의 존주 두 사람을 죽였고, 나중엔 시비를 따지려고 찾아온 사람들의 눈알을 다 뽑아 버렸지! 미친 변태 자식. 의리도, 인정도 없이 귀를 틀어막고 모든 걸 차지했어! 내가 네놈처럼 스무 살에 그런 일을 했다면 차라리 죽어 버렸을 거야!"

설정옹은 흥분한 설몽이 서상림의 심기를 건드려 큰일이 생길까 두려웠다. 그래서 설몽을 타일렀다.

"몽아, 그만해라."

"놔두시게."

서상림이 이 말을 들었는지 빙그레 웃으며 손을 내저었다.

"말하게 두게. 왜 말리고 그러나."

그는 마치 횃대에 앉아 날개를 파닥이며 노래 부르는 앵무새를 보는 것 같은 얼굴로 웃었다. 장난기 가득한 그 얼굴을 보자 설몽은 머리끝까지 화가 치밀어 올랐다.

"수치심도 없는 놈이군! 구제 불능이야!"

"수치스럽다니. 네가 말한 것들은 애초부터 별것도 아니었다."

서상림이 말했다.

"장문 반지를 빼앗은 것은 말이다, 자고로 높은 자리는 능력 있는 자가 차지하는 게야. 내 형은 머저리라 아무것도 할 줄 몰랐지. 말만 청산유수였는데, 그 세 치 혀로 그럭저럭 살아갈 만큼의 재물운은 얻을 수 있었다. 형을 실제로 겪어 보지 않은 사람들은 그가 무슨 대단한 인물이라도 되는 줄 알고 우리를 유풍문의 두 공자라고 불렀지. 영력과 술법은 비교도 안 되는데 말이야……. 정말 우습지 않나?"

서상림이 순간 어이없다는 표정을 지었다.

"내가, 형과?"

그가 이마를 '탁' 치며 비웃었다.

"웃기지들 마라. 어릴 때부터 난 한 손으로 형의 두 손 두 발을 다 막아 내고도 남았는데, 내가 형과 실력이 비슷하다고? 내가 온종일 고행할 때, 형은 제 엄마 품에서 애교 부리며 귤이나 처먹고 있었어! 내가 비가 오나 눈이 오나 수련에 매진할 때, 형은 봄은 날이 좋으니 책 읽는 계절이 아니고 여름은 더워서 잠자기 좋은 계절이라는 헛소리나 했지! 그 후에 내가 영산논검에서 제대로 된 명성을 얻으려 하자, 형은 뒤에서 가만히 앉아 내 성과를 본인이 누리려고 음모를 꾸몄다! 또 그 후엔? 고행을 한 사람한테는 도둑놈이란 오명이 붙고, 형에겐 천하제일의 호걸이라는 명예가 붙었지. 이게 공평하다고 생각하나?"

설몽은 주저했지만 여전히 단호했다.

"그래도 일을 이 지경까지 끌고 와선 안 되지."

"쓸데없는 소리! 사람들은 항상 자기 일이 아니면 쉽게 말하지. 말뿐인 대의로 남을 질책하는 건 쉬운데, 이게 자기 일이 되면 갑자기 딴소리한다니까. 너라면, 영산논검의 일을 참을 수 있을 것 같으냐?"

설몽은 뜻밖의 공격에 말을 잇지 못했다.

그였다면, 참을 수 있었을까?

"그 자리에 있던 수백 명이 날 손가락질하면서 뻔뻔한 놈이라고 욕했다. 성적도, 박수도 모두 그에게 돌아갔지. 나에게 남은 건 평생 벗을 수 없는 누명뿐이었어. 그토록 열심히 해 온 수련과 고행이 그의 달콤한 입놀림에 완전히 패하고 말았다고……. 이게 공평이라는 건가?"

"난……."

당황하여 말을 잇지 못하는 설몽을 보며 서상림이 냉소를 지었다.

"두 장문을 죽인 얘기를 한번 해 볼까? 한 명은 온종일 목탁만 두드리는데 나무아미타불을 읊는 소리가 정말 듣기 좋았지. 다른 하나는 당당하고 강직한 성품으로 온 세상이 칭송하는 군자였어. 하지만 둘 다 자기만의 사리사욕을 위해 눈 하나 깜짝하지 않고 나를 천 길 낭떠러지로 밀어 버렸지. 묻겠네. 내가 무엇 때문에 이 하찮은 목숨을 용서해야 하나?"

두 문파에 속하는 사람들은 서상림이 자신들의 선대 장문을 비난하는 걸 듣자마자 사색이 되었다. 반박하고 싶었지만, 마땅히 변론할 말이 떠오르지 않았다. 결국 무비사의 현경대사가 탄식하며 눈을 감고 합장했다.

"서로 원한을 갚다 보면 언제 끝이 나겠습니까……."

"그러니 말이야. 끝없이 다들 원한을 풀지 못해 안달인데 왜 나한테만 그래?"

서상림은 한 글자, 한 글자에 분노를 담았다. 그러나 얼굴은 여전히 웃고 있었다. 옅은 구름과 잔잔한 바람 같은 미소는 조소 같기도 했다.

"내가 네놈 따귀를 한 대 때리고, '서로 원한을 갚다 보면 언제 끝이 나겠습니까' 하고 얘기한 다음 네놈은 때리지 못하게 한다면, 그래도 좋냐, 이 중놈아?"

누군가 격분하여 소리쳤다.

"남궁서, 그 주둥아리 닥치지 못해! 선배에게 어찌 그런 말을!"

"제기랄, 나도 네 선배다, 이놈아."

서상림이 웃으며 말했다.

"귀여운 것, 네 주둥아리나 조심하거라."

소리쳤던 이는 이내 입을 다물었다.

황소월이 수염을 쓰다듬으며 말했다.

"남궁서……."

말을 꺼내지도 않았는데 상대는 그만하라는 손짓을 했다. 반은 온전하고, 반은 썩어 문드러진 입술이 올라갔다.

"생각해 봤는데, 날 서상림이라고 부르면 안 될까? 남궁서란 이름이 마음에 안 들어."

황소월이 소매를 휙 저었다.

"공평한 처사를 위해 두 장문을 죽인 건 원한을 다 갚았다고 치자. 그럼 그 많은 사람의 눈알을 뽑은 건 무엇 때문이냐?"

서상림이 태연하게 말했다.

"예전에도 당신들과 이치를 논했었지. 하지만 아무도 내 말을 듣지 않았어."

그는 잠시 뜸을 들이다 소리 내 웃었다.

"나중에는 이 몸을 미치광이로 만들어 놓고는, 미치광이를 데리고 시비를 가리려 했지. 정말이지 이 대인군자들은…… 재밌다니까."

그는 짝짝 손뼉을 쳐 댔다.

"정말 너무 재밌단 말이야."

옆에서 줄곧 말이 없던 묵연이 갑자기 질문을 했다.

"그래서, 당신은 그저 공평을 원했을 뿐이다, 그건가?"

"……."

서상림의 시선이 천천히 위로 움직이더니 묵연의 얼굴에서 멈췄다.

그들은 냉기가 감도는 축대 위에서 서로를 응시했다.

묵연의 눈 속에서 서상림의 모습이 점점 희미해졌다. 그가 본 건 사지가 썩어 문드러진 채 목숨만 겨우 부지하는 눈앞의 이 남자가 아니었다.

그는 서상림을 넘어 또 다른 그림자를 보았다. 보석이 박힌 면류관을 쓰고, 검은색과 금색으로 이루어진 화려한 장포를 입은 답선제군을, 전생의 자신을 보았다.

"오는 길에 남궁류를 만났다. 당신을 폐하라고 부르던데. 스스로 신의 자리에 올랐다면서."

묵연이 말했다.

"당신은 천궁의 제군이 되어 심판의 권력을 가지게 됐지. 당신이 맞았다고 하면 맞고, 당신이 틀렸다고 하면 틀린 것이야. 생사여탈이 모두 당신 손에 달렸는데, 이것이 당신이 말하는 공평인가?"

서상림은 한참을 침묵하다 냉소를 지었다.

묵연은 답선군도 냉소를 짓는 걸 보았다. 창백하고 수려한 얼굴에 조소가 가득했다.

"그렇다면 어쩔 것이냐? 너도 봤겠지만, 나도 한때는 당신들 같은 대인군자를 믿었고, 사람들이 말하는 공평을 믿었다. 하지만 결과가 어떤가?"

그는 뜸을 들이며 신무 앞을 왔다 갔다 했다. 격앙된 눈빛이 번쩍였다.

"겁쟁이를 영웅이라 칭하고, 진짜 영웅을 짓밟은 건 너희들이야. 노력은 똥처럼 여기고 똥통을 신단으로 만든 것도 너희들이지. 아첨을 선의라고 생각하고, 강직함을 허세로 깎아내린 것도 너희들이야. 온갖 나쁜 짓을 해서 날 진흙탕에 밀어 넣은 것도 너희들이라고! 그러고는 나에게 얘기했지. 네가 아무리 고생했어도, 형제간에 싸우다 누명을 써도, 가난의 굴욕을 진저리 날 만큼 겪어도…… 그건 너만의 일일 뿐, 절대 무고한 사람에게 화풀이하지 말라고……. 하, 정말 웃기는 얘기야!"

묵연은 점점 과장되고 잔인하게 변하는 답선군의 냉소를 보았다.

"사람들의 비난을 받지도, 근거 없는 누명을 쓰지도 않은 사람은 듣기 좋은 말이라면 얼마든지 갖다 붙일 수 있지! 하지만 난, 나만의 방식으로 태평천하를 추구한 것뿐이야."

"……태평천하?"

답선제군과 마주한 묵연이 물었다.

"자신만의 태평천하를 위해 셀 수 없이 많은 사람을 죽였지. 스스로 황제가 되고 나니 발아래는 온통 시체와 피바다였잖아. 정말 단 한 번도 후회한 적 없나?"

"후회할 일이 뭐가 있나. 난 그들을 죽였지만 살아날 기회를 줄 거고, 그들은 모두 내 휘하의 바둑돌이 되겠지. 그때부터 그들의 일거수일투족은 내가 다스리고, 흑백이 분명해지고, 선악의 경계가 뚜렷해지지. 이게 바로 인간 세상의 공평이다."

묵연은 잠시 침묵하다 입을 열었다.

"보아하니 자신을 스스로 인간 세상의 기준으로 여기고 있군."

"내가 바로 기준이야."

서상림은 세차게 부는 바람을 맞으며 서 있었다.

사람들의 눈에는 남궁서였다.

묵연의 눈에는 답선군이었다.

그가 말했다.

"정전을 봐. 아름답지 않나? 선량한 사람은 평안히 살면서 즐겁게 일하고, 추악한 사람은 뜨거운 불에 태워지고 기름 솥에 튀겨지지. 남을 배신한 사람은 죽음으로 값을 치러야 해. 하나하나 빠짐없이 계산해서, 핏값은 피로 받아야 마땅하지. 이게 뭐가 잘못된 거지?”

묵연이 말했다.

“정말 자기 자신을 대단하다고 여기는군.”

답선군의 대답이 들렸다.

“내가 왜 날 무시해야 하지? 이게 가장 좋은 인과응보인데.”

아무도 입을 열지 않았다.

사람들은 서상림의 광기 어린 말에 충격을 받은 것 같았다.

이곳에 오기 전까지, 그들은 모두 서상림이 벌인 일들이 권력이나 사적인 원한 같은 것 때문이라고 생각했다.

이 모든 게 공평과 공의를 위한 옳은 일이었다고 생각할 줄은 아무도 상상하지 못했다.

그러나 세상 어느 누가 가장 공평한 기준이 될 수 있을까? 천지신명의 후손이라는 천음각도 불가능한 일이었다.

묵연은 우두커니 한참을 서 있었다. 어느 정도 평정심을 회복한 그는 자신과 마주한 답선군을 바라봤다.

면류관은 사라졌다. 수려한 얼굴은 깊게 패었고, 새카맣게 탔다.

그는 눈을 깜박였다. 눈앞에 있는 건 답선제군이 아니라 서상림이었다. 서상림의 행동이 전생의 자신과 너무나도 비슷한 나머지, 시공을 가로질러 아득히 먼 자신과 대화를 하고 있다는 착각이 들었다.

“좋아, 그럼 내가 이해한 게 맞는지 보자고. 당신은 영력이 부족한데도 정전 안의 바둑돌들에 생전의 의식을 남겨 두었어. 이 천궁에 당신만의 영역을 만들었고. 그때부터 당신은 신이 되었고, 제군 폐하가 되었지. 당신은 세상을 둘로 나누었고, 선은 선으로, 악은 악으로 돌아가도록 했어. 이게 당신이 바라던 공평이란 말이지."

그는 이렇게 말했다.

동시에, 그의 머릿속에서는 눈보라가 휘몰아쳤다. 서상림과 관련된 수많은 기억의 조각들이 빠르게 스쳐 지나갔다.

……전생에서 엽망석을 구하려다 한순간의 실수로 검에 목숨을 잃은 서상림.

삼생별원에서 맨발로 빙그레 웃으며 앵무새를 놀리던 서상림.

금성호에서 자신의 형에게 상으로 귤을 달라며 농담하던 서상림.

교산의 귤나무, 순수한 유년 시절의 기억만 남은 남궁류, 무간지옥에서 빼앗긴 라풍화……. 하나하나가 이어진 기억의 고리는 엄청난 기세로 그의 머릿속을 파고들었다.

묵연이 까만 눈을 들었다. 눈 속에는 조소도, 경멸도 없었다. 그저 조용히 서상림을 바라볼 뿐이었다.

"내 말이 맞지, 남궁서?"

"서상림이라고 부……."

"아니, 당신은 남궁서야."

묵연이 한 발, 한 발 앞으로 다가갔다. 몸이 점점 썩어 가는 남자를 보며, 남궁서가 지금 무슨 생각을 하는지 자신보다 잘 아는 사람은 없다고 생각했다. 두 사람 모두 막다른 골목으로 내몰린 적이 있었다. 전생의 답선군, 현생의 서상림 모두.

서상림의 머릿속은 손바닥을 들여다보듯 훤했다. 묵연은 서상림의 얼굴에 나타나는 가장 미세한 변화도 놓치지 않았다.

묵연은 발걸음을 멈추고 눈을 내리깔았다.

"날이 이렇게 춥고, 바닥이 이렇게 찬데."

묵연이 조용히 말했다.

"남궁서, 왜 신발을 신지 않았지?"

서상림의 미소 짓던 얼굴이 순간적으로 굳었다. 그러나 깜박거리던 눈빛은 금세 다시 꽁꽁 얼어붙었다.

"신든 말든 그건 내……."

"엽망석이 이렇게 물어보는 걸 좋아했지?"

"……."

"내가 삼생별원에서 당신을 처음 봤을 때도 당신은 맨발이었어."

묵연이 말했다.

"그녀가 신발을 신으라고 당부할 때 당신 얼굴에 보였던 행복감은 아마 당신 자신도 알아차리지 못했겠지."

묵연은 서상림의 얼굴을 응시했다.

그것은 비화도에서 맞은편 임기의 활활 타는 불길과 짙은 연기를 보며 추측해 본 답이었다.

"남궁서, 당신은 늘 누군가 당신의 맨발을 봐 주길 원했어. 누군가 당신에게……."

지금까지 빙그레 웃던 서상림의 얼굴에 두려움이 스쳤다. 뒷걸음질 치는 그의 얼굴이 사악하게 일그러졌다.

"닥쳐."

묵연은 당연히 닥치지 않았다. 그는 서상림을 바라보았다.

그저 추측일 뿐이었던 것들이 서상림의 격한 반응 속에서 진실이 되었다.

묵연은 그를 바라보았다. 서상림이 아니라 어둠에서 벗어날 수 없어 고달팠던 전생의 자신을 보는 것 같았다.

"신발 신어. 바닥이 찬데."

홱 달려드는 표범처럼, 빛무리가 신무를 울렸다. 서상림이 돌연 격분하며 돌진하더니 묵연의 옷섶을 잡았다. 평범한 손과 피비린내 나는 귀신 같은 손이 동시에 그를 붙잡았다. 서상림이 시뻘건 핏줄이 가득한 눈으로 이를 부득부득 갈며 말했다.

"그 주둥이 닥쳐! 닥치라고!"

"좋아. 하지만 닥치기 전에 한마디만 더 하지."

"하지 마!"

서상림은 절망한 듯 보였다. 거꾸로 돋은 비늘이 뽑힌 용처럼 피가 줄줄 쏟아져 내렸다.

"말하지 마……."

"엽망석은, 라풍화를 아주 많이 닮았다."

슬쩍 내뱉은 이 말에, 서상림은 갑자기 모든 힘이 빠져 버렸다.

그는 입을 딱 벌린 채 망연자실한 표정으로 우뚝 서 있었다.

라풍화를 봤던 사람도, 엽망석을 봤던 사람도 모두 경악했다. 그들은 전혀 다른 이 두 사람을 떠올렸다. 혈연관계도 아니었고, 한 사람이 죽고 난 뒤에야 다른 한 사람이 태어났는데……. 그러나 묵연의 말에 사람들은 모두 놀라며 깨달았다. 아, 정말 그렇구나.

엽망석의 모든 행동, 칼을 휘두르는 모든 기술, 심지어 성격과 기질, 말투와 표정까지, 모두 서상림의 은사인 라풍화와 완전히 똑같았던 것이다.

서상림은 묵연을 잡고 있던 손을 홱 놓았다. 손가락이 마구 뒤틀렸다. 그는 얼굴을 손에 묻었다. 어깨가 약하게 떨렸다.

설몽이 속삭였다.

"저 사람…… 지금 우는 거야?"

운다고?

설마.

서상림이 고개를 묻은 지 한참이 지났다. 어깨의 떨림은 더욱 심해졌는데, 손가락 틈 사이로 흘러나온 건 괴상한 웃음소리였다.

"하……."

미소가 잔잔한 물결처럼 퍼져 나갔다. 그가 갑자기 손을 내리고 미친 듯이 웃기 시작했다.

"하하하하하, 닮았다고? 정말 황당하기 짝이 없구나! 묵 종사, 라풍화를 본 적이라도 있느냐? 무간지옥이 열릴 때 시신 한 번 본 걸 가지고 그 둘이 닮았다고 하는 건가? 너야말로 너무 자신만만하군."

"당신이 무간지옥과 라풍화의 시신을 언급한 김에."

묵연이 말을 이었다.

"하나 물어야겠군. 그는 지금 어디에 있지?"

서상림의 눈빛이 사악해지고, 웃던 얼굴은 일그러졌다.

"무슨 소리냐?"

"당신의 영역에서는 선악과 징벌, 쇠락과 영광, 모두 당신 마음이잖아. 하지만 남궁류는 당신과 연결되어 있어서 결국 마지막까지 죽이지 않고 능지과의 저주도 풀어 줬지……. 이유는 모르겠지만, 아무튼 그가 죽지 않았다면 라풍화도 버릴 이유는 없었겠지. 당신은 영력이 부족해서 혼백을 신무에 바쳐야 하잖아. 하지만 금성호와 도화원에서 당신과 여러 번 싸워 봐서 알지. 당신의 실력은 그 정도로 쇠락하진 않았어."

서상림은 말이 없었다.

"당신이 버티지 못하는 건 진룡기국을 너무 많이 쓴 것 말고도 다른 이유가 있어. 당신이 최근 몇 년 동안 애써 수련한 두 번째 금지된 술법 때문이지."

묵연이 잠시 뜸을 들이다 마지막 칼날을 들이댔다.

"그래서, 환생술로 18층 연옥에서 라풍화를 구해 냈나?"

말을 마치기도 전에 서상림의 얼굴은 잿빛이 되었다. 그가 무슨 말을 하려던 그때, 그의 뒤에서 계속 돌고 있던 시커먼 진법에서 돌연 흰 연기가 솟아났다.

수많은 전투를 치러 온 설정옹의 반응이 가장 빨랐다.

"큰일이다. 저 법진 뒤에 또 뭔가가 있어!"

224장 교산, 영원히 잊을 수 없다

사람들의 무기가 반짝거리는 빛을 내뿜기 시작했다. 설정옹은 설몽을 앞에서 보호하며 매우 어두운 얼굴로 말했다.

"몽아, 가까이 가지 말고 내 뒤에 얌전히 서 있거라!"

조금 전, 무혼진을 본 사람들은 그것을 깰 생각조차 하지 않았다. 만약 다른 사람이 무혼진을 깨 버리면 서상림은 영력을 빠르게 잃어 금방 죽었을 테지만, 그들은 그에게 물어볼 것이 있었기 때문이었다.

그런데 서상림이 무혼진 아래에 진법을 하나 더 숨겨 두었을 거라고 누가 생각이나 했을까.

무슨 진법일까?

도망치기 위한 공간의 틈인가? 아니면 다 같이 죽자는 맹렬한 피의 주술인가?

초만녕이 손을 들어 사람들과 진법 사이에 보호벽을 쳤다.

남궁사가 그의 눈앞에서 죽었다. 그는 더 많은 젊은 수사들이 죽는 것을 보고 싶지 않았다.

초만녕이 말했다.

“모두 무턱대고 뛰어들지 말고 조심해라.”

하늘이 별안간 어두워지더니 엷은 구름이 깔렸다. 높이 떠 있는 밝은 달은 먹물을 뒤집어쓴 듯한 먹구름에 가려졌다. 삽시간에 바람이 세차게 불었고 먼지가 눈앞을 어지럽혔다.

새하얀 옷을 입은 서상림이 땅에서 갑자기 휘몰아치는 강풍 속에 선 채 그들을 보고 씩 웃으며 말했다.

“내 쓸데없는 이야기를 오래 들어 줘서 고맙군. 이제 진법을 열지.”

그러면서 그는 말라서 썩어 문드러진 엉망이 된 손을 뒤집어 손짓했다. 검은색 진법은 구름과 파도를 타고 다니는 비룡처럼 미친 듯이 그의 손바닥으로 흡수됐다. 거둬진 진법 아래에서 오색 빛깔이 흐르는 주술 진법이 드러났다.

깜짝 놀란 설몽이 말했다.

“무슨 진법이죠?”

“환생 진법인가?”

설정옹이 고개를 돌려 무비사의 현경대사를 봤지만, 대사는 고개를 가로저었다.

“우리 문파의 회죄가 환생에 통달하였으나 단 한 번도 사람들 앞에서 시전해 보인 적이 없어서 나도 알지 못합니다.”

사람들은 진법을 뚫어지게 바라보았다. 마치 팽팽하게 당겨진 활시위처럼 서상림의 일거수일투족을 지켜봤다. 지극히도 조용한 공기 속에서, 강풍이 지나가면서 내는 기괴한 소리만 유일하게 들렸다.

그들은 평온한 솥처럼 보였지만 사실 뜨겁게 끓어오른 기름과 다름없었다.

물이 한 방울이라도 떨어지면…….

"시혼진이다!"

갑자기 비명이 터져 나왔다.

전혀 예상치 못한 일에 요란하게 시끄러워졌다.

한린성수 화벽남이 제일 먼저 진법을 알아보고 외쳤다.

"시혼진! 서상림이 죽은 라풍화를 소환하여 우리와 함께 죽을 생각이다! 서둘러! 절대 진법이 만들어져서는 안 돼!"

시혼진이라는 세 글자에 사람들은 우왕좌왕했다. 3대 금지 술법에 버금가는 사악한 비법, 약학 문파의 사악한 술법임을 그들은 알고 있었다. 그리고 천하제일 약학 문파의 대종사인 한린성수의 말이 절대 틀릴 리 없었다.

똑같이 약학에 뛰어난 강희는 어려서부터 시혼진의 명성을 익히 들어 알고 있었다. 그래서 그는 다른 사람보다 더 빨리 반응했다. 거의 제일 먼저 결계 앞으로 가서 은빛 설황을 뽑아 들고 영력을 잔뜩 불어넣어 결계의 중심을 있는 힘껏 공격했다!

쨍!

칼날이 부딪치자 불꽃이 사방으로 튀었다. 서상림이 재빨리 시혼진 결계 앞으로 움직여 차갑게 날 선 눈으로 검을 빼 들곤 강희의 무기를 막은 것이다.

"여생을 걸고 원하던 것이 이곳에 있다. 반걸음이라도 가까이 갈 생각 하지 마라."

강희가 화를 내며 외쳤다.

"여생을 걸고 원하는 것이 바로 모두가 죽는 것이냐?"

서상림이 이를 악물고 말했다.

"당치도 않은 소리!"

검을 든 그의 손은 계속 떨렸고, 퍼런 핏줄이 툭툭 튀어나왔으며 얼굴도 시뻘게졌다.

강희가 말했다.

"이미 만신창이인데 시체를 불러내 어쩌려고? 몇 명이나 더 순장하려고?"

"시체? 순장? 눈 크게 뜨고 잘 봐. 이게 무슨……."

쫘악!

강희가 서상림을 막으며 시간을 끌고 있을 때, 어디선가 영력을 잔뜩 불어넣은 깃털 화살이 두 사람 뒤쪽의 결계로 빠르게 날아갔다.

"안 돼!"

여태껏 차분하던 서상림이 오늘 밤 처음으로 아연실색하며 비명을 질렀다.

"멈춰!"

서상림이 한눈을 판 그 순간, 그는 강희가 휘두른 검에 맞았고, 순식간에 피가 뿜어져 나왔다. 통증을 느낀 그가 땅에 풀썩 꿇어앉았다. 그러나 광기와 절망으로 가득한 눈은, 찢어져서 새하얀 뼈가 드러난 팔에 머무르지 않고 결계로 향했다.

그의 얼굴은 피로 얼룩덜룩했고 눈은 툭 튀어나왔으며 입술은 쉬지 않고 떨렸다.

이 섬뜩한 표정은 과거의 남궁서 얼굴에서도, 나중의 서상림 얼굴에서도 나타난 적이 없었다.

그는 덜덜 떨면서 손바닥으로 영력을 내보내려는 자세를 했다.

이 일격에 거의 모든 힘을 소진한 그는 겨우 화살을 진법 앞에서 멈춰 세웠다.

성공했다.

숨을 몰아쉬는 서상림의 팔은 강희에게 베여 피가 솟구쳤으며 입가로 피거품이 흘러내렸다. 그러나 그는 깃털 화살을 성공적으로 막아 그의 영력에 부서지는 것을 보고는 창백한 입술을 떨며 간신히 미소를 쥐어짜 냈다.

그때 묵연은 옆에서 중얼거리는 사매의 목소리를 들었다.

"이…… 이건 시혼진이 아니야."

그의 말을 들은 황소월이 수염을 만지며 차갑게 코웃음을 쳤다.

"어린놈이 무슨 헛소리냐? 한린성수의 말이 틀렸다는 거냐?"

사매가 단호히 고개를 저었다.

"시혼진은 이렇게 생기지 않았습니다."

"얘야. 약학 문파 성수의 눈이 잘못됐을까, 아니면 네 눈이 잘못됐을까?"

사매가 뭐라고 하려던 순간, 묵연이 그를 막았다.

"사매, 저 늙은이랑 쓸데없는 말 하지 마."

묵연이 말했다.

"시혼진이 아닌 거 확실해?"

"비슷하지만 확실히 아니야. 시혼진은 물고기 비늘 같은 빛을 내뿜는데, 이 법진은 빛을 내뿜기는 하지만 그 빛이 이어져 있잖아. 조각난 게 아니고."

이때 법진 앞에서 강희가 버럭 소리쳤다.

"남궁서, 대체 무슨 꿍꿍이인가!"

서상림은 그를 모른 체했다. 처참한 몰골의 몸을 질질 끌며 눈부신 빛을 내뿜는 진법 앞으로 가는 그의 몸에선 피가 뚝뚝 땅으로 떨어졌다.

그러나 그의 미소는 점점 더 선명해졌다. 진법의 화려한 빛이 그의 얼굴을 밝히자 의기양양한 기운을 풍기는 것이, 마치 부유한 소년 같았다.

그가 중얼거렸다.

"거의 다 됐어……."

손을 들어 진법 표면을 살짝 건드렸다. 손끝이 닿은 곳에 잔잔한 물결이 일어났다.

그는 마치 오래전 잃어버린 옛 벗을, 오래 떨어져 지낸 가족을 맞이하기 직전의 사람 같았다. 흉악한 상처도, 썩은 피부도 그의 기쁨을 가릴 수 없었다.

그가 초롱초롱한 눈으로 무의식중에 웅얼거렸다.

"다 됐어…… 다 됐어. 이제 조금만 더……."

주위에서 미친 듯이 휘몰아치던 강풍이 갑자기 멈추고 먹구름이 흩어지더니 보름달이 떠올랐다. 서상림은 희망에 부푼 두 눈을 크게 떴다. 그는 또 덜덜 떨었지만 이번에는 공포가 아닌 흥분, 억누를 수 없는 흥분 때문이었다.

"사부님……."

결계에 갑자기 황금빛이 일렁이더니 영롱한 영핵이 하나 떠올랐다. 결계가 영핵 중심으로 빛을 보냈고, 수많은 빛줄기가 모이더니 점점 사람 형태가 됐다.

"라풍화야?"

"라풍화다!"

오래전 죽은 라풍화가 유풍문의 초혼대에 나타났다! 황금빛이 흐르는 결계 속에 꽃이 핀 귤나무 한 그루가 나타났다. 하얀 꽃잎이 나풀나풀 떨어졌고, 라풍화는 학이 그려진 유풍문의 청색 옷을 입고 나무 아래 앉아 눈을 감고 공후를 켰다.

여전히 허상에 불과했다. 그는 거울 속의 꽃처럼 흐릿했다. 유일하게 실체를 갖춘, 저승에서 다시 얻은 귀신 태아의 영핵만이 허무한 육체 아래서 빛을 발산했다.

"연못 위로 꽃잎이 떨어지고, 강가에서 현 소리 울리네."

조용하고 담담한 남자의 목소리가 영핵의 중심에서 유유히 들려왔다.

꽃나무 아래의 라풍화는 계속 아무렇게나 촉나라의 곡조를 나지막이 뽑고 있었다.

"가장 좋은 시절, 꽃다운 약관에 말을 달려 세상 저편의 꽃까지 다 보리니……."

갑자기 갈라진 목소리가 라풍화의 텅 빈 목소리와 어우러졌다. 함께 입 맞추어 노래를 부르는 서상림의 흐느끼는 목소리는 망가진 타악기처럼, 못 쓰는 고철처럼 듣기 거북했다. 하지만 그는 집요하게 주변에 아무도 없는 듯 가락을 맞추어 불렀다.

"이, 이게 시혼진이라고?"

설정옹은 당황스러웠다.
"이게 대체 어떻게 된 거야?"
그와 같은 생각을 하는 사람이 한둘이 아니었다. 강희마저 미간을 찌푸린 채 입을 꾹 다물고 아무 말 없이 의아한 눈을 했다.
황금빛이 일렁이자 라풍화가 서서히 모습을 갖췄다. 눈썹, 코, 입술이 점점 더 선명해졌다. 아득하고도 침착한 노래 속에서, 화벽남이 갑자기 외쳤다.
"어서! 시체가 곧 형태를 갖춘다!"
자신의 지위가 낮다는 걸 알아서인지 오는 동안 줄곧 소극적으로 몇 마디 말도 하지 않던 사매가 별안간 고개를 돌려 화벽남에게 크게 외쳤다.
"성수 선배가 틀렸습니다. 시체가 아니에요! 이건……."
환생진이다.
묵연은 확신했다.
그래, 사매의 말이 맞아. 이건 시체를 깨우는 진법이 아니라 환생진이었다!
그러나 한데 모인 사람들이 이름 없는 수사의 말을 믿을까, 아니면 명망 높은 약학 문파 성수의 말을 믿을까? 화벽남이 시체가 형체를 갖춘다고 말했다. 사매가 아무리 반박해도 대다수 사람에게는 자기 목숨이 더 중요했다. 짙은 청흑색 그림자가 빠르게 그들 곁을 스쳐 지나갔고, 서상림은 미처 반응하지 못했다. 검은 그림자는 영력을 잔뜩 불어넣은 비수로 결계를 세게 찔렀다.
"안 돼!"

그 일격은 라풍화의 영핵을 산산조각 냈다. 결계의 황금빛은 잠깐 반짝이더니 이내 마구 흩어지며 완벽히 무너졌다.

"안 돼! 사존! 사존!"

서상림은 기어 일어나 포효하며 그를 하늘 높이 날려 보냈다. 1척 정도 날아가 피를 한가득 토한 그는 위기일발의 위태로운 상황에서 화벽남의 지시를 따르던 고월야의 수사였다. 서상림의 일격은 매우 강력했다. 설령 서상림이 지금 힘이 다 빠진 상태라고 해도, 그자는 서상림에게 맞아 일어나지 못한 채 땅에 웅크리고 금방이라도 숨이 끊어질 듯이 신음했다.

그러나 이미 늦었다.

수사의 죽음에도 변하는 건 없었다.

서상림은 온갖 수단을 동원하여 18층 지옥에서 귀신이 된 라풍화의 영핵을 되찾아 왔으나 이미 커다란 구멍이 났다. 그는 라풍화 앞으로 기어가 라풍화의 옷자락을 잡아 보려 했지만 인간의 형체는 이미 흩어지고 있었다. 라풍화의 옷자락은 손가락 사이로 빠져나가는 모래처럼, 물 위에 떠 있는 바구니처럼 잡으려야 잡을 수 없었다.

"사존…… 사존……."

처음에는 이렇게 불렀다.

그리고 이내 실성한 듯, 눈빛이 섬뜩하게 변했다.

"라풍화! 라풍화!"

소용없었다.

그가 어떻게 외치든, 뭐라고 부르든 소용없었다.

라풍화의 잔영은 빠르게 흩어졌고, 결국에는 수만 개의 불빛으로 변해 바람에 날아갔다.

아무것도 남지 않았다.

서상림은 넋을 놓고 그 자리에 꿇어앉았다. 꼿꼿한 그는 그대로 굳은 것 같았다.

그는 움직이지 않았다.

울지 않았다.

더는 외치지도 않았다.

초혼대 위로 부는 스산한 바람에 갈라진 영핵이 빛을 잃고 땅에 떨어져 색을 잃었다.

라풍화의 환생한 육체가 되려던 법진의 영류는 이제 수많은 버들강아지처럼 끊임없이 허공에서 하늘거리며 촘촘하게 떠다녔다.

서상림은 잿더미가 된 꿈속에 꿇어앉았다.

얼마나 지났을까. 그는 잠꼬대하듯, 자조 섞인 미소를 지으며 말했다.

"꽃다운 약관에 말을 달려 세상 저편의 꽃까지 다 보았나?"

이 얼마나 아름다운 곡인가.

어릴 적 라풍화가 부르는 걸 종종 들었었다.

눈동자를 가득 채운 버들강아지는 지난 세월이 됐다. 그는 나풀거리는 황금색 버들강아지 속에서, 유년 시절 사부를 처음 만나던 날의 장면을 봤다.

그때, 그와 그의 형은 아직 어렸다. 아버지는 그들을 유풍 서원 앞으로 데리고 갔다. 가을의 서원에 있는 실한 과일이 열린 푸르른 귤나무 아래에서, 두 남자가 대화를 나누고 있었다. 하나는 아주 보잘것없고 표정도 없어서 사람들 틈에 두면 금세 묻힐 얼굴이었다.

다른 하나는 늠름하고 씩씩했으며 위풍당당했다.

아버지가 그들을 데리고 가 말했다.

"어서 사존께 인사드리거라."

그의 형은 재빨리 먼저 인사를 하고는 비범한 기운의 남자에게 말했다.

"남궁류, 사존께 인사 올립니다."

남자가 손을 내저으며 말했다.

"나는 단지 라 서생에게 학문을 배우러 왔을 뿐, 당신들의 사존이 아닙니다. 공자들이 사람을 잘못 봤군요."

아버지도 웃으면서 그들을 특출 난 구석이 전혀 없어 보이는 남자 앞으로 데리고 가 말했다.

"이 사람이 너희들의 사존, 라풍화 선장이다."

그가 고개를 들자, 쑥스러운 미소를 짓고 있는 라풍화와 정면으로 시선이 마주쳤다. 젊었던 라풍화는 긴장을 하여 더 앳돼 보였다. 동그란 눈에 비친 두 제자의 모습에 뺨이 살짝 붉어졌다. 장문은 그의 손을 잡고 말했다.

"선장, 이 두 아이의 성격이 너무 달라서 아마 수행 방법도 다를 것입니다. 앞으로 넓은 마음으로 재능에 맞는 가르침을 부탁드립니다."

라풍화는 손에 귤을 쥐고 있었다. 그는 애써 사존의 위엄을 보여 주려고 했으나, 쉬지 않고 귤을 돌리고 만지는 손이 그의 풋풋함과 부끄러움을 드러냈다.

약삭빠른 남궁류가 앞으로 가서 달콤하게 불렀다.

"라 사존, 라 사존."

얼굴이 순식간에 빨갛게 달아올라서 귀까지 벌게진 라풍화가 손을 내저었다.

"난…… 이…… 이렇게 공손하게 말하지 않아도 된다. 나도 사존이 처음이라 아는 것이 아직 없어……. 앞으로 두 공자가 많이 알려 주길 바란다. 난……."

그는 한참을 '난'이라고 할 뿐, 무슨 말을 해야 좋을지 몰랐다. 서상림은 그날 내리쬐던 임기의 태양을 선명하게 기억했다. '사존'보다 '작은 형님'이 더 어울리는 라풍화는 귤이 잔뜩 열린 나무 아래 햇빛 속에 서 있었다.

그의 얇은 귓불은 역광을 받자 피부 아래 연푸른 혈관까지 보였다. 영롱한 얇은 귓바퀴는 투명한 귤빛으로 반짝였다.

서상림이 라풍화에게 첫마디를 건넸다.

"라 선장, 올해 만 스무 살이 되셨습니까?"

말 속에 담긴 비아냥을 옆에 있던 아버지도 눈치챘지만, 정작 라풍화는 못 알아듣고 되레 웃으면서 진지하게 답했다.

"아니다. 올해 열일곱이다."

"……."

서상림은 입술을 달싹이며 무언가 말하려고 했지만, 결국 아무런 말도 하지 않고 손을 흔들며 갔다.

그의 아버지가 그를 끌고 구석으로 가서 엄격하게 말했다.

"서야, 어찌 나이로 실력을 가늠하는 것이냐?"

"저랑 몇 살 차이 안 나잖아요."
"저번에 모셔 온 왕 선장은 나이가 많다고 싫어했잖느냐!"
"나이가 많은 건 사실이잖아요?"
서상림이 눈을 치켜떴다.
"아흔일곱이에요. 곧 죽어서 신선이 될 지경이던데요."
"열일곱도 싫다, 아흔일곱도 싫다면 대체 뭘 어쩌라는 것이냐?"
서상림이 느긋하게 말했다.
"아버지, 적당한 나이의 사존을 찾아오실 수는 없으세요?"
"……."
장문은 욱했지만 아들의 지적에 난감하기도 하여 한참을 이를 갈다가 말했다.
"그의 실력이 최고는 아닐지 모르지만 두루 섭렵하여 박학다식하고 술법과 권법에서 일류라니 얌전히 배워라. 일 년 뒤에도 불만이면 다시 바꿔 주마!"
한참을 설득한 뒤 구석에서 나온 두 사람이 서원 앞으로 돌아갔을 때, 서상림은 라풍화와 즐겁게 이야기를 나누는 형을 발견했다. 형의 표정은 마치 라 사부와 이미 십 년 넘게 알고 지낸 사람 같았다.
별로 이상할 것도 없었다. 남궁류의 재주가 바로 마음만 먹으면 그 누구와도 오랜 친구처럼 금세 가까워지는 것이었다.
오히려 라풍화의 행동에서 쭈뼛거림과 어색함이 묻어 나왔다. 그는 서상림이 다가오는 것을 보고 더 쭈뼛거리고 어색해했다.
그는 서상림이 못마땅한 표정으로 아버지에게 이끌려 자신의 앞으로 오는 걸 지켜봤다.

그는 잠시 머뭇거리다가, 가장 치사하고 아이처럼 유치한 방법으로 삐뚤어지고 제멋대로인 어린 제자의 비위를 맞췄다. 그가 줄곧 쥐고 먹지 않았던 귤을 서상림에게 건넨 것이다.

"아주 달다. 먹어 보렴."

열일곱 살짜리 어린 사존이 어쩔 줄 몰라서 당황해하는 것이 조금 불쌍했다.

서상림은 그제야 반듯하게 덧댄 그의 옷자락이 눈에 들어왔다.

이렇게 가난하다고?

어쩐지 유풍문 두 공자의 사존 자리를 얻으려고 안절부절못하며 간절하게 원한다 했다.

"저는 귤을 안 좋아해요."

서상림이 말했다.

"라 사부가 여기 남겠다고 했으니 기억하세요. 이게 바로 라 사부가 기억해야 할 첫 번째 사항입니다."

"서야!"

장문이 혼내려고 했지만 라풍화가 손을 저으며 재빨리 귤을 다시 넣고 말했다.

"괜찮습니다, 존주. 신경 쓰지 마세요."

"어휴, 아이가 버르장머리가 없어서 사존께 예의가 없네요. 실례했습니다."

"괜찮습니다."

라풍화가 활짝 웃더니 다시 서상림을 봤다. 부드럽고 우호적인 눈빛은 조심스러웠다.

"사존으로 받아 주지 않아도 좋다. 내가 어느 정도 학식은 있으니 나에게 배우기만 하거라. 나를 사부로 인정하지 않아도 괜찮아."

장문이 황급히 말했다.

"그건 좀……."

"호칭은 모두 겉치레일 뿐입니다."

라풍화는 발그레한 얼굴로 조금은 불안한지 머리를 긁적였다.

"사실 저도 제가 너무 어리다고 생각해서……."

그가 고개를 돌려 서상림에게 말했다.

"공자만 괜찮다면 앞으로 이름을 불러도 좋다."

서상림은 조용히 그를 응시하다가 별안간 소리 내어 비웃었다. 불쌍한 풋내기 라풍화가 어리둥절해하고 난감해하자, 그는 옷매무새를 단정하게 바로잡고 고개 숙여 인사한 뒤 고개를 들었다.

귤나무의 싱그러운 향기가 퍼졌고, 햇빛이 일렁였다.

서상림이 웃었다. 눈썹은 건방지게 치켜 올라갔고 입꼬리에는 약간의 오만함과 사악함이 걸려 있었지만, 앳된 얼굴에 웃음이 퍼지니 복숭아 같은 여린 싱그러움이 배어 나왔다.

하긴, 호칭은 겉치레일 뿐이었다.

그러니 상대를 뭐라고 부르든 뭐가 중요할까?

그래서 서상림은 느긋하고 침착하게 그를 불렀다.

"사존."

바스락거리는 귤나무 잎이 땅에 알록달록한 빛깔을 만들었다.

바람이 불었다.

'그래, 사존으로 일 년쯤 모시다가 다른 사람을 찾으면 그만이지 뭐'라고 그는 생각했다.

그때 서상림은 정말 모든 것이 오래된 것처럼 시시하다고 생각했다. 그리고 이날도 그의 인생 중에서 평범하기 그지없는 날이라고 생각했다.

225장 교산, 지난날의 대화

어느덧 이 년이 흘렀다.

이 년 뒤 가을, 서상림은 유풍문 대전 지붕 위에 누워 입에 강아지풀을 문 채 실눈으로 하늘을 붉게 물들인 노을을 보고 있었다.

대전 지붕에 올라오는 사람은 매우 드물었다. 원래는 그만의 장소였으나, 지금 그의 왼쪽과 오른쪽에는 각각 한 사람씩 앉아 있었다.

하나는 그의 형인 남궁류고, 다른 하나는 그들과 나이 차이가 얼마 나지 않는 라 사존이었다.

서상림은 타인이 그의 영역에 침범하는 걸 쉽게 허락하지 않았기에 이따금 자신이 흉악한 짐승과 닮았다고 느꼈다. 그런데 그는 어째서인지, 또 언제부터인지 이 두 사람을 데리고 용마루에 올라 함께 멍 때리고, 구름을 보고, 낮게 나는 잠자리를 보고, 높이 날아가는 버들강아지를 구경했다.
"류야! 서야! 어딨느냐?"
복도에서 아버지의 조급하고 약간은 화난 목소리가 들렸다.
"이거 참, 정원 청소를 도우라고 할 때마다 토끼보다 빨리 도망을 간다니까, 이 녀석들."
"어휴."
남궁류는 조심스럽게 처마 끝으로 눈만 빼꼼 내놓은 채 아버지가 서둘러 돌아가는 걸 보고서야 머리를 들어 올렸다.
"하하, 가셨다."
"영감도 멍청해."
서상림이 느긋하게 다리를 꼬았다. 퍽 오만불손한 자세였다.
"우리가 지붕 위에 있는 걸 항상 몰라."
오히려 라풍화가 불안해했다.
"우리 이러면 안 될 것 같은데……. 후, 그냥 이따가 내려가자. 존주께서 화내실라."
"무슨 걱정이에요? 어차피 무슨 일 생기면 우리가 막아 줄 텐데."
남궁류가 익살스러운 표정을 지었다.
"걱정 마요. 서야, 내 말이 맞지?"
서상림은 가타부타 말없이 입에 물고 있던 강아지풀을 뱉고 기지개를 펴더니 똑바로 앉았다.
"해바라기씨 줘."
남궁류는 챙겨 온 해바라기씨 절반을 그의 손에 덜어 줬다. 서상림은 느긋하게 까먹으며 곁눈으로 안절부절못하는 라풍화를 재미있다는 듯 봤다.

그는 입술에 붙은 해바라기씨 껍질을 퉤 뱉으며 웃었다.

"사존, 걱정돼요?"

"그냥 이러면 안 될 것 같아서……."

"안 될 게 뭐 있어요."

서상림이 말했다.

"영감이 사존 혼내면 내가 복수해 줄게요."

라풍화는 아무런 대꾸도 하지 않았다.

서상림이 다시 라풍화에게 손을 뻗었다.

"귤 하나 줘요."

"안 좋아한다며……."

서상림이 인상을 썼다.

"시끄럽고, 줄 거예요, 말 거예요? 안 주면 발목 잡고 아래로 던져 버릴 거예요."

그의 형은 점잖은 선생처럼 굴었다.

"서야, 사존한테 그게 무슨 험악한 말버릇이야."

"사존은 무슨. 남 들으라고 부르는 거지."

서상림이 말했다.

"제자랑 몰래 지붕 위에 올라와서 해바라기씨 까먹는 사존이 어디 있어?"

그의 말에 뜨끔한 라풍화가 천천히 고개를 숙였다.

서상림은 이런 라풍화의 모습을 볼 때마다 약자를 괴롭히는 악당의 쾌감을 느꼈다. 그는 라풍화를 잠시 응시하다가 배시시 웃으며 하얀 치아를 드러냈다.

"사존 형아, 이 제자의 말이 틀렸나요?"

사존 형아는 서상림이 문득 떠올린 호칭이었다. 공손함 속에 친밀함이, 친밀함 속에 희롱이 숨어 있었다. 라풍화는 화난 듯, 또 불편한 듯 말했다.

"그, 그렇게 부르지 마."

"호칭은 겉치레일 뿐이라면서요. 사존 형아가 한 말인데."

그를 놀리던 서상림은 다시 손을 내밀어 끈덕지게 요구했다.

"귤 줘요."

"네가 싫다고 해서 류 것만 챙겼다."

서상림은 두 눈을 부릅떴다. 그러나 그 대상은 라풍화가 아닌 형이었다.

남궁류는 막 입에 떡을 쑤셔 넣다가 갑자기 목이 메어 손을 내저으며 우물우물 말했다.

"그 뭐지, 전 오늘 귤 생각이 별로 없어요. 사존, 쟤 주세요."

라풍화는 잠시 생각하더니 말했다.

"반씩 나눠 먹어."

그는 말하면서 귤을 소매로 닦고 껍질을 벗겨 공평하게 반으로 가르려고 했다. 그러나 하나는 크고 하나는 작게 나누어졌다.

그래서 라풍화는 고민했다.

의지할 곳 없는 가난뱅이 출신이라 그런지 그는 항상 이런 대수롭지 않은 작은 일로 고민했다.

"음……."

"큰 거는 나 줘요."

서상림이 뻔뻔하게 귤을 덥석 잡아채며 공평하려고 애쓰는 라풍화를 대신해 결정을 내렸다.

"작은 거는 형 주고요."

라풍화가 말했다.

"자꾸 형 괴롭히면 못……."

말이 채 끝나기도 전에 입 안에 달콤한 과즙이 넘치는 귤 한 쪽이 들어왔다. 그는 놀라서 두 눈을 동그랗게 뜨고 멍하니 서상림을 봤다.

"뭐래요."

서상림이 씨익 웃었다. 그의 태도는 시건방졌지만 눈빛만큼은 다정했다.

"내 것 절반은 사존 형아랑 나눌 거예요."

남궁류도 가까이 다가와 나머지 반쪽 귤을 받아서 개수를 세더니, 또 몇 개로 나누어서 서상림과 라풍화에게 나눠 줬다.

미래의 유풍문 장문인은 헤헤거리며 웃었다. 하늘을 가득 채운 노을 아래에서 그의 가늘고 부드러운 머리카락이 솜털처럼 이마에 살랑살랑 내려앉았다. 서상림이 웃긴다는 듯 봤다.

"뭐 하는 거야?"

"귤이 있으면 나눠 먹어야지."

그는 해바라기씨, 떡, 과일 절임도 모두 삼등분했다.

"간식도 나눠 먹고."

"너희…… 너희는 정말……."

라풍화는 쥐꼬리만 한 위엄을 되찾으려 했으나, 서상림과 남궁류에겐 아무 느낌도 못 주는 듯했다. 그들은 오히려 더 친밀하고 짓궂은 눈으로 그를 쳐다봤다.

라풍화는 이런 다정한 눈빛이 기쁘기도 하고 또 황당하기도 해서, 한참 후에야 이렇게 중얼거렸다.

"까불기는……."

남궁류가 말했다.

"안 까불게요. 까불 거면 셋이서 같이 까불어요."

그의 말에 서상림은 결국 풉, 하고 웃음을 터뜨렸다. 그가 한 손은 용마루를 짚고 다른 손은 이마를 짚은 채 웃으며 말했다.

"좋아. 그럼 우리 앞으로 귤도, 간식도 다 같이 나눠 먹어."

그러다 잠시 말을 멈추더니 유풍문 가옥의 장엄하고 아름다운 모습을 보며 씩 웃었다.

"지붕도 같이 올라가고."

장면이 바뀌었다.

같은 해 정월 대보름 등회 날이었다.

서상림은 입에 나뭇잎을 물고 맨발로 느릿느릿 유풍문의 중앙 보행로를 걸으며 이따금 손가락질했다.

"그 등은 조금 더 높이 걸어. 너 말이야, 너. 그렇게 낮게 달아서 뭐 하겠다는 거야? 다리가 짧으면 다른 사람한테 맡기든지."

뒤에서 갑자기 다급한 목소리가 들렸다.

"서야, 기다려."

서상림이 고개를 돌리자 라풍화가 신발을 들고 다가와 인상을 쓰며 말했다.

"왜 또 신발도 안 신고 돌아다니는 거야?"

"이 길에 깔린 건 다 기를 단련하는 데 쓰는 돌이에요. 신발을 안 신으면 영력을 더 잘 흡수할 수 있다고요."

"이렇게 추운데 얼마 되지도 않는 그깟 영력이 뭐가 중요해? 어서 신어. 발이 얼어서 빨개졌잖아."

"에잇, 잔소리. 귀찮아 죽겠네."

말은 그렇게 하면서도 서상림은 꾸물꾸물 신발을 신었다. 대충 구겨 신은 그가 눈을 흘기며 라풍화에게 물었다.

"심심해요? 그러면 나랑 나가서 등롱 시장 구경할래요?"

"류가 아직 숙제를 안 끝냈어. 검사 먼저 다 하고……."

서상림이 라풍화의 말을 잘랐다. 그는 턱을 치켜들고 거만한 눈으로 말했다.

"우리 형이 얼마나 멍청한데요. 그거 끝내길 기다릴 생각이면 정월 대보름 지내지 말고 거기서 밤이나 새워요."

라풍화가 사람 좋은 미소를 지었다.

"그래도 상관없지. 어차피 나는 시끄러운 거 싫다."

서상림은 그를 잠시 째려보다가 갑자기 화를 내며 구겨 신은 신발을 멀리 차 버렸다. 라풍화가 놀라서 말했다.

"무슨 짓이야?"

"안 신어요, 안 신어! 가요, 가, 가!"

"신어라. 날이 추워."

"안 신는다고요! 가요!"

"……화난 거야?"

서상림이 질색했다.

"화났냐고요? 내가 화날 게 뭐 있다고. 사존이랑 형님은 가난뱅이랑 멍청이잖아요. 명절 보내기에 이보다 더 어울리는 짝이 어디 있어요. 가요, 나한테 말 걸지 말고."

그러고는 팔을 휘두르며 성큼성큼 앞으로 걸어갔다.

그는 사실 그때 라풍화가 따라오길 몹시 바랐다.

발이 얼어서 새빨갛게 변해도 아무렇지 않았다.

양쪽 신발을 모두 차 버린 그는 라풍화가 뒤에서 그를 불러 세우고 감기 걸린다며 별것도 아닌 일에 안달복달 반응해 주길 기다렸다.

서상림은 기대감을 잔뜩 안고 걸었다.

그러나 아무리 기다려도 라풍화는 따라오지도, 그를 부르지도 않았다.

그는 머뭇거리다가 걷는 속도를 늦췄다.

한참을 걸어 성 입구까지 갔는데도 그를 부르는 사람은 없었다. 그는 손 관절을 누르며 생각했다.

'됐어. 어차피 나는 어릴 때부터 친구도 없었고, 그동안 혼자 정월 대보름 등불 구경을 했잖아. 그게 뭐 대수라고.'

그는 계단을 내려갔다.

한 칸.

두 칸.

그러다 결국 고개를 획 돌려 코를 잔뜩 찡그리며 외쳤다.

"라풍화!"

사실 라풍화는 가지 않았다. 그는 그 자리에 서서 찾아온 신발을 들고 어쩔 줄 몰라 하며 두리번거리고 있었다. 그때 들려온 성난 서상림의 목소리에, 그는 머리를 맞은 듯 번쩍 정신이 들어 두 눈을 동그랗게 뜨고 멍하니 한마디 뱉었다.

"아……."

"……."

됐다.

내가 졌다, 졌어.

그래서 그해의 정월 대보름은 서상림과 라풍화가 함께 남궁류의 곁을 지켰다.

남궁류는 흰자위를 까뒤집으며 매우 힘겹게 술법 족자를 암송했다.

"명치에서 한 치 반 아래를 거궐혈 혹은 심모라 하는데, 이곳을 때리면 인사불성이 되며, 오른쪽 폐부혈 아래…… 아래…… 아래 뭐더라?"

남궁류가 머리를 긁적였다.

"또 생각이 안 나네."

"바보냐! 돌대가리가 따로 없네!"

서상림은 죽간으로 형의 머리를 치며 사나운 표정을 지었다.

"아래 반 치를 주먹으로 때리면 깨어난다. 정신이 돌아온 후에도 치료가 안 되면 백여 일 안에 반드시 죽는다. 배꼽 위 수분혈은 소장과 위가 지나가는 곳으로 중상을 입을 시 스무여드레 안에 죽는다. ……아홉 번째야! 이렇게 멍청한데 어떻게 안 죽고 사는 거지?"

남궁류는 울상을 하고 책상에 엎드려 길게 한숨을 쉬었다. 그러더니 눈을 치켜뜨며 이마로 흘러내린 부드러운 머리카락을 후, 불었다.

"나도 내가 바보 같아……. 너처럼 똑똑하면 좋을 텐데."

"불가능해."

서상림이 단호하게 말했다.

"꿈 깨."

난렴이 들썩이더니 원소[#4]를 가지러 갔던 라풍화가 들어왔다.

두건이 달린 두꺼운 장포를 두른 그의 새카만 머리카락과 말려 올라간 속눈썹에 눈이 살짝 묻어 있었다. 난롯불에 비치자 지극히 평범한 그 얼굴이 꽤 근사해 보였다.

봄이 오기 전 내리는 눈이 아름답듯이 그렇게 보기 좋았다.

"긴 시간 외우느라 고생했는데 원소 좀 먹으면서 쉬어."

라풍화가 가지고 온 나무 쟁반에는 원소 세 그릇이 놓여 있었다. 한 사람당 한 그릇씩이었다.

남궁류가 환호성을 지르더니 재빨리 탁자 앞으로 달려갔다. 손을 뻗으려던 순간 누군가 뒤에서 그를 잡아챘다.

서상림이 어두운 얼굴로 말했다.

"뭐가 그렇게 급해. 버릇없이, 고맙다는 인사는?"

남궁류는 말문이 막혔다. 버르장머리 없기론 제일인 동생의 난데없는 지적질에 의아한 눈치였다.

"뭐 해?"

동생이 위협적으로 눈을 가늘게 뜨자, 남궁류는 연신 손을 내저으며 비위를 맞췄다. 그가 소매를 흔들며 크게 인사한 뒤 고개를 들고 장난스럽게 웃었다.

"주인님의 은혜에 감사드리옵니다~"

라풍화는 할 말을 잃었다.

#4 원소 元宵. 중국의 정월 대보름 음식 중 하나로, 소가 든 새알심을 끓여 만든 죽

서상림은 남궁류의 짓궂은 모습이 화나면서도 웃겼다. 이 인간이 또 어느 이야기책에서 배워 왔구나 싶었다.

"됐어, 먹자."

라풍화는 얼어서 빨개진 손을 비비며 입김을 불었다. 서상림이 대신 장포를 벗겨 주자 그는 갑작스러운 다정함에 놀라서 말했다.

"아, 귀찮게 그럴 것 없어."

서상림은 대꾸하기 귀찮아서 덤덤하게 물었다.

"밖에 눈 와요?"

"그래, 막 내리기 시작했어. 내일 눈싸움할 만큼 오늘 밤에 쌓일지도 모르겠다."

"……사존."

갑작스러운 이 호칭은 결코 공손함이 아니었다. 비아냥이었다.

"나이 생각하세요."

웃는 라풍화의 보드라운 속눈썹을 보니 서상림은 저절로 마음이 따뜻해졌다. 그런 제 모습에 놀란 그는 괜스레 짜증이 나서 황급히 화낼 이유를 찾았다. 과연 라풍화는 그를 실망시키지 않았다. 금세 꼬투리를 잡은 그가 장포의 덧댄 자리를 가리키며 말했다.

"그렇게 가난해요? 유풍문에 온 지 한참 됐는데 이렇게 낡아빠진 건 왜 안 버렸어요? 밖에 입고 나가면 사람들이 우리가 괴롭히는 줄 알 거 아니에요. 바보예요?"

라풍화는 어쩔 줄 몰랐다.

"이건, 이건 구멍이 나도 덧대면 입을 수 있잖아. 하수진계의 수많은 사람들이 고생하는 걸 생각하면 나는 좋은 걸 먹고 마실 수가 없어. 장포 하나 살 돈이면 부적 열 장을 사서 필요한 사람에게 줄 수 있고. 얼마나 좋아."

"……."

서상림은 여전히 덧댄 곳을 가리키며 분노로 활활 타오르는 눈으로 그를 노려봤다.

라풍화는 조심스럽게 자신의 훌륭한 제자에게 동의를 구했다.

"안 그러니?"

"그거 병이에요! 궁상 병!"

말은 이렇게 하면서도 서상림은 장포를 걸이에 걸었다.

세 사람은 화로에 둘러앉아 원소를 먹었다.

정월 대보름 꽃등을 보긴 틀렸지만, 비슷한 또래의 세 사람은 할 이야기가 넘쳐서 지루하지 않았다.

창밖에 눈이 내리고, 붉은 창살에 낀 서리가 투명하고 영롱하게 빛났다.

타닥타닥 타는 장작이 온 방을 봄으로 물들였다.

나중에 술까지 조금 마시니 분위기가 더 좋아졌다. 심지어 라풍화는 그들의 고집을 꺾지 못하고, 남궁류가 가지고 온 공후를 건네받아 술기운에 빨개진 얼굴로 두세 번 튕겨 보더니 고향 노래 하나를 연주했다.

"연못 위로 꽃잎이 떨어지고, 강가에서 현 소리 울리네. 가장 좋은 시절, 꽃다운 약관에 말을 달려 세상 저편의 꽃까지 다 보리니……."

"사존, 듣기 좋아요. 저도 가르쳐 주세요. 제목이 뭔가요?"

"소년 유랑."

라풍화가 나긋나긋하게 말했다.

"촉 땅의 단가(短歌)인데 지금 상황에 어울리네."

남궁류가 고개를 젖히고 웃었다. 그의 미소는 항상 지나치게 살가워서 어딘지 간사하게 느껴졌다. 하지만 술을 많이 마시니 제법 솔직담백하고 쾌활한 분위기가 돌았다.

"하하하, 소년 유랑, 듣기 좋네요. 우리가 바로 패기만만한 풍류 소년들이잖아요?"

서상림이 팔짱을 끼고 코웃음 쳤다.

"서책 한 권을 아홉 번 외도 못 외우는 멍청한 소년이 어디 있어."

"에이, 사람마다 장단점이 다르잖아."

남궁류는 의외로 정신이 있는지 배시시 웃으며 또박또박 동생의 말에 반박했다.

"너는 하늘이 내려 준 재능을 가졌고, 나도 나만의 재능을 가지고 있을지 몰라."

"……과음했네."

라풍화가 웃으며 술잔을 들고 말했다.

"너희가 평생 꽃다운 약관처럼 각자의 장점을 내세워 군자로 살길 바란다."

남궁류가 손뼉을 치며 동생에게 어깨동무했다. 자세가 불편해진 서상림이 그를 밀쳐 냈지만 남궁류는 아무렇지도 않은지 하하 크게 웃으며 말했다.

"사존, 그러고 보니 갑자기 생각났는데 우리 강물에 등은 못

띄워도 소원은 빌어야죠. 우리 소원 하나씩 빌어요."

서상림이 입을 삐죽거렸다.

"소원 비는 건 너무 오글거려."

라풍화가 말했다.

"종이에 써서 불에 태워도 이루어질 거야."

결국 각자 소원을 썼다. 라풍화가 쓴 소원은 말할 것도 없었다. 아까 축배 제의를 할 때 이미 말했다.

난독증이 있는 남궁류는 쓰면서 읽는 걸 좋아했다.

"잘 먹고 잘 마시고, 크게 성공하고, 화목하게 함께하길…… 바랍니다."

서상림은 너무 오글거렸다. 그러나 오글거림 속에 알 수 없는 미묘한 감정이 섞여 있었다.

그는 서자였고, 집안에서 그에게 관심을 갖는 사람은 별로 없었다.

라풍화가 오고서야 그에게 친구가 생겼다. 그와 남궁류 그리고 사존 세 사람은 늘 같이 장난치며 놀았고, 함께 수행했다.

라풍화는 그의 사존이라기보다 그가 인생에서 처음 사귄 참된 벗이었다.

라풍화가 있어서 그는 잘난 것 하나 없으면서 적자라는 이유로 온갖 관심을 받는 형을 질투하지 않게 됐다. 밤낮으로 함께하면서 남궁류의 귀여운 구석도 발견했다.

"서야, 뭐라고 썼어?"

서상림은 대답 대신 뭉친 종이를 불구덩이에 대충 던졌다.

불길은 소원을 금세 먹어 치웠다. 튀어 오른 불꽃이 그의 눈에 비쳤다.

"아무것도 안 썼어. 백지야."

크게 실망한 라풍화와 남궁류는 낙담한 표정을 지었다.

서상림은 치아를 드러내며 웃었다. 사악한 웃음 속에 서린 달콤함에는 사람을 놀린 뒤 나오는 의기양양함이 배어 있었다.

거짓말이야.

종이에는 가지런하고, 단정하고, 신중하게 또박또박 쓴 글이 적혀 있었다. 내용은 이랬다.

[바라건대, 라풍화, 남궁서, 남궁류 세 사람이 귤도 나눠 먹고, 떡도 나눠 먹고, 지붕도 같이 올라가며 평생 친구처럼, 가족처럼 지낼 수 있기를…… 꽃다운 약관부터 백발이 될 때까지.]

226장 교산, 허사가 되다

유풍문의 초혼대 위. 서상림은 어둠 속에서 점점이 흩어지는 금색 불빛을 보다가 문득 그해 눈 내리던 정월 대보름 날, 자신이 화로 속에 던진 종이와 매우 닮았다고 생각했다.

그것은 순식간에 타서 잿더미가 되고, 오직 불꽃만이 남아 세월을 뛰어넘어 그에게 화상을 입혔다.

바라건대, 라풍화, 남궁서, 남궁류 세 사람이,

평생 친구처럼, 가족처럼 지낼 수 있기를.

그러나 남궁서는 오래전에 세상에서 사라졌고, 지금 이곳에 있는 건 서상림이었다. 미치광이이자 악마이자 지옥 깊숙한 곳에서 기어 돌아와 세상의 모든 정인군자에게 복수하러 온 서상림이었다.

남궁서는 이제 없다.

그는 서[#5]라는 과거의 이름처럼 의지할 곳 없이 넓고 아득한

#5 서 絮. 솜처럼 가볍고 약한 존재

세상을 떠돌았다.
세월이 지나면 높은 산도 무너지고 가라앉는다.
그러니 보잘것없는 버들강아지[#6]는 어떠할까.
오랜 세월이 흘러 버드나무는 나이 들었고, 단풍은 시들었다. 떠다니며 마음껏 구경한 건 세상 저편의 꽃이 아닌 산천을 뒤덮은 피와 천지를 뒤덮은 원한이었다.
그런데 왜 자신은 무의식중에 라풍화가 과거에 그에게 가르쳤던 걸 엽망석에게 아낌없이 가르치고, 왜 진정한 군자나 선인을 만나면 측은지심에 독하게 굴지 못했을까.
왜…….
왜 눈물이 날까.
서상림은 초혼대에 무릎 꿇고 앉아 결국 목 놓아 울부짖었다. 눈물은 그의 추악하고 뒤틀린 얼굴을 따라 끊임없이 흘러내렸다. 그는 라풍화의 영핵을 어루만지며 목이 잠길 만큼 오열했다. 갈기갈기 찢어지는 가슴에 소리 하나하나가 목구멍에서 피와 함께 비어져 나오는 듯했다.
"사존…… 라풍화……."
그는 온갖 계략을 동원했다. 광기와 증오를 품고, 뒤틀림과 갈망 속에서 일생을 바쳐 판을 짰다.
그런데 고작 이렇게 끝나는 걸까?
영산논검 후 그의 마음속은 분노로 가득했고, 나중에 아버지가 남궁류에게 자리를 물려주자 원통함에 자리를 빼앗았다.
그는 병상에 누운 늙고 파리한 아버지가 믿을 수 없다는 눈

#6 버들강아지 한자어로 유서(柳絮). 각각 남궁류의 '류', 남궁서의 '서'와 같은 한자

으로 그를 보던 모습을 여전히 기억했다.

"장문 자리는 제 것입니다."

그는 손으로 아버지의 숨통을 움켜쥐고 조금씩 힘을 주며, 차갑고 독한 얼굴로 눈을 번뜩거렸다.

"유풍문의 백 년 근간을 망치고 싶지 않다면 제가 가지는 것이 당연하지요. 아버지는 연세가 많으시니 이제 쉬실 때도 되셨어요."

"서야……."

그는 눈을 감고 아버지가 말하는 것을 더는 용납하지 않았다. 손에 힘줄이 툭 튀어나오며, 서늘하게 으드득 소리가 울렸다. 숨통이 끊어지는 소리였다.

그는 유풍문의 반지를 빼서 입 맞췄다.

반지는 차가웠지만, 그의 표정만큼 차갑지는 않았다.

"저는 그저 공정함을 원하는 겁니다. 당신들이 주지 않으니 스스로 찾을 수밖에요. 아버지, 구천에서 절 미워하지 마세요."

그렇게 뒤돌아 나왔다.

기억 속 장면이 바뀌었다.

자리를 찬탈한 첫날 밤, 전쟁 후 바닥에 남은 흥건한 핏자국을 하인들이 치우고 있었다. 아버지는 이미 죽었고, 남궁류 일가 또한 수옥에 갇혔다. 그에게 대항하려던 사람은 모두 진압됐다. 모든 일이 끝나자, 그는 한순간 무엇을 해야 할지 몰랐다.

그는 뜰에 화로를 놓고 대충 차를 끓여 마셨다. 뜰에는 그 혼자였다. 그는 엄지손가락에 낀 반짝이는 장문 반지를 어루만졌다.

앞으로 그가 유풍문의 존주였다.

영산논검에서 그를 음해했던 외부인은 두말할 것도 없이 기회를 봐서 찢어발기면 그만이다. 하지만 그의 형은, 또 라풍화는 어떻게 처리해야 할까.

황혼이 점점 짙어지고, 해가 서쪽으로 기울었다.

하늘이 어두워지는 걸 보던 서상림은 마침내 결심을 굳히고 수옥에 가둔 형님과 사존을 만나 보기로 했다.

시종 몇을 거느리고 반쯤 가던 그는 마지막 햇빛 한 줄기가 어둠에 삼켜지자 몸서리를 쳤다. 문득 한기가 느껴지며 머리가 어지러웠다.

"존주, 왜 그러십니까?"

부축하려 다가오는 시종을 물리치고 서상림이 말했다.

"괜찮다. 미처 끝내지 못한 일이 생각났다. 나는 일단 대전으로 돌아갈 테니 너희는 따라올 필요 없다."

그는 점점 더 선명해지는 고통을 억누르고 장포에 달린 두건을 뒤집어쓴 채 성큼성큼 유풍문의 정전으로 향했다. 마지막에는 도저히 견딜 수 없는 지경에 이르렀다. 견딜 수 있다 해도 더 걷기는 무리였다. 그는 문을 벌컥 열고 들어가 대전의 문을 꽉 잠갔다.

"존주?"

"너희는 입구에서 지키고 들어오지 말거라. 경거망동하지 말고 수상한 낌새가 있으면 즉각 알려라."

경비병에게 분부한 뒤 서상림은 헐떡이며 황급히 대전 깊숙한 곳으로 가서 쓰고 있던 두건을 벗었다. 고개를 숙여 살펴보니 피부가 온통 갈라지고, 보이는 곳마다 흉측한 상처가 생겨 있었다.

제일 먼저 떠오른 것은 '아버지가 그에게 저주를 걸었나'였다.

그러나 이내 불가능하다고 결론 내렸다. 영감은 이미 중태에 빠져서 법술을 시전할 힘조차 없는데 어떻게 쥐도 새도 모르게 이런 일을 벌였을까 싶었다.

그럼 어떻게 된 거지?

너무 아팠다. 근육이 끊어지고 피부는 징그럽게 변했다. 그는 창가에서 경련을 일으키며 덜덜 떨었고, 하얗게 비틀린 관절로 바닥을 긁었다. 긁는 자리마다 핏자국이 남았다.

정말이지 너무 고통스러웠다.

하지만 그는 비명을 지를 수도, 의원을 부를 수도 없었다. 형세가 안정되지도 않았는데, 반란을 일으킨 장본인이 어찌 나약한 모습을 보일 수 있을까.

그는 대전에서 조용히 숨을 몰아쉬며 신음했다. 아파서 이리저리 구르며 경련했다. 발버둥 치고 발길질하다가, 지독한 고통에 무의식적으로 잡아당긴 휘장이 그의 위로 떨어졌다.

창밖의 달빛이 가려졌다.

갑자기 통증이 줄어드는 게 느껴졌다. 그는 식은땀을 줄줄 흘리며 휘장 아래에 웅크린 채 거칠게 호흡했다. 잠시 후, 통증이 가신 것 같아서 휘장을 치우고 똑바로 앉아 일어나려고 했다.

그런데 뜻밖에도 달빛이 다시 닿자 피부가 또 갈라지고 근육이 끊어질 듯 아파 왔다.

서상림은 그제야 달빛을 받으면 안 된다는 것을 깨달았다. 그는 황급히 기어서 간신히 창문을 닫고, 대전에서 가장 어두운, 손을 뻗어도 손가락이 보이지 않을 만큼 어두운 곳으로 피신했다.

그의 호흡이 조금씩 진정됐다.

통증이 사라지고, 피가 줄줄 흐르던 피부 또한 눈에 띄게 빠른 속도로 아물었다.

수상함을 감지한 서상림은 피부가 조금도 드러나지 않도록 장포를 빈틈없이 두른 후 장서각으로 갔다. 그리고 한밤중까지 뒤지다, 마침내 조부의 책장에서 과거의 기록을 찾아냈다.

알고 보니 유풍문 초대 장문인 남궁장영은 곤과 큰 싸움을 치르고 결국 승리하여 금고탑에 곤을 가뒀으나, 곤의 저주에 걸리고 말았다.

상고 시대의 악수(惡獸)는 음에 속하고 밤하늘, 달빛과 깊은 관계가 있었다. 그래서 유풍문의 장문이 달빛만 받으면 피부가 찢어지며 뼛속 깊이 고통을 느끼게 하는 저주를 내렸던 것이다.

더구나 음기가 가장 왕성한 보름날 밤은 달빛을 받지 않고 가장 어두운 곳에 숨어도 배로 시달려야 했다.

수백 년 동안 이는 유풍문의 최대 비밀이었고, 역대 장문들은 이를 철저히 숨겼다. 누군가 이 약점을 노리고 술수를 부릴까 봐 아무리 친아들이라도 마지막 순간까지 진실을 알리지 않았다.

참으로 우스웠다.

그가 갖은 애를 써서 얻은 것이 저주받은 권위란 말인가?

다음 날, 서상림은 수옥을 찾았다.

남궁류와 그의 아내 용언 모두 갇혀 있었고, 다른 암실에는 라풍화가 구금되어 있었다.

그는 라풍화보다 형님의 감옥을 먼저 찾았다.

"서야! 서야! 대체 뭐 하려는 거야? 이게 무슨 짓이냐고!"

그를 보자마자 남궁류는 극도로 흥분했다. 그러나 손발이 모두 주술로 봉인되어서 아예 움직일 수 없었던 그는 그저 무릎 꿇고 앉아 동생을 보며 눈물을 흘릴 수밖에 없었다.

"미친 거냐? 장문 자리 하나 때문에 이렇게까지 해야 해?"

밤새 시달린 탓에 안색이 좋지 않았지만, 서상림은 차갑게 웃으며 말했다.

"나는 내가 응당 가져야 하는 걸 가진 것뿐이야."

"……."

"넌 내 검법을 훔치고, 내 명성에 먹칠했어. 난 겨우 스물이었다고, 남궁류."

잠시 말을 멈춘 그의 눈빛은 냉정했다.

"넌 겨우 스물인 내게 인생의 밑바닥을 보여 줬어."

그는 장포를 끌며 서서히 다가가 고개를 숙이고 형님의 얼굴을 응시했다.

"남궁류, 너 같은 폐물도 권력에 대한 야심이 있고 출세하고 싶어 하는데, 나는 어떻겠어?"

그가 느리게 말했다.

"나는 너보다 부지런하고, 너보다 타고난 재주도 뛰어나. 전부 다 너보다 잘났는데, 딱 하나 그 혓바닥만큼은 이길 수 없지."

그는 남궁류의 턱을 잡고 두 손에 힘을 주어 꽉 다문 그의 입을 벌렸다.

그는 그 속에 있는 매끈하고 끈적거리는 붉은 덩어리를 뚫어지게 봤다.

"흔적도 없이 사람을 죽이는 무기나 다름없으니 잘라 버리자."

남궁류는 충격과 공포로 눈을 부릅떴지만, 턱이 잡혀 있어서 말도 못 하고 웅얼웅얼 애원하며 침을 질질 흘렸다.

"자르기 싫어?"

서상림이 비웃었다.

"안 잘라도 괜찮아. 어쨌든 우리는 형제니까 내가 인정을 베푸는 셈 치고 깔끔하게 죽여 줄게."

그가 손을 확 놓자 남궁류가 울부짖었다.

"죽이지 마! 살려 줘! 영산논검 일 때문이야? 나, 날 데리고 나가 주면 내가 만천하에 사실을 밝힐게!"

"늦었어."

서상림은 하얀 손수건을 꺼내 손을 닦으며 그를 흘겨봤다.

"지금 네가 말해 봤자 사람들은 내 협박 때문에 억지로 인정한다고 생각할 거야. 네가 나한테 뒤집어씌운 구정물은 이제 절대 씻을 수 없다고."

남궁류가 뭐라 말하기도 전에 옆에서 칼날처럼 날카로운 여인의 목소리가 들렸다.

"남궁서! 네가 억울한 건 알지만, 대체 지금 이게 무슨 짓이냐? 친아버지를 죽이고, 장문 반지를 빼앗고, 이제 형까지 죽이려고 하다니. 너…… 어떻게 이렇게 독할 수 있지?"

"아, 용 사저."

서상림이 미소 지었다.

"말 안 했으면 사저가 여기 있다는 것도 까먹을 뻔했네."

용언도 주술에 걸려 똑같이 무릎을 꿇고 있었지만 표정만은 독하고 고집스러웠다. 눈에 눈물이 글썽였지만 결코 나약해 보이지 않았다.

"내가 애당초…… 내가 애당초 너를 잘못 봤다."

"날 잘못 보면 어때서?"

서상림이 씨익 웃었다.

"애당초 나에게 향낭을 선물한 것도 사저고, 나중에 남궁류에게 시집간 것도 사저잖아. 사저가 먼저 날 배신했으면서 이제 와서 무슨 낯짝으로 과거를 들먹이지? 설마 그가 강요해서 어쩔 수 없었다고 나에게 말하려는 건 아니겠지?"

용언의 얼굴이 하얗게 질렸다. 뭐라 말하고 싶어 하는 것 같았으나, 그녀는 결국 입술을 깨물고 서서히 눈을 감았다.

눈물이 그녀의 뺨을 타고 흘렀다.

서상림의 손엔 어느새 서슬 퍼런 검이 쥐여 있었다.

"안…… 안 돼……. 서야, 원하는 것이 있으면 말해. 뭐든지 들어줄 테니…… 날 죽이지 말아 다오……. 제발 부탁이야, 날 죽이지 마……."

"무슨 처지인지 착각하고 있는 건가?"

검신을 닦는 서상림의 입가에는 여전히 사악한 미소가 걸려 있었다.

"남궁류, 이제 난 장문이고 너는 감옥에 갇힌 죄인이야. 가진 거 하나 없으면서 나랑 협상하겠다고? 뭘 걸고? 하찮은 그 목숨?"

"네가 시키는 건 다 할게! 결초…… 결초보은할게! 난, 난 뭐든지 할 수 있어! 너만 원한다면 용 사저도 네게 돌려줄게!"

용언이 눈을 번쩍 뜨고 고개를 휙 돌려 분노를 터뜨렸다.

"남궁류!"

겁에 질린 남궁류는 사시나무 떨듯 떨면서 아내는 아예 거들떠보지도 않고 동생에게 애원했다.

"나를 풀어만 준다면……. 제발 날 풀어 줘……."

"필요 없어."

서상림이 느긋하게 검으로 그의 얼굴을 톡톡 쳤다.

"네가 핥은 귤을 내가 건드릴 것 같아?"

"그럼 내가…… 내가……."

남궁류는 아무리 머리를 쥐어짜도 떠오르는 게 없었다. 결국 눈물 콧물을 줄줄 흘리며 대성통곡했다.

"서야, 우리 약속했잖아. 간식이 있으면 나눠 먹고, 지붕이 있으면 함께 올라가자고……. 같이 수행하고, 같이 사존과 정월 대보름을 지내고, 같이 칠현금을 배웠잖아. 그날들을 넌 다, 다 잊은 거야?"

서상림은 살짝 어두워진 얼굴로 차갑게 웃을 뿐, 아무 대답도 하지 않고 검을 들었다가 잠시 후 그대로 휘둘렀다.

"으악!"

"잠깐!"

서늘한 검날이 남궁류의 목 가까이에서 멈췄다. 사실 서상림도 확신이 없었다. 두 외침이 없었다 한들, 자신이 정말 검을 끝까지 휘두를 수 있었을까.

그러나 그는 표정 변화 없이 담담하게 말했다.

"또 왜? 두 사람은 남길 유언도 참 많군."

227장 교산, 아수라장이 되다

용언은 남편을 보는 대신 촉촉해진 눈을 뜨고 허리를 꼿꼿이 세운 채 흐느꼈다.

"옛정을 생각해서 아이는 낳을 수 있도록 해 줘."

"……."

서상림의 시선이 천천히 아래로 내려가 용언의 아랫배에 닿았다. 얼핏 보면 다를 것이 없었지만, 자세히 보니 살짝 불러 있었다.

용언은 이마가 바닥에 닿을 정도로 머리를 숙였다. 한참이나 그렇게 있었지만, 표정만큼은 고결했다.

"부탁이다."

"……."

"아비의 죄는 반박의 여지가 없지만, 남궁서, 제발 부탁이니 조카의 목숨만은 살려 줘."

서상림은 여인을 잠시 응시했다. 너무도 가소로웠다.

배 속에 있는 화근을 살려 달라고? 조카든 질녀든 아직 형체도 갖추지 못한 고깃덩어리가 자신과 무슨 상관이란 말인가?

악독한 생각을 하던 중, 문득 어젯밤에 겪었던 뼈를 깎는 고통이 떠올랐다. 서상림은 멈칫하더니 이것이 더할 나위 없이 좋은 일이라는 걸 깨달았다. 유풍문의 장문 자리는 선대 장문이 세상을 떠나고 소주가 계승하거나, 반역을 일으켜 빼앗는다. 자리에서 내려와 물려주거나 섭정하는 건 소용없었다.

그러니 남궁류에게 자리를 넘겨주는 건 이미 쓸모가 없었다. 그러나 백 년 뒤, 남궁류의 아이에게 자리를 물려주어 이 자리에 앉은 자의 고통을 맛보게 한다면 그야말로 좋지 아니한가.

아버지의 빚을 아들이 갚다니, 더할 나위 없이 훌륭했다.

순간 기분이 상쾌해진 그의 얼굴에 찬란한 미소가 떠올랐다. 두 사람이 뭐라 반응하기도 전에 그는 검을 던지고 큰 소리로 웃으며 감옥에서 나왔다.

나중에 그는 남궁류와 용언을 죽이지 않는 대신 작은 집에 연금했다. 아이가 태어나는 즉시 다음 장문으로 봉하고 자신과 피의 계약을 맺게 할 계획이었다.

그때가 되면 과거의 악감정을 잊고 관대함을 베푼 그를 천하가 칭송하지 않을까?

하지만 그는 그날을 맞이하지 못했다.

장문 자리에 오르고 얼마 후, 그는 온갖 난폭한 행동을 일삼았고, 순식간에 문파 안팎으로 엄청난 원한을 쌓았다. 결국 한 성주가 그가 방심한 틈을 타 남궁류와 라풍화 두 사람을 몰래 풀어 줬다.

내막을 모르는 라풍화는 서상림이 장문이라는 자리 때문에 이성을 잃고 미친 짓을 벌였다고 생각했다. 거기다 남궁류의 간교한 입놀림에 넘어가 더더욱 실망과 실의에 빠졌다. 그래서 남궁류와 손을 잡고 아직 온기도 채 올라오지 않은 보좌에서 서상림을 내쫓기로 했다.

그날 밤 유풍문에 내란이 일어났고, 많은 사상자가 나왔다. 전쟁의 불길 속에서 라풍화가 제일 먼저 소월 연무장으로 피신한 서상림을 찾아냈다.

그날은 보름달이 뜬 밤이었다. 서상림은 고통에 몸부림치며 온몸이 피로 범벅되어 숲속에 숨어 있었다. 선홍빛 살이 드러난 것이, 마치 산 채로 껍질이 벗겨진 뱀 같았다.

그를 발견한 라풍화는 그가 전란 중에 주술에 걸려 다친 줄 알았다. 비록 원한은 있었으나 한때 아꼈던 제자의 처참한 모습에 저도 모르게 측은지심이 생겼다.

서상림은 숲속에서 덜덜 떨다, 고개를 들어 처연한 미소를 지었다.

"왔군요."

"……."

"내가 형님과 싸우면 마지막에는 다들 형님 편을 들죠."

라풍화가 말했다.

"이번에는 네가 지나쳤다. 천선대사도 네가 죽였느냐?"

"네."

"임 도사는?"

"죽을 짓을 했어요."
"……그럼 네 아버지는……."
잠깐의 침묵 후 서상림이 말했다.
"아버지는 불공평했고, 내가 사악하다고 믿었으니 자초한 거죠."
라풍화는 눈을 감았다. 그의 속눈썹이 살짝 젖어 들었다.
"너…… 너 어쩌다 이 지경이 된 거냐……."
"크."
서상림이 서늘하게 웃었다.
"남이 날 저버리는 건 괜찮고, 내가 남을 저버리는 건 안 돼요? 남이 내 몸에 칼을 꽂는 건 되고, 내가 검을 뽑아 대갚음하는 건 안 된다고요? 이게 사존이 말하는 군자의 도입니까?"
라풍화는 무너진 표정으로 잠시 그 자리에서 휘청거리다 서상림에게 다가갔다. 그런데 입을 떼기도 전에 눈물이 먼저 흘렀다.
"왜 울어요? 울 일이 뭐 있다고?"
서상림은 이유 없이 화가 났다.
"그냥 죽이든 능지처참하든 마음대로 해요. 내 앞에서 눈물 흘리며 위선 떨 필요가 뭐 있어요. 어차피 사존한테, 영감한테, 모든 사람한테, 무능한 얼뜨기가 나보다 중요하면서!"
라풍화는 고개를 저으며 아무 말 없이 손을 들어 주문을 외웠다.
"……네가 어려서부터 나에게 배웠던 법술을 쓰지 못하게 만들었다."
라풍화가 말했다.
"남궁서, 앞으로 너와 나는 사존과 제자가 아니다."

"……."

서상림은 송곳에 찔린 듯한 통증을 느꼈다. 곤의 저주는 정말 가슴을 찢어발기는 것 같았다.

그는 그 자리에서 숨을 고르고는 모질고 거칠게 말했다.

"착각하지 마요. 나는 단 한 번도 당신을 사존이라고 생각한 적 없으니까."

라풍화는 멍하니 그를 봤다. 한참 뒤 무언가 말하려는 찰나, 등 뒤가 소란스러워지면서 살기등등한 무리가 검광을 뿌리며 나타났다.

남궁류가 황급히 다가왔다.

"사존!"

그는 서상림과 라풍화가 대화하는 걸 보고 가슴이 철렁하여 다급하게 말했다.

"사존, 녀석이 뭐라고 하든 듣지 마세요! 다 거짓말이에요!"

그 말에 서상림이 작게 웃었다.

제 형님은 항상 이렇게 천진난만하고 귀여웠다.

설마 자신이 라풍화의 옷자락을 잡고 고생스럽게 사건의 전말을 설명할 거라고 생각한 건가? 그러지 않을 것이다.

그에게 인생은 바둑 같았다. 한번 바둑돌을 내려놓으면 그 전에 수백 번 했던 고민도, 심란했던 마음도 더는 중요하지 않았다. 중요한 건 오직 결과였다.

이미 사람을 죽였고, 이미 피에 물들었다.

그는 씻을 수 없었고, 씻어 내고 싶은 생각도 없었다.

라풍화도 절대 그를 너그러이 용서하지 않을 것이다.

그러니 그 어떤 말도 할 필요가 없었다.

그는 나무에 기대어 비틀거리며 일어났다.

달빛이 그의 얼굴을 비추자, 피부가 갈기갈기 찢기며 피가 흉물스럽게 흘렀다.

남궁류와 주변에 있던 수사들은 그 광경을 보고 자기도 모르게 뒷걸음질 쳤다. 오해한 누군가가 놀라서 말했다.

"라 도사가 이렇게 만들었습니까? 갈가리 찢어 놓다니…… 너무 잔인합니다……."

서상림이 하얀 치아를 드러내며 씩 웃었다.

숲 밖에 있는 형을 응시하던 그는 문득 이렇게 쉽게 저 사존과 제자를 놓아주고 싶지 않아졌다. 그래서 그는 고개를 돌려 라풍화에게 말했다.

"저들에게 꺼지라고 해요. 죽기 전에 당신에게 직접 알려 주고 싶은 일이 있어요. 단둘이서만요."

그는 소나무에 기대어 라풍화와 함께 으슥한 곳으로 천천히 이동했다.

무성한 잎의 짙은 그림자에 달빛이 가려지자 서상림의 얼굴도 조금씩 호전되어 갈라진 피부가 조금씩 아물었다. 작은 상처는 여전히 많았지만 아까 만큼 섬뜩하지는 않았다.

서상림은 고개를 돌리지 않고 라풍화를 등진 채 먼저 물었다.

"혼자 날 따라서 이곳까지 오다니, 내 손에 죽을까 봐 겁나지 않나요?"

"너는 그러지 못한다."

"……."

"날 죽일 생각이었다면, 류를 죽일 생각이었다면, 일 년 전에 했겠지."

서상림이 고개를 획 돌렸다. 그의 눈에 뒤틀린 광기가 번뜩였다.

"웃기시는군. 당신이 날 안다고 생각해요?"

라풍화가 그의 얼굴을 보고 눈을 부릅떴다.

"네 상처가……."

"아까보다 덜 징그럽죠?"

서상림이 피식하고 웃었다.

"왜 이런 거 같아요? 주술? 능지과?"

서상림이 손을 천천히 들어 올렸다. 그의 손바닥에 어둡게 빛나는 반지가 쥐여 있었다. 그가 입술을 달싹이며 조롱과 악의를 가득 담아 말했다.

"이 반지에는 영력이 깃들어 있어요. 당신과 남궁류가 나를 장문 자리에서 내쫓았을 때 저절로 내 엄지손가락에서 빠지더군요. 내가 더 이상 유풍문의 주인이 아니라는 걸 안 겁니다. 그런데 모반을 일으킨 무리의 우두머리가 둘이라서 반지는 누구를 따라야 할지 모르나 봅니다."

"네가 류의 자리를 빼앗았으니 당연히 그에게 돌려줘야지."

서상림이 씨익 웃었다.

"나도 그렇게 생각해요."

그는 반지를 라풍화의 손에 쑤셔 넣으며 마지막으로 엄숙하고 진지하게 두어 번 툭툭 치며 말했다.

"잘 챙겨서 조심히 가져가요. 이따가 나가서 이 좋은 걸 그에게 줘요. 잊지 말고 꼭 직접 형에게 끼워 줘요. 그가 이 문파의 진정한 존주니까."

그는 잠시 슬픔을 참는 라풍화의 얼굴을 뚫어지게 봤다.

그러더니 몸을 숙여 목소리를 낮추고 그의 귓가에 대고 말했다.

"그리고 내가 비밀 하나 알려 줄게요. 걱정 마요, 음흉한 비밀이 아닌 과거 영웅의 이야기일 뿐이니."

그는 가라앉은 목소리로 천천히 남궁장영이 곤을 이겼으나 곤이 유풍문의 존주에게 대대로 이어질 저주를 건 사실을 전했다. 악의로 범벅된 말 한 마디 한 마디가 잇새로 스며들다 독니가 되어 라풍화의 피부를 찔렀다.

그는 라풍화의 안색이 점점 어두워지고, 동그란 두 눈이 점점 커지는 걸 구경했다.

그는 뒷걸음질 치다 부딪친 나무에 기댄 채 미세하게 떠는 라풍화를 봤다.

너무나 통쾌했다.

하.

그를 아끼잖아?

당신들…… 하나같이 적자인 남궁류는 보물처럼 여겼잖아?

나는 당신이 직접 독약을 그의 손에 쥐여 주길 바라.

서상림의 입꼬리가 서서히 벌어지더니 스라소니를 닮은 악랄하고 괴상한 미소가 번졌다. 그는 손을 들어 라풍화의 뺨을 어루만졌다.

"사존, 이야기는 끝났어요. 나가 봐요."

그는 뜸을 들이다 한층 더 환한 얼굴로 말했다.

“유풍문의 6대 장문인 남궁류에게 인사 올려야죠. 가요.”

그날 그는 피범벅인 몸을 이끌고 검에 올라타 유풍문에서 도망쳤다. 그리고 이리저리 떠돌다가 힘이 빠져 촉 땅의 채접진에 추락했다.

그는 뜰에 앉아 있는 어린 여자아이를 만났다.

온몸에 피 칠갑을 한 그를 보고 놀란 어린 여자아이는 얼굴이 하얗게 질려서 덜덜 떨었다. 그러면서도 방에서 물을 한 그릇 가득 떠 와 그에게 건넸다. 그는 물을 마시면서 여자아이를 보다가 어째서인지 문득 이 아이가 그의 진정한 벗이자, 은사이자, 동시에 철천지원수인 그자와 너무 닮았다고 생각했다. 아이의 눈은 라풍화를 빼닮아 있었다.

그는 뜰에 있는 귤나무에 열매가 가득 달린 걸 보자 갑자기 너무 먹고 싶어졌다. 그러나 어린 여자아이가 입만 열면 군자가 어쩌고저쩌고하며 고리타분하고 구린내 나는 말을 하는 바람에 진절머리가 났다. 그것은 라풍화, 그 가소로운 인간이 진지하게 했던 말을 떠오르게 했다.

– 너희가 평생 꽃다운 약관처럼 각자의 장점을 내세워 군자로 살길 바란다.

평생 군자라니.

……가소롭기 짝이 없군.

그는 나무를 흔들어서 가지에 주렁주렁 달린 귤을 떨어트린 뒤 귤나무를 베고 엉엉 우는 어린아이를 뒤로한 채 성큼성큼

자리를 떴다. 그래도 여전히 화가 안 풀리자, 그날 밤 많은 사람을 또 무차별하게 죽였다. 칼을 휘두를수록 군자라는 두 글자와 점점 멀어졌고, 그럴수록 그는 더 통쾌했다.

그는 그곳을 떠나 성과 이름을 숨기고 남은 생을 보내려고 했다.

그러던 중 찻집에서 라풍화가 찬탈하여 유풍문의 존주가 됐다는 소식을 들었다.

찻집을 오가는 손님들이 말했다.

"에휴, 그럴 줄은 몰랐어. 사람은 겉만 보고 모른다더니."

"남궁류만 불쌍하지. 기껏 반란을 일으켜서 남 좋은 일이나 했으니."

"사존을 죽도록 증오하겠지?"

"라풍화가 사리사욕에 눈이 멀었어. 돼먹지 못한 놈."

서상림은 기름으로 미끈거리는 작은 탁자 앞에 앉아 찻잔을 들어 입까지 가져갔지만, 마시지 않고 울렁거리는 마음으로 귀를 기울였다.

눈앞이 아득해지며 땅이 빙빙 도는 것 같았다.

그는 라풍화가 이런 결정을 내릴 거라고는 생각지도 못했다.

오해를 받고, 원한을 사고, 사람들에게 손가락질당하고 미움을 받을지언정.

저주받아 이 생의 마지막 날까지 죽느니만 못한 만월의 밤을 견딜지언정.

라풍화는 그 섬뜩한 물건을 제 손으로 제자에게 쥐여 줄 수 없었던 것이다.

결국 한 수 차이였다.

터벅, 터벅, 터벅.

느릿한 발소리가 들렸다.

서상림은 기억 속에서 빠져나왔다. 눈을 뜨자, 흐릿한 시야에 젊은 남자의 얼굴이 나타났다.

적막이 감도는 초혼대에서 묵연이 그의 앞으로 다가가 한쪽 무릎을 꿇고 그를 바라보았다.

그 순간, 서상림은 이 젊은이의 눈빛이 이상하다고 생각했다. 이십 대 초반의 청년답지 않게 그 속에 너무 많은 것이 숨어 있었다.

묵연이 말했다.

"……남궁서, 이 모든 것을 계획한 이유가 그의 환생을 위해서인가?"

"자네가 알 바 아니다."

"남궁류를 남겨 놓고 라풍화를 부활시킨 뒤, 이제 이 산에 들어올 수 있는 사람은 없으니 이곳에서 여생을 편하게 보낼 생각이었겠지. 내 말이 맞아?"

서상림이 날카롭게 소리쳤다.

"자네가 상관할 일이 아니라고!"

묵연은 파괴된 영핵을 집어 들었다. 영핵 속에는 여전히 빛이 흘렀다.

"서상림으로 변장하여 남궁류 곁으로 돌아와 그가 다시 군사를 일으켜 자리를 빼앗도록 교사한 것도, 라풍화가 매일 밤 저주에 시달리며 죽느니만 못한 삶을 사는 걸 지켜볼 수 없어서였고."

"자네가 뭔데 내 마음을 넘겨짚어?"

서상림의 눈이 벌게졌다. 물기 어린 그 눈이 악독하게 번뜩였다.

"네가 뭐든 다 안다고 생각하나?"

"모르지만 짐작은 할 수 있어."

묵연이 말했다.

"당신의 표정을 보니 내 짐작이 터무니없지는 않나 보군."

서상림이 잇새로 말을 뱉었다.

"시건방진 놈."

"다 그렇지. 당신도 스무 살 때 똑같이 미쳐 날뛰지 않았나?"

묵연은 가만히 그를 봤다.

"남궁서, 그해 당신은 형님을 도와 찬탈을 꾀했지만, 이미 두 번이나 자리를 빼앗겼던 그가 존주 자리를 되찾기 위해 얼마나 악랄해졌을지 생각지 못했겠지. 그가 라풍화에게서 자리를 빼앗고, 화근을 없애기 위해 그를 죽일 거라고는 생각도 못 했을 거고. 당신은 그의 죽음을 전혀 예상하지 못한 거야."

묵연이 담담히 말을 이었다.

"그래서 당신은 이성을 잃고 어쩔 줄 몰랐겠지."

그는 서상림의 얼굴을 뚫어지게 봤다.

그는 어느 누구보다 그 절망감을 이해했다.

그는 서상림의 마음을 읽는 동시에 자신의 마음을 읽고 있었다.

"절망에 빠진 당신은 어떻게 했을까?"

228장 교산, 소년랑(少年郎)

만약 자신이 그라면, 어떻게 했을까?

환생.

그 사람의 환생을 원했을 것이다.

묵연은 바닥에 웅크린 서상림을 보며 나지막이 말했다.

"당신은 남궁류가 라풍화를 죽일 만큼 잔인할 거라고 생각지 못했어. 그래서 절망에 빠진 당신은 반대로 계략을 꾸며 반지의 저주는 라풍화가 남겼다고 했지. 분노한 남궁류가 유풍문의 규칙에 따라 라풍화의 시신을 혈지에 던져 18층 지옥에 가두도록 부추겼고."

"돌았어?"

옆에 있던 설몽은 깜짝 놀랐다.

"라풍화의 환생을 원했다면 소중한 사람이 분명한데 왜 그런 사람을 18층 지옥에 밀어 넣어?"

"혼백이 연옥에 들어가면 다른 생으로 환생할 수 없으니까."

묵연이 연민이 가득한 눈으로 서상림을 봤다.

"그러면 라풍화가 바로 환생하지 않으니 당신은 라풍화를 되살릴 환생술을 연습할 시간을 벌 수 있었겠지. 그다음으로 당신이 신으로 군림하는, 공평하고 공정한 이상적인 나라를 만들려고 했을 거고."

약간의 침묵 후, 얼굴 대부분이 짓무른 서상림이 갑자기 웃으며 묵연의 얼굴을 뚫어지게 쳐다봤다.

"묵 종사, 오늘에서야 자네가 미치광이라는 걸 알았군."

그는 잠시 멈췄다가 작디작은 소리로 말했다.

"오직 미치광이만이 나를 이해할 수 있지."

그러더니 한껏 웃어 젖혔다.

그 웃음소리는, 이미 나이가 들어 듬성듬성 깃털이 빠졌지만 여전히 사납고 끈질기게 가파른 절벽에 둥지를 틀고 앉아, 죽을 때가 되어서도 일말의 나약함도 보이지 않으려는 독수리를 연상시켰다.

묵연은 눈을 감고 마찬가지로 나지막이 그에게 말했다.

"남궁서, 세상에 환생술을 할 수 있는 사람은 더 있어. 당신이 원한다면 무비사의 회죄대사께 부탁해 당신 사존의 생명을 되돌려 놓도록 애써 보겠어."

"……."

묵연이 손바닥을 펴서 부서진 영핵을 서상림에게 건넸다.

"하지만 알려 줬으면 해……."

그는 살기 위해 마지막 지푸라기를 잡은 사람처럼 필사적이었다.

잔뜩 인상을 쓴 그가 사람들의 시선이 닿지 않는 곳에서 무력한 눈빛을 드러냈다.

"배후에서 줄곧 당신을 도운 사람이 누구인지 알려 줘."

묵연이 말했다.

"누가 당신에게 그 사악한 환생술을 알려 줬지? 누가 당신에게 진롱기국을 가르쳐 준 건가?"

기억과 전생이 겹쳐졌다.

타오르는 유풍문의 봉화 속에서, 엽망석 앞을 막아선 서상림은 난도질당해 죽었다.

그렇다면 전생의 서상림은 죽기 전 분명 구체적인 계획이 없었을 것이다. 그런데 이번 생에선 모든 것이 변했다. 서상림은 오래전 금성호에 기묘한 덫을 놨고, 도화원 사건과 채접진의 천열을 계획했고, 또 산 사람을 제물로 바치는 방법이 통하지 않자 재빨리 방법을 바꿔 각지에서 신무를 모아 끝내 라풍화를 연옥에서 끌어냈다.

이런 환생술은 분명 그 혼자 생각해 낸 것이 아닐 것이다.

"누구인지 궁금한가?"

서상림의 눈이 악의로 번뜩였다.

"내게 모든 기술을 전수해 준 사람이 있기는 하지. 하지만 자네에겐 알려 주고 싶지 않아."

"죽을 때까지 기꺼이 그의 바둑돌이 되겠다는 건가?"

"바둑돌?"

서상림이 웃었다.

"너무 멀리 생각했군. 그는 나를 이해하고 내 마음을 아는, 나와 똑같은 사람이야. 묵 종사, 포기하게. 나는 절대 그가 누구인지 알려 주지 않을 테니까. 힘들게 교산에 올라와 신나게 내 숨통을 조였지만, 그렇다 한들 뭐 어떻겠나."

"……."

"결국 천하는 계속 혼란에 빠지고, 사방에서 일어난 전쟁의 불길에 휩싸일 텐데. 그는 계속 상수진계와 하수진계를 초토화하고 폐허로 만들 거네. 그 이후에 선인은 보상받고, 악인은 죗값을 치르고, 인재는 높은 자리에 오르고, 속인은 노비가 될 것이야."

서상림의 웃음기가 점점 짙어졌다.

"정말…… 더할 나위 없이 멋진 광경일 테지."

그의 말을 들은 설몽이 버럭 화를 냈다.

"선인은 보상받고, 악인은 죗값을 치른다니! 인재는 높은 자리에 오르고, 속인은 노비가 된다니! 선인과 악인, 인재와 속인을 당신이 주둥이를 놀려 정하면 다야? 당신이 바둑돌로 만든 사람들…… 그리고 남궁장영…… 그리고…… 그리고……."

설몽은 초만녕의 안색을 슬그머니 살피고는 목소리를 낮췄다.

"그리고 남궁사까지."

그는 너무 원통하고 분한 듯했다.

"그들이 당신에게 기꺼이 조종당하고 싶어 했어? 그들은 죽어도 마땅하다는 거야?"

"희생은 항상 따르는 법."

서상림은 설몽을 담담하게 봤다.

"설 공자, 역시 자네는 너무 어려."

그는 설몽처럼 성미가 불같은 사람과 오래 얘기하고 싶지 않은지, 지친 눈을 다시 묵연 쪽으로 돌렸다.

"자네들 손에 잡혔으니 그냥 죽이든 능지처참하든 마음대로 하게."

그는 심지어 대수롭지 않은 말투로 이렇게 말했다.

"내 건곤낭 속에 능지과가 하나 있으니 분이 풀리지 않으면 그걸 나에게 먹여도 상관없네."

그러면서 냉소했다.

"어차피 스무 살이 되던 그해, 이미 자네 같은 명문가 도사들에게 능지처참당했으니 한 번 더 당한다고 뭐 다르겠는가."

황소월이 말했다.

"누가 능지처참했다는 건가? 입만 열면 거짓말이군. 부끄러운 줄도 모르고!"

그러나 묵연은 서상림의 뜻을 이해했다.

스무 살이 되던 해, 능지처참당했다는 건 육체가 아닌 영혼이었다.

남궁서도 한때 법술 연마에 몰두했고, 한때 선량한 마음을 품었으며, 한때 사존의 당부대로 평생 군자로서 검을 들고 사악함에 대항하려 했다.

그러나 그해 영산논검이 그를 갈기갈기 찢어 놓았다.

묵연은 눈을 감았다. 서상림의 처참한 모습을 보니 얼마 못 살 듯싶었다. 그가 전생의 자신과 너무나도 닮아서일까. 원한이 있다 한들 이 순간만큼은 모질게 대할 수가 없었다.

"……라풍화의 영핵은 여전히 남아 있다. 그 환생술을 다시 시전하면 그를 한 번 더 볼 수 있을지도 몰라."

"다시 시전한다고?"

서상림이 웃었다. 그는 재미있다는 듯 손안의 영핵을 보다가, 영력이 부족하여 빠르게 짓물러 가는 피부를 보고는 맥이 풀린 듯 말했다.

"나는 곧 죽을 것이네. 내가 죽으면 세상에 공평이란 게 사라질 텐데, 뭐 좋다고 그를 돌아오게 해? 시달리기밖에 더하겠나? 대문파인 자네들에게 괴롭힘이나 당하겠지."

그러다 그의 눈빛이 갑자기 가라앉더니, 놀랍게도 영핵을 손으로 눌러 깨트렸다. 깨진 조각에 찔린 손바닥이 피로 흥건해졌다.

"!"

설몽이 말했다.

"미쳤어?"

다른 사람들도 영문을 몰라 멍해졌다. 누구는 눈이 휘둥그레졌고, 누구는 안색이 잿빛이 됐으며, 누구는 경계심 가득한 눈을 했다. 모두 사람도, 귀신도 아닌 남자를 뚫어지게 쳐다봤다.

서상림은 그 누구도 신경 쓰지 않고, 세상에 남은 라풍화의 마지막 흔적을 지켜봤다. 완전히 재가 되어 날아가는 흔적을 보며, 그는 결국 큰 소리로 웃으며 눈물을 흘리기 시작했다. 피눈물이 그의 얼굴을 덮고, 실성한 듯 소름 끼치는 웃음소리가 울려 퍼졌다.

앞으로 서로 만날 수도, 서로 미워할 수도 없다. 모두 흙이 되고, 재가 되겠구나. 좋다. 아주 좋아.

그는 사람들의 시선 속에서 천천히 일어나 앞에 있는 신무진으로 비틀비틀 걸어갔다. 그 안에는 있는 신무가 바로 공후였다.

그는 자리에 앉아 썩어 문드러지고 말라비틀어진 손가락으로 현을 뜯었다.

반사된 진룡기국의 힘이 점점 더 커지면서, 그의 얼굴에 난 모든 구멍에서 피가 흐르고 손가락도 타들어 가기 시작했다. 결국 겁화가 그를 집어삼켰다. 하지만 그는 거센 불길 속에서도 여전히 연주하고 있었다.

그는 어딘지 즐겁고 홀가분해 보였다. 그러나 그 즐거움과 홀가분함은 오래 볼 수 없었다. 그의 피부가 빠르게 수축하고 오그라들고 쪼그라들었다.

맹렬한 불길이 치솟았다.

그 불길 속에서 서상림의 나른한 목소리가 들렸다. 목소리가 침착하고 평온하고 여전히 오만불손한 것이, 제아무리 큰 고통도 그를 어찌하지 못하는 것 같았다. 코앞에 닥친 죽음도 그를 위협할 수 없는 듯했다.

“꽃다운 약관에 말을 달려 세상 저편의 꽃까지 다 보리니…….”

그 자리에 있던 나이 든 사람들은 나른하고 소탈한, 구름처럼 엷고 바람처럼 잔잔한 곡조에 문득 과거 영산논검의 그 청년이 떠올랐다.

청색 학휘를 입은 준수한 용모의 그.

그 청년은 칠흑처럼 어두운 통로에서, 기억의 황야에서 걸어 나와 자신만만하게 대회장으로 들어왔다. 그와 함께 수많은 싸움을 치른 패검을 든 손에는 힘겨운 검술 연마로 생긴 굳은살이 가득했다.

이십 대 초반의 그는 젊고, 준수하고, 기품이 남다르고, 조금은 오만방자했다. 그는 10대 문파의 존주들과 산천을 뒤흔들 듯 환호하는 구경꾼들을 훑어보더니 지극히도 맑은 미소를 지었다. 걸음을 멈춘 그가 허리를 곧게 편 후 햇볕이 쏟아지는 대회장을 향해, 눈앞에 펼쳐진 찬란한 미래를 향해 읍하며 말했다

– 유풍문의 남궁서입니다. 오늘 첫 대결이니 선배님들의 아낌없는 가르침을 바랍니다.

결국 기대는 꺾였고, 청년은 방황했다.

한참 뒤, 불길이 꺼지고 초혼대 위에는 다섯 개의 주인 없는 신무와 아직 완전히 사라지지 않고 공중에서 빙빙 도는 환생진만 남았다.

라풍화도, 서상림도 이제 없었다.

설정옹은 믿기지 않는다는 듯 망연한 눈으로 중얼거렸다.

"이제⋯⋯ 다 끝난 건가?"

"아미타불. 모두 인과응보로구나."

무비사의 현경대사는 눈을 감고 합장하며 길게 한숨을 내쉬었다.

"세상의 모든 원한이 먼지가 되어 사라지길."

설몽이 그를 흘끗거렸다. 노인네가 오는 길에는 힘을 영 못 쓰더니 뒷북 하나는 잘 치네.

"이제 어떡하죠?"

설몽이 고개를 돌려 아버지에게 물었다.

"설마 이렇게 그냥 하산해요? 우리는 그의 동료가 누군지 모르잖아요."

그때 갑자기 강희가 외쳤다.

"조심해! 모두 물러나!"

사람들이 그의 시선을 따라 고개를 돌렸다. 허공의 환생진이 손바닥 반만 한 크기로 줄어들더니 잠시 움직임을 멈췄다가 놀라운 속도로 다시 커졌다. 하늘에 터진 상처 같은 구멍이 생기고, 안에서 검은 기운이 쏟아져 나왔다.

놀란 설몽이 말했다.

"어떻게 된 거예요? 서상림은 죽었는데 환생진은 왜 같이 안 사라지죠?"

강희가 제 손가락을 짚으며 진의 중앙을 잠시 응시하더니 낮게 욕설을 지껄였다.

"아니, 틀렸어! 이건 시체 귀신이 아니다! 환생도 아니야! 우리도, 서상림도 속았다!"

"뭐라고요?"

설몽은 충격받았다.

"시체 귀신도, 환생도 아니라고요? 그럼 뭐죠?"

강희가 외쳤다.

"뭔지는 중요하지 않아. 지금 시급한 건 진법이 완성되지 않게 하는 거야."

그를 제외하고 다른 몇몇 고수의 반응도 빨랐다. 구구절절 말하는 걸 제일 싫어하는 초만녕은 전광석화처럼 재빨리 천문을 소환해서 결계 중심을 공격했다. 그가 선두로 나선 순간, 바로 뒤를 따르는 사람이 있었다. 사람들 속에서 갑자기 튀어나온 검푸른 그림자는, 죽이려고 달려드는 표범처럼 소매에서 서늘한 비수를 꺼내 초만녕의 움직임을 저지하려는 듯 그의 등을 힘껏 찔렀다.

"사존!"

"사존!"

두 개의 목소리는 각각 설몽과 사매였다. 하지만 그들은 거리가 멀어서 돕고 싶어도 이미 늦었다.

푹.

칼날이 살을 파고드는 소리가 들렸다. 설몽은 눈을 질끈 감았다. 그가 다시 눈을 떴을 때 그의 얼굴은 하얗게 질려 있었다. 그는 파리한 얼굴로 초만녕이 있는 곳을 봤다.

그리고 얼어붙었다.

229장 교산, 약학 문파의 싸움

뜻밖에도 초만녕은 다치지 않았다. 아찔했던 순간, 묵연이 빠르게 움직여 검푸른 장포를 휘날리며 달려든 형체를 가로막았던 것이다. 그자의 비수는 묵연의 어깨 깊숙이 박혀, 똬리를 튼 은색 뱀이 새겨진 칼자루만 보였다. 어깨가 순식간에 피로 물들었다. 묵연은 눈썹을 내리깔고 이를 악문 채 서슬 퍼런 눈을 빛냈다.

마침내 교활한 토끼를 낚아챈 매처럼 매서운 눈빛이었다.

"화 종사."

그는 여전히 비수를 쥐고 있는 화벽남의 손을 꽉 움켜잡고 고통을 참으며 제 몸에서 칼을 뽑았다. 이마가 식은땀에 젖었지만, 그는 이를 갈며 비아냥거렸다.

"뒤에서 내 사존을 습격하다니, 날 시체 취급하는 겁니까?"

불어오는 밤바람에, 화벽남이 추한 외모를 가리려고 다시 쓴 청색 비단이 펄럭였다. 화벽남은 잠시 침묵하다 말했다.

"묵 종사는 언제부터 날 의심했습니까?"

"독사에게 물려 산 중턱에 남았을 때부터요."

화벽남이 가볍게 웃었다.

"이런……. 어쩔 수 없는 일이지요. 어차피 나는 대전에서 일부를 쓰러뜨릴 생각이었으니까요."

묵연이 이를 악물고 말했다.

"조금 전에 서상림을 저지하던데, 그건 무엇 때문이었습니까?"

"어쩌겠습니까. 변하는 법진을 보고 자신이 힘들게 만든 환생진이 가짜란 걸 눈치채도록 내버려 두라고요? 그러면 훨씬 성가셔지지 않겠습니까."

그때 초만녕은 천문으로 정체 모를 법진의 중앙을 내리쳤다가 법진에 깃든 영기가 강해서 쉽게 제압할 수 없다는 사실을 깨닫고 놀란 상태였다. 그러다 고개를 돌려 뒤를 막고 있던 묵연이 화벽남의 비수에 어깨를 다친 걸 보고는 머리가 어지러울 정도로 화가 치솟았다.

"묵연!"

"저는 신경 쓰지 마세요."

묵연이 말했다.

"법진을 깨는 게 중요해요. 사존의 뒤는 제가 지킬게요."

정체 모를 법진에는 한 번도 경험한 적 없는 사악한 영류가 흐르고 있어서 초만녕도 어쩔 수 없었다. 과거 채접진 천열은 발끝에도 못 미칠 수준이었다. 그는 자신의 영력을 끊임없이 천문에 불어넣었지만, 법진이 강해지는 것만 막을 수 있을 뿐

그것을 산산조각 내어 사라지게 할 수는 없었다.

한쪽에 있던 강희도 곧 사태가 이해되기 시작했다. 그러나 그는 문파 최고의 성수가 자신 몰래 다른 속셈을 품고 있었다는 걸 믿을 수 없었다. 그는 잿빛 얼굴로 한참을 있다가 말했다.

“화벽남, 자네…….”

묵연에게 손이 붙들린 화벽남은 뒤도 돌아보지 않고 강희의 목소리에 옅은 미소를 지었다.

“장문, 경거망동하지 마십시오. 매사 모든 가능성을 조심하라는 고월야의 가르침을 저는 늘 가슴 깊이 새기고 있었습니다. 그래서 오는 길에 기회를 틈타 사람들 몸속에 제가 수년간 심혈을 기울여 키운 마디충을 심었습니다.”

“!”

사람들의 얼굴이 두려움에 흙빛이 되었다. 사위가 침묵에 휩싸였다가 삽시간에 와글와글 소란스러워졌다.

한린성수가 그들에게 벌레를 심었다고?

분명 아프지도 간지럽지도 않고, 심지어 아무 느낌도 없었는데 갑자기 온몸이 미친 듯이 간지러웠다. 마치 몸 구석구석에 목숨을 앗아 갈 수 있는 마디충이 숨어 있는 듯했다.

“화벽남, 이 미친놈!”

“악랄하기 짝이 없구나!”

어떤 사람은 안달 난 마음에 눈물까지 흘리면서 온몸을 더듬었다.

“어디? 어디 있는 거야? 나도 당했나? 나는 그와 아무런 접촉도 없었으니 나한테는 없겠지……?”

또 화벽남의 삼류 수법이 못마땅한 강직한 이들은 노성을 터뜨렸다.

"네 이놈! 되지도 않는 소리로 미혹하지 말아라! 여기 있는 수사들 모두 각 문파에서 내로라하는 실력자인데, 고작 그따위 위협을 두려워할 것 같으냐?"

말이 떨어지기 무섭게 화벽남이 손을 가볍게 내저었다.

화벽남을 도발한 남자의 몸이 휘청이더니 곧 두 눈이 툭 튀어나왔다. 그러다 자기 목을 부여잡고 땅에 쓰러져 데굴데굴 구르면서 비명을 질렀다.

"악! 아악!"

그의 코와 눈에서 피고름이 흘러내렸다. 눈동자가 뒤집힌 채 격렬하게 경련을 일으켰고, 대소변이 바지를 흠뻑 적셔서 악취를 풍겼다. 그는 금세 맥이 풀려 움직임을 멈췄다. 피부가 급격하게 메말라 쪼그라들더니, 잠시 후 흉측하게 벌어진 입에서 인간의 피를 배불리 빨아먹은 붉은 벌레가 기어 나왔다. 거미와 흡사한 모양이었으나 양쪽에 각각 열 개의 가는 다리가 있었다.

이 갑작스러운 상황은 불의에 분노해서 화벽남을 규탄하려던 사람들의 입을 다물게 만들었다. 그들은 잿빛이 된 얼굴로 눈을 휘둥그레 뜬 채 눈앞에 벌어지는 모든 것을 지켜봤다.

"작은 벌레지만 순식간에 사람의 목숨을 앗아 갈 수 있지요."

화벽남의 목소리는 부드러웠다.

"하루아침에 무너진 유풍문의 대참사를 되풀이하고 싶지 않다면, 다들 제자리에서 성급한 행동을 하지도, 소란을 피우지도 말고 얌전히 제 명령을 듣는 것이 좋을 겁니다. 특히 고월야 사람들은요."

그의 시선이 강희에게 닿았다가 다시 강희 뒤에 있는 담청색 옷차림의 약학 문파 수사들을 훑었다. 그가 미소 지으며 말했다.

"한 문파인 걸 생각해서 제가 일을 벌여도 절대 여러분을 다치게 하진 않을 겁니다."

강희의 얼굴이 노기로 퍼렇게 질렸다.

"화벽남! 이토록 음흉한 야심을 가지고 있었나?"

"음흉한 야심이라니, 당치도 않습니다."

화벽남은 갑자기 뭔가 생각났다는 듯 강희에게 말했다.

"아 참, 강 장문에게도 마디충이 심어져 있습니다. 다른 사람들은 수련의 경지가 낮아 벌레가 순식간에 목숨을 앗아 가지만, 장문은 경지가 높아서 아마 열흘에서 보름은 걸릴 겁니다."

강희가 비웃듯 말했다.

"고월야는 지난 십수 년 동안 자넬 박대한 적이 없거늘, 어찌 이런 일을 벌이는 것이냐!"

"물론 특별한 목적이 있지만, 여러분께 밝힐 의무는 없습니다."

그는 고개를 돌려 초만녕을 한번 보고, 다시 자신과 대치 중인 묵연을 한번 보더니 다시 고개를 돌렸다.

"좋습니다. 여러분은 지금 자신에게 벌레가 있는지 없는지 모르지만, 그 절반의 확률에 생사가 걸려 있습니다. 여러분이 현명하다면 누구의 편에 서야 하는지 알 겁니다."

사방이 쥐 죽은 듯 고요해졌다.

그때 갑자기 사람들 틈에서 부드럽고 맑은 목소리가 들렸다.

사매가 설몽 옆에서 말했다.
"마디충은 불을 좇는 습성이 있으니 불 주문으로 손에 불을 붙이거나 불 부적으로 확인하십시오. 피부 아래에 툭 튀어나와 기어 다니는 게 있다면 주술에 걸린 것이며, 그렇지 않은 사람은 안전합니다."
"……."
한린성수가 눈을 가늘게 떴다.
"사명정, 내 경서를 몰래 읽었느냐?"
사매의 얼굴이 붉어진 듯했으나 홍조는 그다지 티 나지 않았다. 사람들의 관심의 대상이 되는 데 익숙하지 않은 그는 수많은 사람이 주시하자 표정이 딱딱해졌다.
"저는 사존이 오 년간 폐관 수련 하시는 사이 고월야의 학문을 배웠을 뿐, 선배님의 경서는 읽지는 않았습니다. 그저 우연히 이런 벌레에 대해 알게 되었고, 그래서…… 그래서 조금 연구해 본 것뿐입니다."
화벽남이 호통쳤다.
"도둑질하다니 뻔뻔하구나!"
설몽이 까만 눈썹을 추켜세우며 사매를 편들며 감쌌다.
"당신처럼 겉과 속이 다른 사람이 뻔뻔함을 논하는 겁니까?"
그러면서 사매가 말한 대로 시험해 본 후, 피부 아래에 이상이 없는 걸 확인하고는 화색이 돌아 사매를 잡고 말했다.
"다행이야. 네 덕분이다. 봐, 내 몸에는 벌레가 없어!"
이를 본 사람들이 하나둘 따라 했고, 초혼대 여기저기서 '나는 없어!' 또는 '어쩌지, 나한테 마디충이 있어!'라는 말이 들려왔다.

화벽남은 눈을 감았다가 뜨며 냉소했다.

“누가 있고 없는지 구분해서 어쩌겠다는 겁니까? 벌레가 있는 사람들은 잘 들으십시오! 모두 내 쪽으로 와서 초만녕을 끌어내고 묵미우를 처리하십시오. 그리하면 여러분을 박대하지 않겠지만, 그렇지 않을 경우…….”

그는 마디충에게 당해 죽은 술사를 가리켰다.

“이렇게 될 겁니다.”

협박에 제일 먼저 배신한 건 고월야의 한 여수사였다. 그녀는 사람들의 눈초리를 받으며 화벽남 곁으로 가서 고개를 살짝 치켜들었다. 오만한 표정이었다.

묵연은 경탄을 금치 못했다. 배신하면서 오만한 얼굴을 하다니.

“강 장문, 죄송합니다.”

그녀가 말했다.

“제가 성수 편에 선 것은 저를 지키기 위해서만은 아닙니다. 저는 항상 성수의 재능을 추앙했고, 고월야에 입문한 것도 그를 동경해서였죠. 벌레가 있든 없든 저는 기꺼이 성수의 선봉이 되겠습니다.”

그러면서 그녀는 화벽남의 표정을 흘끗 쳐다봤다. 비록 묵연과 대치 중이었으나 그녀의 말이 꽤 마음에 들었는지 미소를 짓는 그의 표정에, 그녀는 안심하고 더 선동질했다.

“성수 선배님이 말씀하셨듯이 동문인 우리를 곤란하게 하지 않을 것이니 여러분도 어떤 선택을 해야 할지 응당 알 겁니다.”

그녀가 잠시 기다렸지만, 고월야에서는 겨우 세 명의 수사만이 그녀의 곁에 섰다.

다른 사람들은 분노에 찬 차가운 눈으로 그들을 노려봤다.

세 명의 수사가 말했다.

“그동안 강 장문 때문에 고월야는 점점 더 형편없어졌습니다. 그런 상황에서 한린성수까지 없었다면 저는 진작 떠났을 겁니다.”

“우리는 실력 있는 사람을 따르는 것뿐이며, 성수는 그 실력을 갖췄습니다.”

고월야의 사람이 참지 못하고 분통을 터뜨렸다.

“배신자! 감히 그런 말을 내뱉다니!”

“옳소! 배신자!”

“지조는 눈곱만큼도 없구나. 고월야에서 썩 꺼져라!”

많은 사람이 마디충의 위협에도 굴복하지 않자 여수사의 얼굴이 난감함으로 일그러졌다. 그러나 그녀는 여전히 시뻘건 얼굴로 애써 침착하게 말했다.

“그렇게 말하지 않아도 우리는 이딴 문파에 남을 생각 없습니다. 강희를 따르는 건 의지할 데 없는 사람이 귀신을 따르는 격입니다!”

그녀가 고개를 돌려 자신의 이전 장문을 노려봤다.

“나 능벽염은 이 순간부터 고월야, 강희와 인연을…….”

‘끊을 것’이라는 말을 하기도 전에 강희가 말을 잘랐다.

강희는 지극히 차가운 눈빛과 무표정한 얼굴로 그녀를 노려봤다.

“인연은 됐고, 너는 대체 누구지?”

“나…… 나는 능벽염…….”

“네 이름은 매일 내 앞에서 수백 번 읊어도 기억하지 못한다.”

강희가 말했다.

“꺼져라.”

여수사는 너무 분하고 부끄러워서 한참 아랫입술을 깨물고 있다가 씩씩대며 말했다.

“큭, 한 문파의 장문 품격이 겨우 이 정도라니.”

“나와 대면하는 건 오늘이 처음이냐?”

강희가 비웃었다.

“하긴 고월야에 제자가 수천이라 난 널 오늘 처음 봤다. 솔직히 오늘 이런 자리가 아니었다면, 너 따위는 평생 나와 말을 섞을 기회도 없었겠지.”

그사이에 그는 옷소매를 펄럭이며 향이 나는 안개 바람을 일으켰다. 화벽남 측과 싸움을 시작한 것이다.

화벽남은 성가시기 그지없는 묵연에다 강희까지 합세하자 감당하기 어려워졌다. 다급해진 그가 마디충을 일깨웠다. 몸에 마디충이 심어진 사람들은 수만 마리 개미에게 심장이 물어뜯기는 듯한 견디기 힘든 고통에 몸부림쳤다.

“아악!”

“사, 살려 줘!”

강희도 잠시 멈칫했지만 역시나 고월야의 장문이었다. 그는 곧장 자신의 주요 혈 자리를 눌러 극심한 통증을 완화한 뒤 하얗게 질린 얼굴로 묵연과 함께 화벽남과 맞섰다.

화벽남도 바보는 아니었다. 그는 손가락을 까닥여서 고월야의 세 배신자를 마디충의 고통에서 해방시킨 뒤 외쳤다.

“싸워라.”

고통에 몸부림치던 자들 중 일부 심약한 자들은 화벽남에게 투항한 수사들이 고통에서 벗어나는 걸 보고 우르르 몰려갔다. 순식간에 절반에 가까운 사람이 무릎을 꿇고 화벽남에게 외쳤다.

“부탁입니다! 주술을 풀어 주세요! 성수에게 충성을 바치겠습니다!”

“못 견디겠어요, 너무 아픕니다……. 부탁입니다, 화 선배…….”

화벽남은 격전 속에서도 미소를 지으며, 무시무시한 기세로 달려드는 묵연의 매서운 눈을 보며 말했다.

“자, 묵 종사, 보십시오. 세상에서 제일 강한 건 결국 약학 문파입니다.”

그의 말이 떨어지기 무섭게 강희가 설황을 소환하며 외쳤다.

“약학 문파라는 단어가 어찌 너처럼 저열한 수단을 쓰는 자에게 어울린다고 생각하느냐?”

그러더니 묵연에게 말했다.

“너는 법진으로 가서 네 사존에게 힘을 보태라. 이곳은 내가 막겠다.”

화벽남이 차갑게 웃었다.

“강 장문, 오늘 꼭 나와 맞서야겠습니까?”

“잔말은 마라.”

“벌레가 심어진 몸으로 나와 맞서겠다니. 강야침, 오래 살기 싫은 모양입니다.”

강희가 어두운 얼굴로 말했다.

“싫건 좋건 네가 알 바 아니다. 오늘 너를 막지 않으면 약학 문하의 청렴한 명성에 금이 갈 테니!”

곧 독과 약에 능한 두 사람의 대결이 시작됐다. 번뜩이는 검광 속에서 독 가루가 섞이고 서로 상극인 미약이 흩날렸다. 묵연은 강희가 충분히 맞설 수 있음을 확인하고는 서둘러 초만녕을 도우러 갔다. 그러나 뜻밖에도 십여 개의 암황색 그림자가 그를 덮쳤다.

묵연이 이를 갈았다.

"황소월!"

황소월과 강동당의 상급 제자 십여 명이었다. 황소월은 낙낙한 장포 자락을 펄럭이며 수염을 꼬면서 말했다.

"묵 종사, 마디충은 웃어넘길 수 있는 일이 아니오. 그의 손에 생사가 걸려 있는 지금 종사와 적이 될 수밖에 없군. 미안하오."

비단 그뿐만이 아니라 다른 문파의 고수들도 고통을 참지 못하고 줄줄이 묵연을 죽이러 다가왔다.

초혼대는 선인과 악인이 뒤섞인 아수라장이 됐다.

각 문파의 수사 사이에 내분이 일어났다. 벌레가 심어진 사람과 아닌 사람, 배신자와 아닌 사람이 서로 대치했다.

강희와 화벽남은 전력으로 맞붙었고, 묵연은 초만녕의 마지막 방어선으로서 떼로 달려드는 황소월과 수사들의 공격을 버텨냈다. 초만녕은 영류를 쏟아부어 정체 모를 법진과 대치했다.

한편에서는 설정옹과 사생지전 사람들이 전방을 지키며, 더 많은 배신자가 정체 모를 법진을 봉인하고 있는 초만녕에게 접근하지 못하도록 막았다. 사매는 마디충이 심어졌으나 항복하지 않은 수사들 틈으로 뛰어들어 주술을 풀려고 시도했다.

"너무 아파……. 차라리 날 죽여, 제발 날 죽여 줘!"

사매는 몸을 숙여 데굴데굴 구르는 청년을 안았다. 청년은 그의 손을 잡고 울부짖었다.

"너무 고통스럽지만 항복하기 싫어요. 항복하기 싫다고요. 날 죽여 줘요! 제발 죽여요! 어서!"

"조금만 참아요."

사매는 그를 달래면서 손끝으로 그의 맥을 짚었다.

"못 견디겠어요……."

"날 봐요. 어서 내 눈을 봐요."

하지만 청년은 사매의 말이 귀에 들어오지 않았다. 그는 손을 꽉 쥐고서 물 밖으로 건져진 물고기처럼 계속 파닥거리며 경련했다. 그가 크게 숨을 몰아쉬며 말했다.

"못 참겠어……."

사매는 어쩔 수 없이 억지로 그의 얼굴을 잡아서 감고 있는 그의 눈꺼풀을 들어 올렸다. 쉽지 않았다. 청년이 발로 차고 발버둥을 치는 바람에 사매의 팔과 손등에 붉은 상처가 났다.

"날 봐요, 보라고요!"

간신히 정신을 차린 그가 숨을 헐떡이며 눈알을 굴려 눈물이 가득한 눈으로 사매를 봤다. 사매가 주문을 외우며 상대의 눈을 뚫어지게 응시했다. 청년이 갑자기 몸을 부르르 떨었다. 청년은 옆구리에서 무언가 빠르게 기어오르는 걸 느꼈다. 그것은 이내 가슴으로, 목으로, 목구멍으로 기어 올라왔다.

"우웩!"

그가 별안간 몸을 뒤집더니 심한 구역질을 하며 토사물을 쏟아 냈다. 코를 찌르는 고약한 냄새 속에서 경련하는 붉은 마디충이 보였다.

사매가 허공에서 손을 까딱하자 벌레는 가루가 됐다.

사매가 벌떡 일어나 큰 소리로 외쳤다.

"마디충은 동료술[#7]로 통제하고 풀 수 있습니다! 제가 풀어 드릴게요!"

그는 여기저기 뛰어다니며 다급하게 외쳤다.

"그만 싸우세요! 풀 수 있으니 서로 죽이지 말아요. 풀 수 있습니다. 풀 수 있다고요!"

그러나 난투 속에서 그의 말을 들은 사람은 많지 않았다. 그의 작은 목소리는 금세 고함과 울부짖음, 그리고 폭발음과 충돌음에 묻혔다.

그러나 강희는 사매의 외침을 듣고 멈칫했다. 동료술이라고?

수많은 벌레가 불이나 빛을 좇듯, 어떤 독벌레는 몸에 들어간 뒤 그에 상응하는 것으로 동료술을 행하면 불에 뛰어드는 불나방처럼 몸 밖으로 이끌려 나온다. 그러면 벌레의 독도 자연히 치료되는 것이다.

화벽남도 들은 것이 분명했다. 그는 속으로 욕지거리를 뱉으며 살기 어린 눈빛을 쏘았다.

"오는 길에 동료술을 하는 고월야의 수사를 모조리 죽였는데, 하찮은 사생지전에 약학 문파의 고급 술법을 할 줄 아는 사람이 있을 거라고는 생각도 못 했군. 정말……."

그가 들고 있던 검과 강희의 설황이 서로 스치고 부딪치며 불꽃을 만들어 냈다.

#7 동료술 瞳療術. 눈을 통한 치료술

화벽남이 이를 갈며 말했다.

"젊은 놈이 무섭다더니!"

그가 갑자기 패검을 뒤로 빼더니, 박쥐처럼 뒤로 날아 격전을 펼치는 사람들 틈으로 날아갔다.

"안 돼!"

화벽남의 의도를 눈치챈 강희가 깜짝 놀라 뒤따라가려고 했지만, 그때 마디충이 발작을 일으켰다. 순간 가슴이 답답해졌다. 그는 피를 토하며 검을 땅에 푹 꽂고 한쪽 무릎을 꿇었다.

그가 피로 물든 입술을 달싹였다. 멀어지는 화벽남을 보며 소리 내서 알려 주고 싶었지만 목소리가 잘 나오지 않았다.

"조…… 심……."

그때, 사매는 벌레가 심어진 답설궁의 수사를 해독하고 있었다. 그 수사는 마디충을 토해 낸 후 실제로 심장이 뜯기는 고통이 사라지자 재빨리 일어나 사매와 함께 외쳤다.

"싸우지 마세요! 벌레를 없앨 수 있어요!"

설몽도 분주하게 싸움을 말렸다. 그는 십여 명을 사매에게 데리고 가면서 말했다.

"다 됐어요, 조금만 참아요. 바로 풀어 줄게요. 금방 풀 수 있어요. 저희 사매가 어떤 사람인데요? 실력이 으뜸이라 고월야 제자한테도 뒤지지 않아요. 난……."

설몽은 사매를 부르려고 고개를 들어 올린 순간, 말을 멈추고 외쳤다.

"사매! 네 뒤에!"

230장 교산, 두 눈이 멀다

뒤틀린 듯한 참담한 비명을 지르며 설몽이 사매에게 달려갔으나 때는 이미 늦었다. 화벽남은 세상에 강림한 염라처럼, 하늘에 오르는 사신처럼 허공에서 재빨리 날아와 뒤에서 사매의 목을 낚아챘다.

"사매!"

"사명정!"

사생지전의 장로도, 설몽도 일제히 고개를 돌렸으나 화벽남은 이미 사매를 검에 태운 채 바람을 타고 허공으로 날아오른 뒤였다. 휘영청 밝게 떠 있는 달 아래에서 그는 뒤엉켜 싸우는 사람들을 차가운 눈으로 내려다봤다.

설몽이 미칠 것 같은 심정으로 용성을 타고 뒤를 쫓았지만, 화벽남이 날린 말벌에 막혀 앞으로 갈 수 없었다. 그는 말벌들을 정신없이 막다가 어쩔 수 없이 물러나 비틀비틀 땅으로 내려갔다.

화벽남이 사매의 목덜미를 짓누른 채 영험한 뱀 모양 반지를 낀 가늘고 긴 손가락으로 사매의 목울대를 쓸어내렸다. 그때 반지에서 '챙' 하며 서늘한 광채를 내뿜는 장침이 튀어나왔다.

"동료술은 극도로 어려운 술법이지."

화벽남이 느긋하게 말했다.

"이렇게 어린 나이에 고월야의 제자도 아니면서 그걸 자유자재로 사용하다니, 타고난 재주가 남다른 게로구나."

그의 행동에 땅에서 싸우는 모두의 이목이 쏠렸다.

설정옹도, 묵연도, 심지어 결계 앞에 있던 초만녕도 사매가 화벽남에게 사로잡힌 걸 똑똑히 목격했다.

분노와 초조에 휩싸인 묵연이 눈을 가늘게 뜨며 견귀를 휘둘렀다. 견귀가 붉은빛을 내뿜는 순간, 황소월 등 십여 명이 멀리 밀려났다. 재수 없는 자들은 그대로 초혼대의 낭떠러지로 나가떨어져, 메아리도 남기지 못한 채 아득한 구름 속으로 집어삼켜졌다.

"화벽남! 사매를 놓아줘!"

사매는 창백한 얼굴로 고개를 숙여 묵연을 보고, 설몽을 봤다.

그는 입을 꾹 다물고 있다가 결국 이렇게 말했다.

"가서 사존을 도와. 나는 신경 쓰지 말고."

"사매!"

법진 앞에 있던 초만녕의 얼굴도 백지장처럼 하얘졌다. 법진 중앙을 막은 손은 경련이 인 듯 바르르 떨렸고, 손등에는 퍼런 핏줄이 툭 솟아올랐으며, 심장은 목구멍 밖으로 튀어나올 것 같았다.
사매는 시선을 돌려 초만녕을 봤다. 그 눈에는 슬픔과 괴로움이 담겨 있었다.
"사존……."
"이런 우연이."
잠시 당황하던 화벽남이 이내 미소를 지었다.
"대충 하나 잡는다는 게 초 종사의 제자를 잡았군요?"
초만녕은 아무 대꾸도 하지 않았다.
"어쩐지 어린 나이에 실력이 좋다 싶었지요."
화벽남은 칭찬을 아끼지 않았다.
"이렇게 좋은 제자인데, 사존으로서 마음 아프시겠습니다?"
"화벽남, 그를 다치게 하면 언젠가 반드시 갚아 주겠다!"
"그 말인즉슨, 오늘은 손 놓고 방관하겠다는 건가요?"
화벽남이 웃으며 사매에게 속삭이듯 말했다.
"들었지? 널 구하는 것과 법진을 봉인하는 것 중에서 후자를 선택했다."
사매는 눈을 감고 입술을 바르르 떨면서도 아무 말도 하지 않았다.
화벽남이 쾌활하게 웃으며 말했다.
"그러고 보니 이 아이가 참 불쌍하군요. 사존이라고 모신 자가 제자의 목숨보다 대의를 더 중요하게 여기다니. 사명정, 너도 참 가엽구나."
한참 동안 세찬 바람 소리만 울릴 뿐, 입을 여는 사람은 아무도 없었다.

목숨이 걸려 있어서일까. 사매는 적막 속에서 천천히 눈을 뜨고 말했다.

"사존, 죄송해요."

"……."

"알아요……. 모두가 기억하듯 과거에 저는 이기심 때문에 어떤 일들을 저질렀습니다. 저는 아직까지도 그것이 옳은 건지 틀린 건지 모르겠어요……. 사실 저는 사존의 제자가 될 자격이 없습니다. 저는 의젓하게 대의를 위해 목숨을 바치지 못할 때가 많았어요."

"사매……."

높은 단에 서 있던 설몽은 예전에 초만녕이 죽은 이후, 회죄대사가 그들에게 저승으로 가서 사존을 구하라고 했을 때 주저하며 한 번에 대답하지 못했던 사매가 떠올랐다.

묵연은 그해의 물만두 한 그릇이 생각났다. 객잔에서 사매는 한참 고개를 떨구고 있다가 겸연쩍어하며, 그 따스했던 물만두는 사실 초만녕이 만든 것이라고 고백했었다.

그렇다면 초만녕은?

초만녕은 금성호에서 신무를 얻기 전, 신무를 얻고 싶으나 얻을 수 없어서 탄식하던 사매가 떠올랐다.

그것 말고는 그의 부족한 점이 떠오르지 않았다.

사매는 항상 다정했고, 완벽했고, 온순했다. 그는 추운 겨울날 막 내린 눈처럼 순결무구했다. 하지만 눈밭에 떨어진 아주 작은 흙먼지, 살짝 핀 매화 한 송이는 유달리 시선이 가고 마음속에 남는 법.

그의 잘못도, 그의 머뭇거림도, 그가 어쩌다 내비치는 약간의 이기심과 좁은 심보도 너무나도 선명하게 드러나 쉽게 잊히지 않았다.

사실 그는 석상도, 그림도 아닌 평범하기 그지없는 사람이기에 그에게 이기심이 있는 건 당연했다.

그러나 진정으로 그를 이해해 주는 사람은 없었다.

설몽에게 사매는 벗이었다. 당연히 그의 뒤를 따르고, 그의 곁을 지키고, 그를 인정하고 지지해 주는 사람이었다.

이전의 묵연에게 사매는 흠모의 대상이었다. 당연히 깨끗한 성품에, 너그럽고 다정하며, 조금의 결점도 없는 사람이었다.

초만녕에게 사매는 제자였다. 성격이 온화하고 붙임성이 좋은, 그가 부러워하고 높이 사는 관용과 인내심을 가진 사람이었다.

지금에야 그들은 깨달았다. 그동안 사매는 설몽에게 벗이자 동료로, 묵연에게는 한때 심장 같은 사람에서 후에 쉽게 지울 수 있는 흔적 같은 사람으로, 초만녕에게는 가장 눈에 띄지 않고 가장 발전이 없는 제자로, 그렇게 묵묵히 그 자리를 지키고 있었다는 걸.

그가 온전히 그 자신으로 존재한 적은 단 한 번도 없었다.

화벽남이 차갑게 웃었다.

"유언으로 남기고 싶은 말이 있나?"

"화벽남, 사매를 놓아줘!"

"그를 해치지 마라!"

"해치지 않는 건 쉽습니다."

화벽남이 말했다.

"모조리 항복하고 앉아서 죽음을 기다린다면, 그의 목숨을 빼앗을 필요가 없지요."

"……."

초만녕의 앞에 놓인 법진이 밝아졌다 어두워지기를 반복했다. 법진은 이미 존망의 기로에 놓였다. 봉인되느냐, 갈라지며 완성되느냐는 단 한 수에 달려 있었다. 아직 힘을 빼지 않은 그의 손이 바들바들 떨렸다.

귀계의 천열 때와는 달랐다. 당시 선택은 찰나였고, 이것저것 생각할 겨를조차 없었다.

하지만 지금, 제자의 목에 칼이 들이밀어진 상태에서 망설이며 그 장면을 보고 있자니, 그것만으로도 감당할 수 없는 고통과 두려움이 밀려왔다.

화벽남은 턱을 살짝 치켜들고 옅게 웃으며 말했다.

"진이 열리면 여러분은 다시 싸우면 그만이지만, 이 침에 찔리면 이자는 살아남기 어려울 겁니다. 잘 생각하세요, 종사."

바로 그때, 사매가 입을 열었다.

그의 목소리는 크지 않았지만 선명했다.

"사실 저는 당호로를 좋아하지 않습니다."

"……."

화벽남이 고개를 숙여 그를 봤다. 그의 말에 어리둥절한 듯했다.

사매는 눈물을 흘리는 대신 은은한 미소를 지으며 아래에 있는 벗과 옛 정인과 사존을 봤다.

"저는 당호로를 좋아하지 않습니다. 그런데 소주는 어릴 적에 항상 좀 먹어 달라고 하셨죠. 제가 가장 배우고 싶었던 건 사실 결계술이었습니다. 아쉽게도 사존께서는 제가 자질이 부족하다고 여기셔서 많은 걸 알려 주지 않으려고 하셨어요. 난…….”

그의 시선이 묵연에게 닿았다.

“연아, 사실 채접진 천열이 있었던 날, 네가 무슨 말을 하려고 했는지 알아.”

멍해진 묵연이 망연한 눈으로 그를 봤다.

사매의 미소는 여전히 따스하고 평화로웠다.

“……그런데 사존이 돌아오신 뒤로, 너는 하지 못했던 그 말을 다시는 하지 않았어. 술집에서 너와 사존이 식사할 때 네 눈빛을 보고, 난 네가 평생 그 말을 하지 않을 거라는 걸 깨달았지.”

“…….”

“사실 저는 소주가 부러웠습니다. 저는…… 저는 사존도 부러웠어요.”

사매가 나지막이 말했다.

“제가 부러워했다고 저를 미워하지 않았으면 좋겠습니다…….”

“나는 널 미워한 적 없어!”

눈시울이 붉어진 설몽이 다급하게 소리쳤다.

“난, 난 네가 당호로를 싫어하는지 몰랐어. 난 정말 몰랐어……. 사매! 사매!”

짜증 난 화벽남이 사매의 목덜미를 움켜잡고 초만녕을 보며 날카롭게 외쳤다.

“셋을 셀 때까지 물러나지 않으면 이자를 죽일 겁니다!”

“안 돼!”

설몽이 황급히 고개를 돌려 초만녕에게 초조하게 외쳤다.

"사존, 우선 멈추세요! 사매가 눈앞에서 당하는 걸 볼 수는 없습니다! 멈추세요!"

"하나."

티 나지 않을 정도로만 떨리던 초만녕의 손은 이제 모든 사람이 볼 수 있을 만큼 또렷하게 떨리고 있었다.

그가 사매를 봤다. 항상 날카롭던 봉안이 항상 부드럽던 아름다운 눈과 마주치자 촉촉이 젖어 들었다.

"둘!"

촤악—.

바로 그 순간, 피가 사방으로 흩뿌려졌다.

설몽과 묵연의 비명이 하늘을 찌를 듯이 날카롭게 울려 퍼졌다.

"사매!"

"……셋까지 셀 필요 없습니다."

피가 뚝뚝 떨어졌다. 사매는 손을 들어 자신의 두 눈을 가렸다.

시종일관 눈물 한 방울 흘리지 않던 그였다.

그런 그의 눈에서 피가 쏟아져 손가락 사이를 빠져나와 그의 뺨을 타고 주르륵 흘렀다.

그는 화벽남이 둘까지 셌을 때, 화벽남이 자신에게 겨누고 있던 날카로운 침에 스스로를 찔렀다. 놀란 화벽남이 손을 치우려다가 침 끝이 옆으로 살짝 비껴갔고, 사매의 목을 찔렀어야 할 침이 눈을 스치며 순식간에 두 눈이 멀어 버린 것이다!

"옥형좌하, 일찍이 굴복하는 자도…… 약해지는 자도 없다."

"사매!"

"사매!"

그들의 외침이 하늘을 찔렀다.

초만녕도 크게 동요했다. 온 힘을 쏟아부으려 했던 그였으나 스스로 눈을 해쳐 피범벅이 된 제자의 얼굴을 보자 손에서 힘이 스윽 풀렸다. 바로 그 순간, 법진이 반격을 시작했다. 틈 속에서 영류가 무서운 기세로 쏟아져 나와 그의 가슴을 치며 멀리 떨쳐 냈다.

초만녕은 울컥 피를 토하면서도 자신을 돌보지 않고 곧장 갈라진 법진을 메우려 했다. 하지만 때는 이미 늦었다. 화벽남은 멈칫하더니 통쾌한 웃음을 터뜨렸다. 그가 사매의 옷섶을 쥐고 그를 끌어당기더니, 눈을 희번덕거렸다.

"네가 이렇게 유용할 거라고는 생각 못 했는데? 보아하니 널 죽이면 오히려 아깝겠구나."

"화벽남, 뭐 하려는 거야!"

화벽남은 대답 대신 설몽을 흘끗 본 뒤, 빠르게 벌어지는 정체불명의 검은색 결계로 눈을 돌리고 웃으며 말했다.

"여러 사람의 마음과 힘을 모은 이 법진이 드디어 열리는구나. 각 선문의 인재와 영웅호걸 여러분, 이 법진은 제가 처음으로 시험 삼아 개방하는 것이라 앞으로 무슨 일이 벌어질지는 저도 모릅니다."

그는 말을 하면서 검을 타고 빠르게 하강하여 사매를 데리고 초혼대 통로 입구로 날아갔다. 통로로 사라지기 전, 그는 사람들에게 마지막 한마디를 남겼다.

"여러분은 이곳에 남아 즐기십시오. 웅장한 교산에 뼈를 묻는 것도 나쁜 일은 아니겠지요."

거의 동시에 하늘에서 귀청이 떨어질 만큼 커다란 굉음이 울렸다. 법진이 화선지에 떨어진 먹물처럼 빠르게 퍼지며 눈 깜짝할 사이에 하늘의 절반을 집어삼켰고, 달마저 까만 법진 뒤로 가려졌다.

“어떻게 된 거지!”

“이건 대체 무슨 법진이야?”

“귀계의 천열이 열렸나?”

“귀계의 천열은 이런 색이 아니야!”

조금 전까지 정신없이 싸우던 사람들은 이제 한배에 올라탄 동지처럼 다 같이 경계하는 눈으로 하늘에 생긴 새카만 틈을 올려다봤다.

아니, 이미 틈이라고 부를 수도 없었다. 초혼대 위쪽 하늘 대부분이 갈라졌고, 끝이 보이지 않는 어둠 속에서 묵직하고 빠른 진동이 전해졌다.

황소월은 누렇게 뜬 얼굴로 코를 벌름거렸다.

“이건…… 이 뒤에서 거대한 괴물이 나오려는 건가? 무슨 기세가 이리도 엄청난 거야.”

묵연이 견귀를 들고 선두에 섰다. 갑자기 강한 천둥이 어둠의 장막에서 내리쳤다.

우르릉!

하늘을 찢을 듯한 천둥이었다!

“찢어진다!”

“뒤에 무언가 있어! 나온다!”

“악귀인가?”

설몽은 새카맣게 터진 틈과 너무 가까이 있는 묵연과 초만녕을 발견했다. 그는 눈물을 거칠게 닦고 사촌 형과 사존에게 달려가려고 했다. 그러나 설정옹이 그를 꽉 잡고 뒤로 잡아끌었다.

"아버지!"

"가지 말고 여기 있어!"

"싫어요! 저는 사존과 형과 함께 있을 겁니다!"

설정옹의 눈빛은 전에 없이 매서웠다. 그는 설몽의 거부를 용납하지 않았다.

"죽고 싶은 것이냐? 몰라서 그……."

순간 그의 말이 마른 나뭇가지가 부러지듯 툭 끊겼다. 그는 멍하니 아무 말도 하지 못했다.

설몽이 눈물을 흘린 것이다.

그가 포효하듯 소리쳤다.

"아버지, 저는 가서 돕고 싶어요. 사매도 끌려간 마당에 더는 아버지 뒤에 숨어 저들 중 누구라도 다치는 걸 보고 있을 수 없습니다! 제발요!"

설정옹이 대답도 하기 전에 새카만 법진에서 푸른 연기가 피어오르고 천둥 번개가 치더니 연무가 세차게 밀려 나왔다.

가까워지고 보니 흑의 차림에 가면을 쓴 수사들이었다!

그들은 패검을 밟고 바람을 타며 천둥 번개가 번쩍이는 하늘에서 하강했다. 문파도, 정체도 알 수 없는 자들이었다. 선두에 있는 남자는 금실과 은실로 수놓은 화려한 장포를 두르고 두건을 쓴 채 흉측한 은회색 가면으로 얼굴을 가리고 있었다. 사방에서 바람이 휘몰아치고 구름이 모여드는 가운데, 아무 말 없이 뒷짐을 지고 공중에 선 그에게서는 가늠하기조차 힘든 사악한 기운이 풍겼다.
“대체 뭐지?”
설정옹은 놀라서 얼어붙었다.
견문이 좁은 다른 사람들은 더더욱 입도 벙긋 못 하고 멍하니 하늘을 올려다봤다.
귀신인가?
아니다, 이런 귀신은 없다.
새카만 구름 사이에서 점점 더 많은 사람이 검을 타고 나왔다. 수십 명, 수백 명…… 그러더니 결국 땅에 있는 수사들과 맞먹는 천 명 남짓한 사람이 공중에 섰다.
두려움에 말을 잃었던 설정옹이 한참 뒤 정신을 가다듬고 큰 소리로 외쳤다.
“귀하는 사람입니까, 귀신입니까? 어찌 신분을 밝히지 않는 겁니까!”
“…….”
남자가 눈을 굴려 설정옹을 봤다. 설정옹에게 가닿은 남자의 눈빛이 의미심장했다.
“말씀을 하십시오! 우리 말을 알아들으십니까?”
설몽도 따라서 외쳤다.
남자는 별말 없이 침묵을 유지하더니 창백하고 가는 한쪽 손을 허공에 들어 올렸다.
그리고 이내 손을 까닥하면서 짧고 간결하게 말했다.
“죽여라.”

231장 본좌가 제목을 바꾸고 싶으면 바꾸는 거다! 내 마음이야!

흑의에 가면을 쓴 수사들이 먹이를 사냥하는 갈매기처럼 검을 타고 일제히 하강하여 이미 사상자가 심각하게 발생한 묵연 일행을 습격했다.

전생의 답선제군으로서 묵연은 이미 눈치챘다. 이들은 진롱기국에 조종당하는 게 명백했다. 뛰어난 실력으로 만들어진 섬세하고 완벽한 바둑돌은 서상림이 만든 어설픈 것들과는 완전히 달랐다.

절대 그들이 상대할 수 있는 자들이 아니었다.

겁이 난 묵연은 고개를 돌려 진롱기국의 진정한 위력을 경험해 본 적 없는 사람들에게 외쳤다.

"도망쳐요!"

그는 옆에 있는 초만녕의 손목을 붙잡고, 무릎을 꿇고 있는 강희를 일으켜 세운 후, 사람들을 밀치며 달렸다. 그의 동공이 급격히 조여들었다.

"뛰세요! 어서 이곳을 벗어나야 합니다! 초혼대를 벗어나세요! 여기 있으면 안 됩니다! 그만 싸워요! 못 이긴다고요!"

그가 여러 번 말할 필요도 없었다. 첫 번째 바둑돌이 착지하여 검을 휘두른 순간, 사람들은 충격적인 그의 실력에 놀라 잇따라 통로로 몰려갔다.

가장 앞에서 달리는 사람은 쥐새끼처럼 겁만 많은 마 장주였다. 그는 맨 먼저 통로 돌문에 도착했지만 갑자기 멈춰 섰다.

뒤에 오던 사람들도 하나둘 얼떨결에 뜀박질을 멈추다가 이리저리 서로 부딪치고 넘어졌다. 누군가 고함쳤다.

"무슨 일입니까? 왜 멈춰요?"

공포에 질린 마 장주의 울먹임이 통로 가장 앞쪽에서 들려왔다.

"닫, 닫혔다……."

"뭐가 닫혀요?"

"화벽남이 빠져나가면서 돌문을 닫았어요……."

다리의 힘이 풀린 마 장주는 절망하며 털썩 주저앉았다. 그는 눈물에 흠뻑 젖은 얼굴로 온몸을 덜덜 떨었다.

"이건 교산의 돌입니다. 한 번 닫히면 남궁 일가의 피 없이는…… 절대 열리지 않아요."

누군가 다급하게 말했다.

"남궁사는 없지만, 남궁류가 남아 있습니다! 진롱기국의 바둑돌이 된 남궁류가 아직 산에 있지 않습니까? 어디 있습니까?"

"정전에 있어요. 쓸모가 없는 것 같아 데리고 오지 않았는데……."

통로 안이 절망으로 뒤덮이며, 어둠의 기운이 그들의 뼛속까지 스며들었다.

"어쩌죠?"

"나가서 목숨 걸고 싸워야 할까요?"

아무것도 모르는 사람들이 통로 밖에서 안으로 계속 밀고 들어왔다. 아직 들어오지 못한 더 많은 사람은 어쩔 수 없이 통로를 등진 채, 갈라진 하늘에서 튀어나온 정체 모를 바둑돌들과 싸우고 있었다.

어둠 속에서 황소월이 크게 소리쳤다.

"비키세요! 제가 열 수 있습니다."

그는 힘으로 사람들을 밀치며 기세등등하게 회귀하는 연어처럼 돌문 앞으로 단박에 돌진했다.

마 장주는 눈물로 엉망이 된 얼굴을 들고 멍하니 말했다.

"황 도사님?"

"비키세요, 제가 해 보겠습니다!"

"하지만 당신은 남궁 일가가 아닌 황씨 일가인데……."

황소월은 그를 거들떠보지도 않고 소매를 휘두르며 과감히 나섰다. 다행히 그에게 남궁사의 피가 조금 남아 있었다. 원래는 보물이 숨겨진 밀실을 몰래 열기 위해 슬쩍 남겨 둔 것으로, 바로 응고되지 않도록 일부러 주술까지 걸어 둔 상태였다.

하지만 주술은 오래 유지되지 않기에 그는 이 모든 변고가 순식간에 일어난 것을 행운으로 여기며 피가 아직 유용하기만을 바랐다.

황소월은 비쩍 마른 손으로 돌을 세게 눌렀다.

통로 안에서 희미한 마룡의 목소리가 들려왔다.

– 이곳을 찾은 자, 누구냐?

심장이 쿵쿵 뛰었다.

황소월이 말했다.

"유풍문의 제…… 제7대 후손, 남궁사 인사 올립니다."

잠시 침묵이 흘렀다.

곧 마룡이 잠긴 목소리로 말했다.

– 망리…… 주인님을 뵈옵니다…….

쿠구궁.

돌문이 내려가며 열리자, 황소월이 제일 먼저 통로를 나갔고 강동당의 제자들이 줄줄이 그 뒤를 따랐다. 마 장주도 허겁지겁 일어나 손을 들고 다급하게 외쳤다.

"기다리시오! 나도 나가겠소, 나도……."

별안간 검이 그의 앞을 막았다.

마 장주가 놀라서 굳은 얼굴로 고개를 홱 들었다.

"황 도사님, 뭐 하는 짓입니까?"

황소월이 차갑게 웃으며 말했다.

"아까 마디충에 당했을 때 저는 여러분들과 맞섰지요. 이렇게 여러분을 풀어 준다면, 나중에 전란이 끝난 후 저와 결판내려는 사람이 수두룩할 텐데 저는 이제 늙어서 감당할 기력이 없답니다."

마 장주가 겁에 질려 말했다.

"아니지요! 뭘 하려는 겁니까! 허튼짓하지 마세요! 말로 합시다. 복수는 무슨 복수입니까. 다 장사치 아닙니까. 황 도사님, 어서 우리도 나가게 해 주세요. 귀 문파에는 도포산장의 물품을 반값에, 아니 반의반 값에 드리겠습니다!"

황소월의 고목 같은 얼굴이 사악하게 변했다. 그가 비아냥거렸다.

"반값? 유풍문 교산의 보물을 얻을지도 모르는데 천하의 재물이 눈에 들어올까? 도포산장 따위가 뭐 그리 대단하다고!"

그는 마치 관문을 지키는 이처럼 문을 막고 서서 마 장주를 세게 밀었다.

마운이 넘어지자 뒤에 있던 사람들도 우르르 넘어졌다.

버둥대며 간신히 일어난 그들이 본 마지막 장면은, 황소월이 강동당 사람들과 문밖에 서서 문 봉쇄 장치를 당기는 것이었다. 그의 눈은 탐욕과 갈망, 타인의 불행에 대한 고소함으로 번들거렸다.

그의 뒤에 있는 강동당 사람들은 권세를 얻은 소인배들 같았다. 심지어 누군가는 아무 거리낌 없이 이렇게 말했다.

"꼴좋네, 오는 동안 그렇게 사람을 깔보더니."

"우리 황 도사님은 아무 잘못도 안 했는데 못된 네놈들에게 계속 욕먹고 수치를 당하셨다. 생명의 위험을 무릅쓰고 남긴 피를 뭐 하러 네놈들을 위해 쓰겠느냐?"

쿵!

돌문이 다시 닫혔다.

이번에 통로 안을 뒤덮은 건 끝없는 어둠이었다.

죽음과 같은 적막이 흘렀다.

절망적인 분위기 속에서 결국 무너진 여수사가 얼굴을 가리고 울기 시작했다. 슬픔은 전염되는 법. 어느새 의기소침해진 대다수 사람들은 지칠 대로 지쳐 투지를 상실했다. 앞으로 갈 수도 없고, 나가고 싶지도 않았다.

"언니…… 난 아직 죽기 싫어요……."

"사존……."

"아버지, 나가서 생사를 걸고 싸우는 게 이곳에 갇혀 있는 것보다 나아요."

사람들의 목소리가 웅웅거렸다.

그때, 한참 침묵을 지키던 누군가가 떨리는 목소리에 단호한 결심을 담아 말했다.

"제가 하겠습니다."

잿빛이 된 마 장주가 비틀대며 고개를 돌리더니 환한 불꽃을 보고는 눈을 휘둥그레 뜨며 놀라서 말했다.

"묵 종사?"

묵연의 수려한 얼굴 위로 그가 손에 피워 낸 불꽃 그림자가 어른거렸다. 그가 닫힌 돌문 앞으로 가서 섰다.

"무, 묵 종사도 남궁사의 피를 남겨 뒀습니까?"

묵연은 대답하지 않았다. 사람들이 통로 입구를 막고 있지만, 얼마 버티지 못하고 바둑돌들이 금세 쳐들어올 것을 그는 알고 있었다.

산에 오르는 동안 남궁사가 위험에 처했을 때마다 이렇게 하고 싶어서 여러 번 피가 끓어올랐지만, 결국 하지 못했다.

사실 자신은 하늘의 보살핌을 받으니 이번에도 사람들의 눈을 피해 재앙에서 도망칠 수 있을 줄 알았다.

그러나 지금 앞뒤로 곤경에 처해 있다. 그는 결국 다른 선택의 여지가 없음을 깨달았다.

이제 물러날 길은 없다.

"묵 종사……?"

그는 마 장주를 무시하고 허리에 차고 있던 은색 단검을 꺼내 손바닥을 그었다.

피가 순식간에 손바닥을 적셨다.

이때 설몽과 설정옹이 왔다. 초만녕도 함께였다. 그들은 묵연 뒤에서 발걸음을 멈췄다. 설정옹의 목소리는 당황으로 가득했다.

"연아, 뭐 하는 거냐? 소용없다. 교산은 남궁 일가의 명령만 듣는다. 네 피를 흘려도 아무 일도 일어나지 않아."

묵연은 고개를 돌리지 않았다. 피에 젖은 그의 손이 미세하게 떨렸다.

결국 그는 돌을 세게 내리쳤다.

얼음장 같은 한기가 손바닥을 파고들었다.

그는 눈을 감았다.

마룡 망리의 아득한 목소리가 다시 어둠 속에 울려 퍼졌다.

– 이곳을 찾은 자, 누구냐?

묵연의 목울대가 꿈틀거렸다.

그는 모두가 지켜보는 가운데, 극도로 억눌린 적막 속에서 낮고 느리게 답했다.

"유풍문…… 제7대 후손……."

설몽의 안색이 확 변했다. 그가 비틀비틀 뒷걸음질 치며 고개를 저었다.

"그게 무슨……?"

설정옹의 얼굴색은 그보다 더 안 좋았다. 그는 눈을 부릅뜨고 묵연의 장대한 뒷모습을 보며 중얼거렸다.

"그럴 리가……?"

한 글자 한 글자가 예리한 칼 같았다.

피가 쏟아질 것을, 일단 뱉으면 돌이킬 수 없다는 것을 뻔히 알지만, 다른 선택이 없었다.

그가 나지막이 말을 끝냈다.

"묵연, 묵미우, 인사 올립니다."

설몽은 벌게진 두 눈을 부릅뜨며 갈라진 목소리로 외쳤다.

"아니야!"

하지만, 결국 문은 열렸다.

안개처럼 신비한 망리의 목소리가 서늘한 검처럼 고막과 심장을 찔렀다.

– 망리…… 주인님께…… 인사드립니다…….

"연아……."

설정옹은 너무 놀라서 한마디도 할 수 없었다.

초만녕도 혼란스럽긴 마찬가지였다. 그는 즉시 설정옹을 부축하고, 눈을 들어 앞을 봤다.

쿠르릉 소리와 함께 돌문이 조금씩 조금씩 땅속으로 내려갔다. 바깥 용혼지의 주황색 불빛이 어둠 속으로 밀려들었다. 역광에 묵연의 뒷모습 윤곽선이 흐릿해져 허상처럼 보였다.

"묵연! 묵연! 어떻게 연 거야? 유풍문 제7대 후손은 또 뭐고? 어떻게 이럴 수 있어? 어떻게 이래!"

설몽은 두려움에 미칠 것 같았다.

“네가 어떻게 남궁 가문과 혈연일 수가 있어? 너는 분명…… 분명…….”

머뭇거리던 묵연은 일렁이는 불빛 속에서 나지막이 한마디 했다.

“일단 모두 나가세요.”

“묵연!”

설몽이 목이 터져라 외쳤다.

그 순간 묵연이 뭔가 말하려는 듯 고개를 틀었지만, 끝내 아무 말도 하지 않았다. 그는 더 이상 멈추지도, 망설이지도 않고 앞으로 나아갔다. 그의 커다란 몸을 따라 흔들리는 빛 그림자를 달고 그는 결국 통로 끝으로 사라졌다.

각 문파 사람들이 앞다투어 그의 뒤를 따라 도망쳤다. 올라올 땐 그 무엇도 막을 수 없을 것처럼 기세등등했지만, 내려갈 땐 그물을 빠져나가는 물고기처럼 허둥지둥했다.

묵연은 무섭게 쏟아지는 사람들의 물결 속에서, 허겁지겁 도망치는 사람들 사이에서 혼자 걷고 있었다.

그는 돌아보지 않았다. 차마 돌아볼 수 없었다.

그는 용혼지 대전에 있는 엽망석을 발견하고, 아직 정신을 차리지 못한 그녀를 챙겼다.

사실 남궁사가 아닌 그가 용혼지에 뛰어들어 목숨을 바쳐도 됐다.

물론 당시에는 그렇게 해도 교산의 안전을 지킬 수 있을지 확신이 없었다.

하지만 알았다면? 정말 남궁사를 대신해서 목숨을 던졌을까? 사실 그도 자신 없었다.

그는 이미 두 번의 생을 살았고, 온통 죄악에 물든 몸이었으나 목숨을 부지했다. 그러나 남궁사는 겨우 이십 년 남짓 살았고, 긴 인생길의 절반도 못 가서 한 줌의 재가 되어 아무것도 남지 않았다.

이성적으로는 남궁사가 세상에 남을 가치가 더 크다는 것을 그도 알지만, 사람은 결국 살기를 갈망하는 법이다.

갑자기 뒤에서 누군가 비명을 질렀다.

"괴물, 괴물들이 쫓아왔다!"

"그럴 리가?"

묵연은 몸을 휙 돌렸다.

마지막 사람이 통로에서 빠져나왔을 때 분명 돌문이 다시 닫혔었다. 바둑돌은 못 열 텐데. 설마…….

그의 얼굴이 하얗게 질렸다.

설마 바둑돌 중에 남궁 가문의 혈통이 있었던 건가.

머리가 복잡해진 묵연은 조금 전 봤던 정체불명의 새카만 천열을 되짚어 떠올리다가, 문득 금지 술법 중 하나인 시공생사문이 떠올랐다.

묵연은 순간 강한 한기가 발끝에서 올라와 온몸으로 퍼지는 것을 느꼈다.

설마 거기서 나온 사람이……?

아니야, 그럴 리 없어.

절대 불가능해.

터무니없는 생각이다. 전생에서도 이렇게까지 할 수 있는 사람은 없었다. 대체 누가 할 수 있겠는가?

때마침 후퇴하던 매함설이 그의 곁으로 왔다. 묵연은 엽망석을 그에게 부탁한 뒤 혼란스러운 눈으로 황급히 사람들과 반대 방향으로 달렸다.

"묵연!"

"연아!"

무섭게 달려가는 사람들 사이에서 설몽과 설정옹이 그를 불렀으나 묵연은 들은 체도 하지 않았다. 그는 지금 어떤 얼굴로 두 사람을 봐야 할지 알 수 없었다.

종이로 불을 감쌀 수 없듯, 거짓으로 진실을 감출 수 없는 법.

두 번의 생 모두 그랬다.

갑자기 팔을 낚아채는 손길에 묵연은 고개를 돌렸다.

"……사존?"

초만녕이 말했다.

"가지 마라. 저들은 내가 막겠다. 넌 교산의 법진을 열 수 있으니 만일을 대비해 네가 사람들을 데리고 이곳을 빠져나가야 한다."

"……."

"어서!"

그러는 사이, 흑의를 입은 남자가 통로 어귀에 태연히 모습을 드러냈다. 그의 뒤로 흑의 차림에 가면을 쓴 수사들이 하나 둘 나타났다.

초만녕이 고함쳤다.

"서둘러! 사람들을 데리고 가!"

선택의 여지가 없었다.

묵연은 아무리 확신이 없고 불안해도 사람들과 함께 후퇴해야만 했다. 가지 않으려던 설몽은 설정옹에게 강제로 끌려갔고, 용혼지 대전에는 초만녕 홀로 남았다. 정체불명의 수사들이 점점 몰려들었다.

용혼지에 들끓는 용암의 주황빛이 서늘한 돌벽을 비췄다.

초만녕은 외로이 홀로 서 있었다. 천문에 흐르는 빛이 날카롭게 번뜩이는 그의 눈을 비췄다.

그는 선두에 선 미지의 남자를 봤다.

남자는 무거운 가면 너머로 그를 그윽하게 바라보고 있었다.

가만히 서 있는 남자 뒤에서 제 성질을 참지 못한 어떤 자가 선봉에 서고 싶은 욕심에 소리쳤다.

"혼자 우리를 막을 수 있을 것 같으냐? 건방진 것! 자, 어디 한 수 가르침을 청해 볼까!"

그러나 그가 앞으로 튀어 나가려는 찰나, 흑의의 남자가 손을 들어 그를 붙들었다.

그가 깜짝 놀라 외쳤다.

"폐하?"

흑의의 남자는 고개도 돌리지 않고 그를 외면한 채 계속 초만녕의 얼굴을 뚫어지게 봤다. 그때 남자의 손에 푸른 핏줄이 툭 불거지더니 우두둑 소리가 들렸다. 선봉에 서려던 자가 남자의 손에 목이 부러진 채 땅에 널브러졌다.

초만녕의 안색이 살짝 변했다.

이 남자는 자기 사람까지 죽인단 말인가?

“네까짓 게 뭐라고 초 종사의 가르침을 받아.”

남자는 무감하게 말을 뱉고 초만녕에게 천천히 걸어갔다.

이제 그의 뒤에서 감히 움직이는 사람은 아무도 없었다.

초만녕이 천문을 휘두르며 외쳤다.

“당신은 대체 누구지?”

그 말에 남자가 발걸음을 멈췄다.

초만녕과 멀지도 가깝지도 않은 곳에 선 남자의 눈에 뭐라 말하기 힘든 기괴한 감정이 드러났다. 잠시 후 남자가 가볍게 웃었다.

“오래전 헤어졌을 때 당신을 다시 볼 수 있을 거라 생각지 못했는데, 본좌에게 하는 첫 마디가 이리도 싱겁다니.”

“……당신과 내가 아는 사이인가?”

“아, 날 모른다는 건가? 초만녕, 당신은 항상 이렇게 무정했지.”

남자는 계속 다가왔고, 이번에는 멈추지 않았다. 독하고 고집 센 초만녕이 물러날 리도 없었다.

남자는 그대로 그의 앞까지 왔고, 두 사람의 거리는 무례하다 할 만큼 위험하리만치 가까워졌다.

초만녕이 손에 서늘한 빛을 일으키며 남자에게 내리쳤다.

번개처럼 빠르고 훌륭한 솜씨였으나 초만녕의 손목은 너무도 쉽게 남자에게 잡혀 버렸다.

“이 기술엔 이미 여러 번 당했어.”

남자가 고개를 숙여 초만녕의 얼굴을 뚫어지게 봤다. 얼굴 구석구석을 모조리 담는 그의 눈빛에는 갈망과 그리움이 담겨 있었다.

"하지만 모두 잊었나 보군."

초만녕은 자신을 뚫어지게 보는 그의 눈이 소름 끼치기만 했다.

그는 강자를 두려워한 적이 없었으나, 이자의 눈빛은 너무 복잡하고 너무 섬뜩했다. 마치 하늘을 뒤흔들 엄청난 진실과 비밀을 감추고 있는 듯했다.

"당신은…… 대체 누구지?"

"본좌가 단서를 줄까?"

남자가 나지막이 말했다. 그의 아귀힘이 너무 세서 초만녕은 벗어날 수 없었다.

"처음 당신이 이걸 썼을 때 나는 열여섯이었어. 근거리 기술을 가르쳐 주면서 보기에는 쉬워 보이나 익히기 어렵다고, 게으름 피우지 말고 열심히 연습하라고 했지."

초만녕이 갑자기 눈을 크게 뜨며 믿을 수 없다는 듯 그를 봤다.

남자의 눈에는 웃음기가 배어 있었으나 묘하게 어두웠다.

"두 번째는 우리가 결전을 벌일 때였다. 내가 방심한 사이 이 공격에 당해 중상을 입었고."

그는 초만녕의 손을 잡고 거부는 용납하지 않겠다는 듯 자신의 심장으로 가져가 지그시 눌렀다.

초만녕은 문득 이 남자에게서 심장 박동이 느껴지지 않는다는 걸 깨달았다.

시체 같았다.

"너…… 넌 대체 뭐 하는 놈이냐?"

"조급해하지 마."

남자가 한 글자 한 글자 잇새로 내뱉은 말이 달콤하게 그의 귓가로 흘러들었다. 남자가 더 가까이 다가왔다. 남자의 입술이 초만녕의 얼굴에 닿을 듯 말 듯 했다.

남자가 그의 귀에 대고 속삭였다.

"세 번째는 내 침상 위에서였어."

"……."

"당신을 가지려 했지만 이미 충분하다며 저항했다."

그는 천천히, 그러나 더 세게 초만녕의 손목을 쥐고 억지로 초만녕의 손을 내리눌렀다. 그리고 자신의 가슴을 따라 내려가, 지극히 은밀한 곳에 닿게 했다.

초만녕의 낯빛이 전갈에 쏘인 것처럼 순식간에 까맣게 변했다. 초만녕은 분노에 휩싸여 필사적으로 그에게 맞섰다.

하지만 남자는 그의 모든 기술을 꿰뚫고 있는 듯 가뿐히 그를 저지한 뒤, 이번엔 그의 온몸을 품에 안고 거침없이 음탕하게 속삭였다.

"어떻게 할까, 초만녕. 본좌는 당신을 죽이려고, 당신들을 망치려고 왔는데, 그간 당신이 이렇게 변했을 줄은 몰랐어. 나도 변했지. 하지만 당신을 보니, 당신 몸에서 나는 향기를 맡으니 여전히 금세 단단해지는군."

"이 손 놔라!"

초만녕은 상황이 이렇게 흘러갈 거라고는 상상도 하지 못했다. 그의 낯빛이 곧 기절할 사람처럼 하얘졌다 빨개지기를 반복했다. 하지만 아무리 애써도 남자의 압박에서 벗어날 수 없었다.

남자는 그물처럼, 거미줄처럼 들러붙어 그를 감싸 안고, 그를 어루만졌다.

모두가 보는 앞에서 그를 제 품에 넣은 채 미친놈처럼 사납고 난폭하게 제멋대로 다뤘다.

다급하고 끈적한 기운이 넘쳤다.

"터질 것처럼 단단해져서 아파."

"네놈을 죽일 것이다!"

남자는 웃긴지 갑자기 웃음을 터뜨리며 팔을 풀었다. 살의가 치밀어 오른 초만녕은 손속에 사정을 두지 않고 진짜로 그를 일격에 죽이려고 했다.

장포가 펄럭였다. 남자는 재빨리 뒤로 물러나 나풀거리는 연처럼 푸른 돌 위에 가뿐히 내려섰다.

하지만 가면은 초만녕의 공격을 피하지 못하고 두 동강이 나 바닥에 떨어져 부서졌다.

남자는 고개를 들지 않았다. 그의 얼굴은 두건 그림자에 가려 보이지 않았다.

그는 그림자 속에서 잠시 침묵하더니 탄식하듯 말했다.

"걸핏하면 때린다, 죽인다 하는 성격은 못 고쳤군. 어딜 가도 마찬가지야. 그렇지만 초만녕, 초 종사……."

흑의의 남자가 손을 들자 뒤에서 시커먼 강풍이 일며 무언가가 나타났다.

남자가 그것을 민첩하게 잡았다.

그것은 놀랍게도 헌원각의 경매에 나왔던 신무이자 서상림이 모았던 다섯 개 무기 중 하나인 맥도, 불귀였다.

남자가 불귀를 어루만지며 악독하기 짝이 없는 말투로 태연자약하게 말했다.

"당신, 정말 날 죽일 수 있겠어?"

남자가 고개를 홱 들었다.

두건이 벗겨졌다.

초만녕은 찬물을 뒤집어쓴 것 같았다. 뼛속까지 한기가 돌며 온몸이 차갑게 식고, 머릿속이 웅웅거리며 멍해졌다.

음침하고 차가운 용혼지 대전 안. 흑의를 입은 남자의 수려한 외모가 드러났다. 창백한 얼굴에 떠오른 미소에는 사악함과 미련이 담겨 있었다. 그는 재앙이었고, 불길한 마물이었다. 그가 입을 벌리며 새하얀 치아를 드러냈다.

"답선제군, 묵연, 묵미우."

불귀의 서늘한 빛이 그의 까맣다 못해 파란 눈동자를 비췄다.

답선군의 미소는 악귀처럼 잔인했다.

"사존께 한 수 가르침을 청합니다."

232장 교산, 제군의 귀환

같은 시각 교산 아래. 행방을 알 수 없는 강동당 사람들을 제외하고 모든 수사가 무사히 빠져나왔다. 결계에서 나온 순간, 아직 위험한 걸 알면서도 사람들은 너무 지쳐서 땅에 주저앉았다.

마운은 눈을 뒤집으며 커다란 바위 위에 엎드려 징징거렸다.

“더는 안 되겠습니다, 못 버티겠어요. 여러분은 어서 돌아가 철통같이 경계하세요. 전 이제 정말 움직일 기운도 없습니다.”

강희가 말했다.

“정체 모를 법진과, 그 법진에서 나온 자들이 누군지 아직 제대로 파악도 못 했는데 지금 돌아가자는 겐가?”

“그럼 어쩝니까? 그들과 싸울 힘이 있었다면 우리가 이렇게 허둥지둥 도망쳤겠습니까.”

현경대사가 말했다.

“강 장문, 이번에는 마 장주의 말대로 합시다. 여기서 끈질기게 버텨 봐야 용감무쌍하다 할지언정 결국 처참한 꼴을 당할 겁니다. 차라리 돌아가 재정비를 하는 것이 좋을 것 같습니다."

강희는 입을 다물고 사생지전 사람들을 봤다. 설정옹과 설몽은 완전히 넋을 놓은 표정으로 교산의 중앙 통로를 보고 있었다. 잠시 후 먼지구름 사이로 한 사람이 나타났다.

"묵연……."

설몽이 중얼거렸다.

교산 결계를 빠져나온 마지막 사람은 묵연이었다. 그는 새카만 눈썹을 찌푸리며 사람들을 훑어보더니 이렇게 말했다.

"진롱기국의 바둑돌은 어쩌면 금지 술법 중 하나인 시공생사문과 연관이 있을지도 모릅니다. 만약 그렇다면 거기서 나온 사람이 누구일지 알 수 없으니, 여기 있다가 죽지 말고 어서 돌아가세요. 목숨을 부지하는 것이 중요합니다."

그는 잠시 머뭇거리다 강희에게 말했다.

"강 장문, 번거롭겠지만 사람들을 임령서로 데려가 주십시오. 그곳은 현무 결계의 보호를 받는 곳이니 화벽남을 잠시나마 막을 수 있을 겁니다. 또, 귀 문파는 약학 문파이니 마디충에 걸린 사람들을 해독해 주세요."

강희가 물었다.

"너는?"

"사존께서 아직 산에 계십니다. 모두 가시면 저는 돌아가서 사존을 도와 상황을 정리한 뒤 합류하겠습니다."

강희는 한참 아무 말도 없다가 공수하더니 묵연에게 읍하며 말했다.

"고월야에서 기다리겠다. 그럼 이만."

다친 사람도, 지친 사람도, 불구가 된 사람도 강희를 따라 혼란의 도가니를 벗어날 준비를 했다. 묵연이 갑자기 그를 불러 세웠다.

"강 장문!"

"묵 종사, 더 도와줄 것이 있나?"

묵연이 말했다.

"엽 낭자를……."

"알겠다. 아무도 그녀의 털끝 하나 해치지 못하게 하지."

묵연은 그제야 마음이 놓였다. 강희와 다른 사람들은 떠났지만, 사생지전 사람들은 여전히 움직이지 않았다. 설정옹은 한참을 머뭇거리다가 묵연에게 다가와 눈썹을 찌푸리며 말했다.

"연아, 이게 대체 어찌 된 일이냐?"

백부와 사촌 동생을 번갈아 보던 묵연은 불쑥 치솟는 슬픔과 괴로움을 누르며 애써 웃어 보였다.

"말하자면 깁니다. 백부님, 설몽을 데리고 먼저 가세요. 나중에 어찌 된 일인지 다 말씀드릴게요."

설몽은 그렇게 오래 기다리고 싶지 않아 조급한 마음에 말했다.

"아니, 네가 어떻게 유풍문 사람이야? 계속 사생지전에서 자랐는데, 넌…… 너는……."

그는 한참 '너는, 너는' 하며 중얼거리다가, 결국 눈시울을 붉히며 한마디 쥐어짜 냈다.

"너는 내 형이잖아. 아니야?"

묵연이 그를 응시했다.

설몽은 떨고 있었다. 아무리 참으려 애써도 계속 떨리는 듯했다.

그의 망연하고 상처받은 모습이 너무 안쓰러웠다. 묵연은 목이 메어 무슨 말을 해야 좋을지 알 수 없었다.

묵연이 설몽에게 다가가 어깨를 두드렸다.

"내가 사생지전에 처음 왔을 때는 날 인정하지도 않더니."

묵연이 쓴웃음을 지었다. 그는 눈물에 젖은 설몽의 동그란 눈을 차마 볼 수 없었다.

그 두 눈은 너무도 맑고, 너무도 뜨거웠다.

그러나 자신은 더러웠다.

그리고 두려웠다.

설몽은 한참 후에야 입을 떼며 잠긴 목소리로 말했다.

"……확실하게 말해 주면 안 돼?"

그는 용성을, 묵연이 그를 위해 구해 준 수정석을 박아 넣은 곡도를 움켜쥐었다.

목숨 줄을 움켜잡듯 그렇게 꽉 잡았다.

고작 하룻밤 사이, 설몽은 남궁사가 몸을 던져 용의 제물이 되는 것을, 사매가 두 눈을 잃고 생사 불명이 되는 것을, 묵연이 제 피를 뿌려 남궁 일가만 열 수 있는 봉인을 푸는 것을 봤다.

그는 숨이 쉬어지지 않아 금방이라도 질식해 죽을 것만 같았다.

묵연은 가만히 그 모습을 두고 볼 수 없었다.

"……그래. 확실하게 말해 줄게."

그가 설몽의 어깨를 잡았다. 설몽이 떠는 건지 아니면 자신이 떠는 것인지 구분되지 않았지만, 그건 중요하지 않았다. 그는 설몽의 눈을 보고 한 글자씩 또박또박 말했다.

"잘 들어. 나는 유풍문 사람이었던 적 없어. 평생 사생지전에 해가 되는 일을 한 적도 없고, 가능하다면 남은 생도 사생지전을 위해 살고 싶어."

설몽은 뭔가 말하고 싶어 입술을 달싹였지만, 말은 나오지 않고 눈물만 흘러내렸다. 그는 힘겹게 아랫입술을 물고 한참을 있더니 결국 무너졌다.

"사매가 그랬지, 내가 지금까지 자신을 이해해 주려 하지 않았다고. 사실…… 사실 나는 너도 이해하려고 하지 않았어……. 그동안 난 너무 제멋대로였어. 단 한 번도 두 사람 생각을 한 적이 없었어. 아무것도 모르고 전부 마음대로 했어……. 그렇지만…… 그렇지만……."

주저하는 그의 눈에서 눈물이 주르륵 떨어졌다.

"그렇지만 내겐 정말 두 사람이 소중해. 앞으로 네게 욕하지 않을게. 사매도 안 괴롭힐게……. 모든 게 예전과 똑같이…… 모든 게 예전으로 돌아갈 수만 있다면 좋겠어."

그는 소리 죽여 울었다.

"형, 날 속이지 마……."

묵연은 이런 설몽의 모습을 차마 더 볼 수가 없어서 그를 설정옹 곁으로 밀었다. 그리고 동이 틀 무렵 이슬이 맺혀 내려앉은 꽃잎처럼 낮게 잠긴 젖은 목소리로 말했다.

"말 들어, 백부님이랑 돌아가. 여기 일이 정리되면 바로 찾아갈게."

그러고는 몸을 돌려 교산 결계 안으로 들어가며 다시는 돌아

보지 않았다.

용혼지 대전의 벽돌과 기와가 깨지고, 돌기둥은 쓰러졌다. 이미 격전이 한차례 휩쓸고 지나간 그곳엔 연기만이 자욱했다. 답선군이 초만녕의 목에 겨눈 맥도에 살짝 힘을 주자, 시뻘건 피가 배어 나와 까만 칼날을 붉게 물들였다.

초만녕은 눈을 감고 입을 닫은 채 아무 말도 하지 않았다.

"사존, 정신이 다른 데 팔렸네요."

"……."

"집중을 안 하시는군요."

답선군이 그를 땅에서 일으켜 세웠다. 그는 손가락을 까딱하여 맥도 불귀를 집어넣는 동시에 초만녕에게 가장 강한 속박 주문을 걸었다. 푸른빛이 그를 단단히 묶자, 답선군이 그의 턱을 잡아 억지로 들어 올렸다.

"말해. 지금 무슨 생각을 하고 있지?"

초만녕이 천천히 눈을 떴다. 눈에 비친 건 지극히 익숙하면서도 지극히 낯선 얼굴이었다.

소름이 돋았다.

묵연이 아닌 걸 알지만, 그의 초식은 묵연과 너무 닮아 있었다. 더 무서운 것은, 그 얼굴이 꿈에서 본 얼굴과 똑같다는 사실이었다.

여러 차례 묵연과 한데 엉켜 사랑을 나누는 꿈을 꿨다. 꿈속의 그는 살짝 창백하고 야윈, 수려함 속에 사악함이 깃든, 한 톨의 온정도 없이 오직 난폭함과 광기만 어려 있는 까만 눈동자를 가진 바로 이 얼굴이었다.

"사실 말 안 해도 본좌는 이미 다 알고 있다."

그가 느린 어조로 말했다.

"사존은 분명 내가 대체 누구인지, 무슨 헛소리를 하는 건지, 그리고 어디서 온 것인지 궁금해하고 있겠지."

그의 손가락이 다정하게 초만녕의 뺨을 쓸었다.

"급할 것 없어. 본좌가…… 다 천천히 알려 줄 테니까. 또 한 가지 알려 주자면……."

그의 시선이 초만녕의 왼손에 닿았다.

"구가와 회사를 소환할 생각은 하지 않는 게 좋을 거야. 과거의 일을 되풀이하지 않도록 본좌가 진작 대비해 뒀으니."

그가 자신의 다른 두 신무의 이름을 언급하자 초만녕의 안색이 더 나빠졌다. 짙은 그의 봉안에 의아함이 스쳤다. 답선군은 고집스러운 표정에 섞인 어리둥절함이 달가운지 가볍게 웃음을 터뜨렸다.

그가 초만녕의 얼굴을 어루만지며 말했다.

"왜, 내가 구가와 회사를 아는 게 의외인가? 그럴 만도 하지. 여기로 오기 전에 이쪽 속세에 관한 소식을 알아봐서 대충은 알고 있어. 이 시공 속의 '나'는 아직 제대로 살육을 벌이지 않아서 당신과 '그'가 서로 검을 겨누는 지경까지 가지 않았다지? '그'는 당연히 두 신무를 본 적도 없을 것이고."

"이 시공 속의…… 너?"

답선군은 웃기만 할 뿐 대답하지 않았다.

초만녕은 온몸에 소름이 돋았다. 이 '묵연'은 자신을 시체처럼, 환상처럼 보고 있었다. 지나치게 노골적이고, 지나치게 광기 어린 그의 눈 속에 수많은 감정이 아른거렸다. 그 감정들은 너무 뜨거워서 정상적인 사람을 미치게 만들기 충분했다.

"시공생사문."

그가 천천히 말했다.

"이 금지 술법에 대해 사존도 잘 알겠죠."

"!"

"저 세계의 수진계에서, 사존은 이미 오래전에 죽었습니다."

그는 초만녕의 얼굴이 점점 창백해지다 마지막 핏기까지 빠져나가는 것을 지켜봤다. 초만녕을 보는 답선군의 눈이 형형하게 빛났다.

순간, 예리한 검이 튀어나오고 교룡이 강물에서 솟아오르는 것 같았다.

줄곧 냉정을 유지하던 감정이 극에 치달았는지 그가 별안간 초만녕을 일으켜 세웠다. 그는 점점 이성을 잃어 가고 있었다.

"그래…… 이거야, 이 얼굴이야."

"……."

"바로 이 얼굴이야……. 나는 당신의 이 얼굴을, 홍련수사에 산 송장처럼 누워 있는 당신을 매일 지켜봤어……. 당신 얼굴에는 핏기 하나 없었지. 당신 시체는 썩지 않았지만 더는 말할 수도, 눈을 뜰 수도 없었어. 그 수진계에서 당신은 진작에 죽었어. 당신은 그렇게 내게 복수했어!"

그가 갑자기 숨을 거칠게 들이마시며 눈을 활활 불태웠다.

절망의 눈이었다. 그 속에 불꽃이 튀며 용과 뱀이 춤을 췄다.

"초만녕, 난 당신을 증오해. 나를 홀로 남겨 뒀잖아."

하지만 그는 자신의 말과는 달리 품 안 가득 초만녕을 끌어안았다.

뜨거웠다.

불같았다.

오랜만에 느끼는 따스함이 그를 아프게 찔렀다. 그는 목구멍으로 묵직한 탄식을 내뱉으며 초만녕을 꼭 감싸 어루만졌다. 그를 제 안에 짓이겨 넣을 수 없는 게, 그를 삼킬 수 없는 게 한스러웠다. 이제 살든 죽든, 따스하든 차갑든, 모두 상관없었다.

이제 함께 살고 함께 죽을 이가 생겼으니 더는 혼자 외롭게 지낼 필요가 없었다.

아니지, 아니야.

초만녕은 온몸에 소름이 돋으면서 눈앞이 아득해졌다. 그는 대체 무슨 일인지 알 수가 없었다. 도저히 이해되지 않았다. 누가 죽었다고? 누가 누구를 혼자 남겨 둬?

그때, 용혼지 대전 문이 열렸다.

일렁이는 불빛 속에서 누군가 다급하게 들어오며 초조한 목소리로 외쳤다.

"사존!"

바둑돌들이 만반의 태세를 갖추고 앞을 막아섰다.

답선제군은 그 목소리에 살짝 놀라는 듯싶더니 이내 차가운 미소를 지었다.

"누군가 했더니 '그'였군."

그는 별거 아니라는 듯 느긋하게 손을 휘저으며 자신을 따르는 바둑돌들에게 말했다.

"모두 길을 내주어라. 괜찮으니 들어오게 해."

오는 길에 묵연은 진롱기국의 바둑돌과 시공생사문에 대해 생각했다. 그는 화벽남이 최종적인 배후 인물이 아닌 것 같았다. 만약 이 모든 것이 화벽남의 계획이라면, 어차피 서상림은 그를 알아보지 못할 테니 초혼대에서 서상림을 해칠 이유가 없었다.

그렇다면 대체 누가 숨은 배후란 말인가?

진롱기국, 시공생사문, 불귀, 두 개의 세상이 하나로 뒤엉킨다는 옛 전설. 이 모든 것을 하나하나 연결하다 보니 말도 안 되는 가설이 떠올랐고, 그 가설은 그를 소름 끼치게 했다. 그럴 리 없었다. 그는 미친 듯이 달려오는 내내 그것이 진짜일 거라고 믿지 않았다.

용혼지 대전 안으로 뛰어들기 전까지.

그자를 보기 전까지는, 그랬다.

묵연은 머릿속이 웅웅거리며 피가 거꾸로 솟았다. 순간 숨을 쉴 수 없었다. 그는 눈을 부릅뜨며 입술을 달싹거렸다.

아니…….

아니야!

어떻게 이럴 수가?

대전에 있는 그 남자는 사람들에게 둘러싸인 채, 경멸 섞인 차가운 얼굴에 비열하고 장난기 어린 눈빛을 하고 있었다.

그가 냉담하게 묵연을 응시했다.

똑같은 눈썹과 눈, 코, 입술. 똑같은 기백과 기골.

다른 점은 거의 없었다. 마치 거울을 보는 것 같았다. 세월을 뛰어넘어 귀신 같은, 사라지지 않은 망령 같은 과거의 자신을 보는 것 같았다.

답선군이 입꼬리를 말아 올려 피비린내가 진동하는 미소를 지었다.

그는 초만녕을 제 앞으로 끌어안고, 손끝으로 그의 입꼬리를 살짝 건드려 함구 주술을 건 뒤 입구에 선 묵연을 보며 웃었다.

"이런, 묵 종사. 종사의 명성은 오랫동안 들어 궁금했지. 시공생사문이 활짝 열린 오늘에서야 우리가 이렇게 만나는군."

그가 잠시 말을 멈췄다. 그러더니 서늘한 눈빛으로 소름 끼칠 만큼 새하얀 치아를 부딪치며 비릿하고 차가운 말을 내뱉었다.

"반가워."

233장 교산, 막다른 길

“어떻게…….”

뒷걸음질 치던 묵연이 고개를 저으며 중얼거렸다.

“어떻게 이럴 수 있지? 왜 네가……?”

“그래, 본좌다.”

답선군은 태연자약하게 그를 자세히 뜯어보더니 유유히 웃었다.

“이런……. 네가 환생한 뒤 전생의 일을 거의 잊었을 줄 알았는데, 지금 네 꼴을 보니 다 기억하나 본데?”

“…….”

“표정을 보니 너도 본좌의 존재를 어느 정도 짐작한 것 같군. 멍청하진 않아.”

묵연은 우물거렸다. 하고 싶은 말이 산더미였지만, 표정만 일그러진 채 목구멍 안을 맴돌며 나오지 않았다. 그러다 결국 믿을 수 없다는 듯 분노가 터져 나왔다.

"너는 분명히 죽었어!"

"음?"

"오래전 무산전에서 독약을 먹고 죽어서 다시 살아나는 건 절대 불가능해! 너는 통천탑 앞에서 죽었고, 꽃나무 아래에 관을 묻었다고. 넌 이미 죽었어!"

답선군이 옅게 미소를 지었다.

"그런 이유만으론 충분하지 않아."

그는 서서히 눈을 뜨며 냉혹한 미소를 지었다. 그의 눈빛은 사나운 날짐승의 날카로운 이빨처럼 묵연의 육체를 잘근잘근 씹어 파괴할 것만 같았다.

"아니면 본좌가 대신 말해 줄까?"

그는 사람을 손바닥에 올려놓고 가지고 놀듯 태연하게 느릿느릿 말하며 가볍게 웃었다.

"그래, 본좌는 분명 이미 죽었지. 본좌가 이미 죽었다는 사실을 가장 잘 증명할 수 있는 사람이 바로 지금 눈앞에 있으니."

묵연은 아무 말도 없었다.

"네가 바로 본좌가 환생한 혼령이니까."

답선군이 웃음을 터뜨렸다.

"어질고 착한 묵 종사라고, 누군가 속세를 넘어와 본좌에게 종종 알려 줬지. 너의 그…… 뭐랄까, 영웅담?"

그가 피식하고 웃었다.

"참으로 재미있더군. 네가 전생의 일을 기억하지 못해서 그렇게 아무 일도 없었던 사람처럼 군다고 생각했는데, 다 기억하고 있군그래."

묵연은 어금니를 꽉 물었다.

"이런, 묵 종사. 설마 침묵만 하면 그 누구도 진상을 모를 거라고 생각했나? 백정의 칼만 내려놓으면 처음부터 다시 시작할 수 있을 줄 알았어? 또 설마……."

답선군이 별안간 거칠게 초만녕의 목을 조였다. 손톱이 살을 파고들었다. 목이 졸린 초만녕은 피부가 퍼렇게 변했지만, 얼굴만 일그러뜨릴 뿐 아무 소리도 내지 않았다.

"설마 내 세상의 불이 꺼져도, 내가 인자하게 이곳에서 너 혼자 광명을 누리게 놔둘 거로 생각했어?"

"사존은 건들지 마!"

답선군이 비웃었다.

"건들지 말라고? 그 말을 나에게 하는 것 자체가 황당하다는 생각은 안 드나?"

그는 초만녕을 잡은 채 천천히 한 바퀴 돌았다.

그와 묵연은 서로를 응시했다.

답선군이 묵 종사를 응시했다.

묵연이 묵미우를 응시했다.

전생이 현생을 응시했다.

답선군이 묵연을 비웃었다.

"본좌가 그를 어떻게 건드렸는지는 너도 잘 알 텐데? 이제 와서 마음에도 없는 소리 하며 좋은 사람인 척하기는."

"닥쳐!"

"음? 왜? 설마 지난 일들이 재미없고 달갑지 않아? 그래도 오랜만에 만났는데 즐겁게 이야기를 해야 하지 않겠어?"

고개를 가로젓는 묵연의 안색은 초만녕보다 더 나빴다. 그의 분노는 무력했고, 죄책감에 절망했다.

"말하지 마."

"이런. 본좌의 입을 그렇게 막고 싶나? 참으로 재미있군. 우리 인자한 영웅이신 묵 종사가……."

답선군이 넘겨짚으며 말했다.

"겁먹었네."

묵연은 더는 기다릴 수 없었다. 그는 답선군의 품에 갇혀 있는 초만녕의 모습에 속이 뒤집혔다. 그는 어찌할 바를 몰랐다. 그저 눈앞에 있는 악마의 혓바닥을 잘라 버리고, 모든 추악함과 과거에 있었던 모든 일을 관에 봉인해 땅속에 파묻어 버리고 싶었다.

견귀가 빛을 내며 별안간 답선군을 공격했다. 붉은 불꽃이 파바박 튀었고, 화염은 그 어느 때보다도 더 맹렬했다.

공격을 피한 답선군의 표정이 살짝 변했다.

"……천문?"

아니다. 말하자마자 그는 스스로 답을 찾았다. 붉은색으로 번쩍이는 버드나무 가지는 천문이 아니었다.

"……네 새로운 신무가 아주 흥미롭군."

답선군이 어딘가 복잡한 표정으로 잠시 버드나무 가지를 응시했다. 그가 다시 묵연에게 눈길을 돌렸을 때, 표정은 더 차가워졌다.

"그렇다면……."

그는 가뿐히 뒤로 날아 초만녕을 뒤에 있는 수하에게 넘긴 뒤, 손짓으로 불귀를 소환했다.

"자, 본좌와 한판 붙어 보자. 과연 불귀를 가진 나와 버드나무 채찍을 가진 나 중 어느 쪽이 더 매서운지 본좌도 궁금하다."

답선군이 손가락으로 맥도를 빈틈없이 쓰다듬자 불귀의 푸른 빛이 퍼지며 영력이 최고치로 치솟았다.

묵 종사가 손가락으로 버드나무 가지를 쓰다듬자 견귀의 붉은빛이 사방으로 퍼지며 화염이 치솟았다.

"불 속성?"

답선군이 코웃음 쳤다.

"내가 목과 화, 두 속성의 영핵을 가졌지만 분명 불이 아닌 나무 속성이 더 뛰어난데, 왜 바꿨지?"

침묵하는 묵연의 얼굴이 서늘했다. 입을 꾹 닫고 있는 그의 표정은 차가웠다.

아슬아슬하게 절벽에 서서 금방이라도 떨어질 것 같은 사람의 눈빛이었다.

챙!

거의 똑같은 모습을 한 장신의 두 육체가 뛰어오르더니, 허공에서 격렬하게 부딪치며 격전을 벌였다.

견귀와 불귀는 소리 없이 비명을 질렀다. 세차고 강한 영류가 휩쓸었고, 마치 교룡이 거대한 고래를 맞닥뜨린 것처럼 홍수가 맹수를 덮쳤다. 삽시간에 용혼지 대전의 벽돌이 사방으로 튀었고, 모래가 날리고 돌이 굴러다녔다. 격정적인 그들의 싸움에 높이 분출된 용혼지의 용암이 흘러넘쳤다.

사람들은 흘러넘친 용암에 화상을 입지 않기 위해 발아래에 주술을 걸었다.

답선군과 묵 종사도 예외는 아니었다. 격전을 벌이는 두 사람은 우열을 가릴 수 없었다. 칼날이 비명을 질렀고, 춤추는 버드나무 가지가 바람을 일으켰다. 검은 그림자가 또 다른 검은 그림자를 덮쳤고, 피비린내 가득한 눈빛이 절망을 주시했다. 모든 동작 하나하나가 절정의 기량이었고, 불꽃이 튀고 찌릿한 전기가 흘렀다.

무기의 날카로운 소리가 또다시 들렸다. 두 사람은 발끝으로 땅을 박차고 허공으로 날아올랐고, 버드나무 채찍과 맥도가 부딪쳤다. 영력이 사방으로 튀며 두 사람의 창백한 얼굴을 밝혔다.

하나는 죽었으나 환생했다.

하나는 죽느니만 못한 삶을 살았다.

팽팽하게 맞서던 중, 답선군의 눈빛이 서늘하게 변하더니 사나운 목소리로 외쳤다.

"불귀, 영력을 끌어모아!"

묵 종사도 이를 악물고 가라앉은 목소리로 말했다.

"견귀, 영력을 끌어모아!"

순식간에 그들의 영력이 신무에 미친 듯이 흡수됐다. 두 신무는 각각 엄청난 빛을 발산했다. 푸른색과 붉은색이 서로에게 달려들었다. 그리고 마지막에는 '펑' 하는 폭발음이 들렸다. 불귀가 묵연의 어깨를 베었고, 견귀가 답선군의 왼팔을 찔렀다.

두 사람은 낮게 신음하며 한 명은 왼쪽으로, 한 명은 오른쪽으로 착지하여 숨을 몰아쉬었다. 그러나 상처의 고통을 느낄 새도 없이 신경은 온통 상대에게 쏠렸다. 그들은 철장 속에서 뒤엉켜 싸우는 맹수처럼 둘 중 하나가 죽을 때까지 싸웠다.

답선군의 눈빛이 짙어졌다.

"버드나무 채찍을 사용하는 네 초식이 그를 매우 닮았군."

'그'는 당연히 초만녕이었다.

묵 종사는 답선군과 더는 얽히고 싶지 않아 죽일 듯이 노려봤다.

"빨리 꺼지시지?"

"본좌더러 꺼지라고?"

답선군이 차갑게 웃었다.

"묵미우, 네가 무슨 자격으로? 양의 탈을 너무 오래 쓰고 있어서 네 입술에 묻은 양의 피를 잊은 게로군."

말이 전해지기도 전에 다시 필사적인 교전이 벌어졌다. 빠르게 스쳐 가는 답선군의 발아래는 용암이 부글거렸고, 불꽃이 사방으로 튀었다. 그의 초식을 묵연이 어찌 모를까. 그는 호수에 비친 자신의 모습을 보는 것처럼, 답선군의 칼이 내리치기 직전에 재빨리 뒤로 물러났다. 그의 발아래에도 뜨겁게 이글거리는 사나운 불길이 흘렀다.

전진과 후퇴를 하는 두 사람의 동작 하나하나가 상대의 예상을 벗어나지 않았다. 눈 깜짝할 사이에 최고조에 이른 대결은 거의 100번의 공격을 주고받았으나, 막상막하의 대결에 누구도 우위를 점할 수 없었다.

묵연은 이마에 땀이 송골송골 맺혔고, 답선군 또한 낮게 숨을 몰아쉬었다. 그들은 계속 움직이며 서로를 응시한 채 빙빙 돌았다.

흐르는 땀이 새카만 눈썹에 닿자, 잠시 멈췄다가 다시 흘러내렸다.

묵연이 이를 꽉 물고 나지막이 말했다.

"대체 왜 이런 일을 벌이는 거지?"

"말했을 텐데, 본좌의 세상에 수인씨[#8]가 없어졌다고. 그러니 너도 최후의 불을 독식하려는 허황된 꿈은 버려."

묵연이 분개했다.

"그건 네 마지막 불이기도 하다!"

"하지만 본좌는 그를 가질 수 없지."

답선군이 쓸쓸하게 말했다.

"게다가 너와 내가 뭐가 다르지? 본좌의 손에 온통 피가 묻었는데, 너라고 깨끗할까? 본좌는 홀로 긴 밤을 아무 의미 없이 보내는데, 왜 넌 사매를 지키고, 초만녕을 지키고, 가소로운 네 백부와 사촌 동생을 지키지? 네가 뭐라고?"

묵연은 그의 말에 멈칫하더니 한참 뒤 말했다.

"……너도 가졌었어."

"……."

묵연은 전생의 자신을 보았다. 계속 마음속으로만 말하고 입 밖으로 꺼낼 수 없었던 말을 조용히 내뱉었다.

"너도 가졌었어. 그런데 네가 짓밟았다. ……네 손으로 그를 소멸시켰어."

답선군의 표정이 갑자기 몹시 위태롭게 변했다. 코를 살짝 찡긋거리는 그의 눈 속에 사악함이 소용돌이쳤다. 그는 너무도

#8 수인씨 燧人氏. 불을 얻는 기술을 발명한 신화 속 전설의 인물

음산했다. 심지어 자신을 부르던 호칭까지 무의식중에 다르게 불렀다.

“내가 그를 망쳤다고? 웃기는군. 그가 날 망친 게 아니라는 걸 네가 또 어떻게 알아?”

“너는 그해 천열의 진상을 전혀 몰라!”

“알 필요 없다.”

답선군은 냉정하게 말했다.

“묵미우, 모든 건 이미 늦었어. 나는 지금이 좋다. 그가 살아 있기만 하면, 그가 내 사람이기만 하면, 내 손에 있기만 하면 된다. 그가 기뻐해도, 내키지 않아 해도, 나를 미워하고 원망해도 다 상관없어.”

그가 머뭇거리다가 말했다.

“그를 볼 수만 있으면 돼.”

묵연의 목소리는 분노와 고통에 이글거렸고, 온 하늘을 뒤덮은 죄책감과 전율에 뚝뚝 끊어졌다.

“너는 이미 그를 한번 망쳤어. 너는 너 자신을 망치고, 지금 세상의 그를…… 또 망칠 건가…….”

답선군은 표정을 풀고 보조개가 깊이 팬 얼굴로 묵연의 얼굴을 살폈다.

그러다가 그가 말했다.

“망치고 말고가 어디 있지? 설마 네 생각은 다른가? 그가 죽든 살든 상관없다. 내 손에만 있다면 어떻든 상관없어.”

묵연이 고개를 흔들더니 눈을 감고 잠긴 목소리로 말했다.

“틀렸어. 넌 그를 그렇게 대해선 안 돼. 그는…… 그는 이 세상에서 너에게 가장 잘해 준 사람이야."

"황당하기 짝이 없군."

답선군이 정색했다.

"세상에서 나에게 가장 잘해 준 사람이라고? 그럼 사매는? 묵 종사, 스스로 우습다고 생각하지 않나? 네가 응당 마음에 간직해야 할 사람은 항상 널 다정하게 대하고, 업신여기지 않은 사명정이다. 그런데 초만녕이 세상에서 제일 좋은 사람이라고? 지금 무슨 말을 하는지 알고는 있나?"

"무슨 말을 하는지 모르는 사람은 너다!"

서로 바짝 붙은 두 사람의 영력이 부딪쳤다.

묵연의 눈시울이 붉어졌다.

"그는 널 진심으로 대했어. 단지 바보스러워서 많은 일을…… 많은 일을 멍청하게도 너에게 말하지 않았을 뿐이야. 정신 차려. 네가 좋아하는 사람은 사매가 아니야. 그 오랜 세월 동안 사매를 그리워한 적이 있어? 무산전의 텅 빈 침상에 누워 떠올린 사람이 누구였지?"

"……본좌는 그와의 잠자리가 끝내준다는 점은 부정하지 않겠다."

답선군이 냉담하게 말했다.

"하지만 그게 뭐 어때서. 그는 영원히 사매를 대신할 수 없어."

답선군의 말에 묵연은 전생의 자신임에도 분노가 치밀어 올라 머리가 웅웅거렸다. 그가 이를 악물고 말했다.

"사존을 모욕하지 마."

답선군이 눈을 찌푸렸다.

"이렇게까지 감싸는 걸 보니 이번에도 그와 함께한 건가?"

"……."

"이번 생에서도 그와 했느냐 말이다!"

가늘게 찌푸린 그의 눈이 뱀 같았다.

두 사람의 힘과 영력은 멈추지 않았다. 강한 술법에 다른 바둑돌들은 버티지 못했고, 심지어 바닥에 주저앉기도 했다.

묵연을 뚫어지게 바라보던 답선군이 초만녕을 흘겨보더니 곧 작은 소리로 말했다.

"묵 종사, 본좌가 듣자 하니 이번 생에서 사매는 여전히 잘 살아 있다던데, 넌 이런 식으로 그를 대하는군."

묵연은 순간 어떻게 시공생사문을 넘어온 건지 알 수 없는, 어떻게 부활한 건지 모를 이놈과 무슨 논쟁을 펼쳐야 할지 몰랐다.

그가 말했다.

"그럼 너는? 넌 지금 이 세상으로 왔고, 사매도 멀쩡히 살아 있다. 그런데 내가 왔을 때 너는 왜 내 사존을 안고 안 놓아줬지?"

"네 사존?"

답선군이 눈알을 굴리며 업신여기는 표정을 지었다.

"큭, 네 사존이 본좌에게 어떤 사람인지 네가 더 잘 알 텐데."

"……."

"어디 말해 봐, 내가 안을 수 있는지 없는지."

묵연의 머릿속엔 초만녕을 풀려나게 할 생각뿐이었다.

"네가 이러는 거 사매에게 미안하지도 않아?"

"사매처럼 순결한 사람은 당연히 더럽힐 수 없지."

답선군은 속임수에 걸려들지 않고 느긋하게 말했다.

"하지만 초만녕은 달라. 고고하고 안하무인에 사납고 잘난 것 같지만, 잠자리에선 얼마나 방탕한 사람인지 설마 잊었나?"

그가 이렇게 적나라하고 직설적으로 말할 거라고 생각하지 못했던 묵연은 당황스러웠다.

그런데 순간 그의 아래에서 낮게 신음하던 초만녕의 모습이 절로 떠올랐다. 심지어 그가 원한 것도 아닌데 전생의 초만녕의 모습이 기억 속에 되살아났다. 강력한 미약에 취한 초만녕이 마침내 욕망에 굴복하여 자신과 미친 듯이 뒤엉켰다. 그는 온몸이 땀에 흠뻑 젖도록 적극적으로 달려들었고, 짐승과도 같은 격렬한 정사를 치렀다.

불쾌함과 치욕이 담긴, 물기가 가득한 봉안이 살짝 감겼다. 초만녕은 초점을 잃은 눈으로 입술을 살짝 벌린 채 숨을 몰아쉬었다…….

묵연은 눈을 확 감았다가 다시 떴다. 그 속에는 분노가 깊게 자리 잡았다.

"나는 너와 달라! 이번 생에서 나는 아직…… 아직……."

"아직 뭐?"

이번에는 답선군이 의아해했다.

그는 초만녕을 아낀 적이 없었기에 묵연이 침상에서 욕망을 억누르는 걸 전혀 상상하지 못했다.

얼마 후, 그는 어딘가 난감해하면서도 분노에 찬 상대의 눈빛을 이해했고, 이해는 충격으로 변했다.

"장난이지?"

"……."

"설마 그와 아직도……."

묵연은 이를 꽉 물었다. 견귀의 붉은빛이 실체화되면서 용혼지의 대전을 찢어발길 기세였다.

답선군이 갑자기 웃음을 터뜨렸다.

"묵 종사, 너와 나는 아무 상관이 없는 것처럼 느껴지는군. 네가 나라고 할 수 있나? 응?"

두 사람 중 하나는 광견 같았고, 하나는 충견 같았다.

광견은 이를 드러내 보이며 큰 소리로 비웃었다.

충견은 부끄러움에 침묵했고, 고집스럽고 꿋꿋하게 그에 맞섰다.

다만 한때 자신이 저지른 엄청난 죄악을 마주하자 충견은 어쩔 줄 몰랐다. 참으로 너무나도 가여웠고, 너무도 무력했다.

싸움은 계속되고, 승패는 갈리지 않았다.

답선군은 점점 싫증이 났다.

그가 느닷없이 말했다.

"됐다, 너와 놀 만큼 놀았어. 묵 종사, 네 진짜 실력을 보여라."

그가 손을 흔들자, 그의 명령을 받고 가장자리에서 아무것도 하지 않던 진롱 바둑돌들이 달려들었다. 묵연은 순식간에 앞뒤로 적에게 에워싸여 벗어날 수 없었다.

"이게 네 진짜 실력이라고?"

답선군이 격전지를 벗어나 초만녕에게 다가가며 뒤돌아보더니 차갑게 웃었다.

"본좌가 만든 바둑돌이니 당연히 본좌의 전력인데, 어찌 실력이 아니라 할 수 있는가."

묵연은 그가 불귀를 들어 올려 피 묻은 칼날로 초만녕의 뺨을 톡톡 건드리는 모습을 지켜봤다. 그는 손으로 초만녕의 얼굴을 꽉 잡더니, 역겨운 표정으로 초만녕에게 무언가를 말했다.

묵연은 더는 참을 수 없었다. 욱하는 심정에 초만녕과 불귀가 연결되어 있다는 것도 잊고 외쳤다.

"불귀!"

맥도가 번쩍 빛을 내며 답선군의 손에서 꿈틀거렸다. 머뭇거리는 것 같기도, 몸부림치는 것 같기도 한 모습이었다.

불귀는 누구의 명을 들어야 할지 몰랐다.

답선군이 눈썹을 꿈틀거리며 고개를 숙여 자신의 검을 내려다보았다.

"음? 저 녀석 말을 들으려고?"

말이 떨어지기 무섭게 초만녕의 머릿속으로 극심한 통증이 밀려왔다.

예전에 꾸었던 꿈들이, 어지럽게 흩어진 파편들이, 모래와 자갈이 밀려오듯 머릿속을 뒤덮었다.

붉은 휘장과 코끝을 찌르는 짐승 가죽 냄새.

뒤엉킨 육체.

대전 밖에 오랫동안 꿇어앉은 모습과 궁녀의 오만방자한 비웃음 소리.

답선군은 초만녕이 이상하다는 낌새를 눈치채고, 손을 들어 함구 주술을 풀고는 말했다.

"왜 그래?"

초만녕은 대답하지 않았다. 그는 이미 참을 수 없을 만큼 고통스러웠고, 머리가 쪼개질 것 같았다.

그는 하늘을 가득 메운 시체와 잿더미, 푸른 하늘에 떠다니는 싸늘한 재, 그리고 소매가 긴 검은 옷을 입은 남자가 그 사이에 서 있는 것을 보았다. 시체가 즐비하고 백성들은 도탄에 빠져 있었다.

– 사존.

그 남자가 고개를 돌렸다. 묵연의 얼굴을 한 사람이 입을 씨익 벌리며 사악하게 웃었다.

그는 손에 미끄럽고 끈적이는 새빨간 무언가를 들고 있었다.

자세히 보니 여전히 박동하는 심장이었다.

– 드디어 오셨군요. 절 막으러 오셨나요?

그가 손에 살짝 힘을 주어 심장을 터트렸다. 그 속에서 시선을 사로잡는 영롱한 영핵이 모습을 드러냈고, 묵연은 영핵을 움켜쥐었다.

그가 초만녕에게 걸어왔고, 점점 가까워졌다.

– 스승과 제자로 반평생을 지냈는데, 결국 이번 싸움을 피하지는 못하겠군요.

"!"

초만녕은 눈을 번쩍 떴다. 이마에 핏줄이 툭 튀어나왔고, 피가 미친 듯이 솟구쳤다.

답선군은 초만녕의 안색이 심상치 않자 손끝으로 그의 뺨을 만지며 턱을 들어 올렸다.

"왜 그래? 어디 아파?"

"……."

초만녕은 그의 손 아래에서 가늘게 떨었다.

오해한 답선군이 미간을 찌푸렸다.

"어디 다치게 하지도 않았는데 왜 이렇게 정신을 못 차려?"

아무 대답도 없는 초만녕을 보며 그는 미간에 힘을 줬다. 뭐라고 말하려고 했으나, 입이 떨어지기도 전에 밖에서 묵직하게 무언가 갈라지는 소리가 들렸다.

답선군의 안색이 변했다.

"누가 교산의 결계를 부쉈어?"

그가 재빨리 고개를 돌렸다.

그때, 살구색 형체가 빠르게 날아왔다. 빠르게 날아오는 그 형체의 기세는 놀라웠다. 게다가 괴상하고 음산한 모습은 마치 귀신 같았다.

그 형체가 눈 깜짝할 사이에 초만녕을 낚아채 갔다.

묵연이 외쳤다.

"사존!"

답선군이 외쳤다.

"만녕!"

동시에 소리친 남자들이 잠시 마주 보았다. 상대를 향한 눈빛엔 혐오가 가득했다. 이어 묵연과 답선군은 다시 고개를 돌려, 공중을 날며 가사[#9]를 펄럭이는 불청객을 바라보았다.

회죄대사였다.

회죄대사의 안색은 그다지 좋아 보이지 않았다. 오 년 전과 비교하면 많이 초췌했다. 하지만 예리한 눈빛은 조금도 무뎌지지 않았고 여전히 파도가 끊임없이 몰아치는 바다 같았다.

묵연은 마음이 놓였다. 회죄대사가 왜 갑자기 이곳에 나타났는지는 알 수 없었으나, 그는 기꺼이 환생술로 초만녕을 치료했던 사람이니 사존에게 해가 될 건 없었다.

그러나 그를 본 적이 없는 답선군은 눈빛이 아슬아슬하게 변했다.

"어디서 나타난 중놈이냐? 본좌와 적이 될 생각이로군."

회죄대사는 그를 흘끗 보더니 묵연에게 시선을 옮겼다.

그는 동시에 존재하는 두 명의 묵미우에도 별로 놀라지 않은 듯했다. 그의 표정은 충격보다 걱정에 가까웠다.

– 묵 시주.

회죄대사가 소매를 펄럭였다. 이곳엔 사람이 너무 많은 데다 답선군이 듣지 못하게 하려고 그는 전음술로 묵연에게 말을 전했다.

– 나는 이곳에 오래 머물 수 없소이다. 그대는 최대한 빨리 용혈산으로 날 찾아오시게.

잠시 멈칫한 그가 덧붙였다.

#9 가사 승려가 장삼 위에 걸쳐 입는 법의

– 반드시 서둘러야 하오.

그러더니 왔을 때와 마찬가지로 돌풍처럼 순식간에 사라졌다. 진롱 바둑돌도, 교산의 결계도 그를 막지 못했다.

심지어 묵연은 분명 한 수사가 그의 팔을 낚아채는 걸 봤는데, 어느새 회죄대사는 대전 문밖까지 멀어졌다. 수사의 손에는 그저 서늘한 공기만 남아 있을 뿐이었다.

답선군이 뒤쫓으려던 순간, 하늘에서 갑자기 날카로운 호각 소리가 들렸다. 그는 굳은 얼굴로 짜증을 냈다.

"하필 지금?"

귀에 거슬리는 호각 소리에 그는 미간을 잔뜩 찌푸리며 묵연을 째려봤다. 못마땅한 기색이었으나 허공에 손짓만 할 뿐이었다.

"명줄이 길군. 다음에 다시 겨룰 기회가 있겠지."

그러더니 바둑돌 무리를 이끌고 신속하게 초혼대로 물러났다.

맹렬하게 휘몰아치던 격전은 거센 물살처럼 빠르게 지나갔다.

순식간에 회죄대사도 사라졌고, 답선군도 사라졌다. 용혼지 대전에는 아무도 남지 않았다. 묵연이 초혼대 밖까지 쫓아갔으나 답선군은 단번에 시커먼 진법 속으로 날아갔다. 그 뒤를 따르는 진롱 바둑돌들도 끝없는 어둠이 순식간에 집어삼켰다.

진법은 마지막 수사들이 모두 들어간 뒤, 바로 작아지고 뒤틀리더니 밤하늘에서 사라졌다. 오직 초승달만이 남아 붉은빛을 내고 있었다.

시공생사문이 닫혔다.

묵연은 겨울바람이 부는 초혼대에 서서 아득한 밤하늘을, 어지러운 땅을 보다가 한기를 느꼈다. 그는 한참 동안 정신을 차리지 못했다. 모든 것이 한바탕 꿈 같았다. 그러나 그도 아니라는 걸 알고 있었다. 오늘 벌어진 모든 것은 그저 시작에 불과했다.

그는…… 죽음으로부터 도망친 귀신이었다.

어떤 일들은 이르냐, 늦느냐 하는 시간의 문제일 뿐, 아무리 도망치려 해도 벗어날 수 없었다.

그가 한때 저지른 죄악은 머리 위에 달린 예리한 검 같았다.

마침내 그에게 죄를 물었고, 그의 목숨을 원했다.

그는 답선군의 흉악하다 못해 새빨갛게 번뜩이는 교활한 미소를 본 것 같았다.

'속죄? 어떻게 속죄하지? 너는 나랑 같아. 너도 영원히 네 몸에 묻은 피를 씻을 수 없어.'

그는 전생의 설몽이 그의 앞에서 고통스러운 모습으로 외치는 것도 보았다.

'묵미우! 너를 갈기갈기 찢을 수 없어서 원통하다! 환생해도 널 용서하지 않을 거야!'

그는 송추동이 끓어오르는 기름에 빠지는 소름 끼치는 소리와 순간의 날카로운 비명을 들었고, 휘황찬란한 유풍문의 72개 성에 진정한 사내대장부는 없다고 말하는 엽망석의 목소리를 들었으며, 엽망석의 앞을 가로막는 서상림의 얼굴에 떠오른 결연함과 초조함을 보았다.

'아버지!'

목소리가 날카롭게 귀에 꽂혔다.

그리고 피가 콸콸 쏟아졌다.

마지막으로 그는 일렁이는 빛 속에서, 추한 과거에서, 어젯

밤의 꿈속에서 한 사람의 모습을 보았다.

새하얗고, 평온했다.

해당화 나무 아래에 선 그가 고개를 돌렸다. 하늘빛과 구름 그림자 사이에서 은은한 미소가 드러났다.

'묵연.'

"……."

'내 잘못이다. 결코 널 원망하지 않겠다.'

그는 털썩 무릎을 꿇고 앉았다. 밤새 피 튀기는 전쟁을 치러 옷이 너덜거렸고, 온몸은 피를 뒤집어썼다. 푸른 달 아래에서 잠시 넋을 놓고 있다, 이내 힘없이 웅크리고 몸을 떨며 오열했다.

"사존…… 사존……."

그가 슬피 울부짖으며 흐느꼈다.

"아니에요……. 그건 제가 아니에요……. 다들…… 제발 부탁이야……. 그건 내가 아니야……."

그는 애원하며 흐느꼈다.

"나는 뉘우치려고 했어. 나는 다시 시작하려고 했어. 어떤 대가를 치러도 좋으니 제발……."

그는 가슴을 부여잡으며 흐느꼈다.

"내 심장이라도 꺼내서 보여 줄게. 내가 답선군이라는 이름을 가지고 죽지 않게 해 줘."

그는 마침내 절망적으로 흐느꼈다.

"정말이야……. 정말 다시는 그자가 되고 싶지 않아……. 부탁이야……."

그는 설몽이 떠올랐고, 사매가 떠올랐다.

그는 어렸을 때 당호로를 건네며 꼿꼿한 자세로 먹든지 말든지 알아서 하라던 설몽이 떠올랐다.

그는 떠나기 전 울면서 그의 옷깃을 잡고 그에게 '형, 날 속이지 마'라고 한 설몽이 떠올랐다.

그는 소년 시절, 뜨거운 김이 폴폴 나는 물만두를 들고 와서는 '연아, 나도 부모님이 안 계셔. 앞으로 우리 가족 하자, 어때?'라고 말한 사매가 떠올랐다.

그는 초혼대에서, 눈에서 피를 흘리며 그에게 '사실 당신들은 날 이해한 적이 없어'라고 말한 사매가 떠올랐다.

그리고 그는 또 설정옹이 떠올랐고, 왕 부인이 떠올랐다.

전생에서 그들이 어떻게 죽었는지 떠올랐고, 피맺힌 깊은 원한을 품은 설몽의 얼굴이 떠올랐다.

그는 초만녕이 생각났다.

그러자 목이 메었다.

그가 손가락으로 땅을 세게 움켜잡았다. 너무 힘을 주는 바람에 피부가 닳아 살이 찢어질 정도였다.

"어쩌면…… 어쩌면 좋지……."

그는 채찍에 맞아 피부가 터져 엉망이 된 짐승처럼, 절망 속에서 애절하게 울부짖었다.

그는 이제야 깨달았다. 예전에 그는 답선군이 이 세상의 잉여 인간이라고 생각했다. 그럼 그는? 그 역시 아니라고 할 수는 없으리라. 문득 그는 이 넓은 세상 어디에 평화가 있을지 알 수 없었다. 옛 친구가 아직도 살아는 있는지, 또 누가 그를 용서할 수 있을지 아무것도 알 수 없게 되었다.

그는 잉여 인간이었다.

그는 몸을 웅크리고 바르르 떨었다.

그는 울부짖으며 자신을 꽉 껴안았다.

오래전 공동묘지에서 부패한 어머니의 시신 옆에서 그랬던 것처럼.

눈물이 흘러내렸다. 어디서 발걸음을 멈춰야 할지, 어디가 자신의 집인지도 몰랐다.

이 순간, 그는 유년 시절보다 더 처량했다.

그는 문득 확신이 없어졌다. 그는, 묵미우는, 대체 누구지?

답선제군, 묵미우.

남궁 가문의 제7대 혈통, 사생지전이 주워 온 둘째 공자.

용서할 수 없는 죄를 저지른 악귀.

남에게 선의를 베푸는 청렴한 종사.

그는 별안간 자잘한 파편이 되었다. 날카로운 파편의 모서리는 그를 갈기갈기 찢어 만신창이가 되도록 하기에 충분했다.

죽었다.

그러나 살아 있다.

그들은 한 사람이었다.

"나는 답선군이 아니야……."

그가 웅얼거렸다. 초혼대는 너무나 추워서 뼈 마디마디가 떨렸다. 감고 있는 눈에서 눈물이 주르륵 흘렀다. 그가 흐느꼈다.

"나는 답선군이 아니야……. 어쩌지…… 정말 어떻게 해야 할지 모르겠어……. 날 용서해 줘…… 용서해 줘……."

하지만 누구에게 용서를 빌어야 하지? 초만녕? 전생의 자신? 자신의 손에 죽은 무수히 많은 악귀와 원혼들? 아니면 도처를 떠도는 운명이려나.

그 누구도 그를 너그러이 용서할 수 없었다. 그 누구도.

그는 손에 얼굴을 묻고 텅 빈 고요한 세상에서 소리 죽여 울었다.

"이제 내가…… 이제 내가 할 수 있는 게 뭘까……."

234장 용혈산, 입적

교산에서 나온 뒤, 묵연은 인형처럼 초점 없는 눈으로 말없이 앞으로 걸어갔다.

그러다 갈림길에서 두려움에 넋을 놓았다.

전쟁은 지나갔고 태양이 동쪽에서 떠올랐다. 새벽노을이 어둠을 씻어 냈고, 숲속의 이슬과 풀의 싱그러움만이 여인의 연지처럼 아침 햇살 속에서 떠다녔다.

그는 고개를 돌려 우뚝 솟은 산봉우리들을 바라보았다. 그리고 다시 앞으로 뻗은 길로 시선을 돌렸다. 일직선으로 가면 임령서였다. 설몽과 백부가 그곳에서 그를 기다리고 있었다. 그들은 해명을, 대답을 기다릴 터였다. 그러나 그는 갈 수 없었다. 그는 용혈산으로 가야 했다.

묵연은 자신이 생각한 것보다 회죄대사가 많은 것을 알 거라고 어렴풋이 짐작했다. 그게 아니라면 답선제군을 봤을 때 그렇게 차분했을 리 없었다. 그리고 바로 그러한 이유에서 그는 더더욱 누구의 말을 믿어야 좋을지 몰랐고, 그를 기다리는 것이 대체 무엇인지 알 수 없었다.

그는 머릿속이 혼란스러워 더는 생각하고 싶지 않았다. 그러나 생각이 멈춘 상태에서도 그는 분명히 알고 있었다.

반드시 가야 했다. 사존이 그곳에서 기다리고 있었다.

용혈산은 무비사 부근에 자리 잡고 있었다. 한때는 승려가 산에 올라 좌선하고 수련하며 깨달음을 얻었으나, 산에서 종종 수수께끼 같은 일이 벌어졌다. 사람들이 산에서 귀신을 보고, 들어가면 나오지 못한다고 말했다. 그래서 점차 황폐한 산이 되었다.

묵연은 검을 타고 하루를 날아 마침내 해가 떨어질 때쯤 용혈산 기슭에 도착했다. 그는 꼬박 하루를 아무것도 먹지 않고 마시지 못해 이미 몹시 지쳤다. 그래서 편백나무 사이에서 흘러나오는 맑은 샘물을 보자 얼른 다가가 깨끗한 물을 한 움큼 떠 얼굴을 씻었다.

먼저 진흙이 씻겨 내려가고 그다음 피가 씻겨 나간 뒤에야, 그의 얼굴이 너울거리는 수면에 비쳤다.

전혀 추악하지 않은 얼굴을 한참 뚫어지게 보던 묵연은 뭐라 말할 수 없는 혐오감과 구역질에 수면을 내리쳐 그림자를 부쉈다. 그리고 눈을 감고 괴로운 듯 손으로 얼굴을 쓸어내렸다.

이 세상에 한 사람의 과거와 현재를 철저히 분리할 수 있는 완전한 방법이 없을까? 썩은 내 나는 기억을 뇌리에서 도려낼 수 있는 예리한 무기가 없을까.

나를 구원하고, 너는 답선군이 아닌 묵연이라고, 그저 묵미우일 뿐이라고 말해 줄 사람이 없을까.

눈을 뜨자 물결은 다시 잠잠해졌고, 그 속에 비친 남자는 변함없이 원통하게, 그리고 절망적으로 그를 노려보고 있었다.

물러날 곳은 없다.

그는 일어나 산을 올랐다.

산 중턱까지 오르자 갑자기 안개가 생겼다. 아무런 낌새도 없이 퍼진 안개는, 손을 뻗었을 때 손가락이 보이지 않을 정도였다.

묵연은 처음에 요괴라고 생각했으나, 사악함이 전혀 느껴지지 않았다.

어느덧 늦어진 시간에 숲속에서 이따금 뻐꾸기 울음소리가 들려왔다. 주변은 점점 쌀쌀해졌고, 햇빛은 조금씩 사라져 사방이 어두워졌다.

"대사님?"

묵연의 목소리가 조금 갈라졌다. 그는 더듬거리며 앞으로 걸어갔다.

"회죄대사님?"

대답하는 이가 없었다.

그러나 이상하게도, 산을 오르는 동안 앞이 거의 보이지 않았으나 그 어떤 방해도 받지 않았다. 순탄한 길은 그를 두렵게 했다. 마치 누군가 이미 안개 속에 함정을 파 놓고 그가 스스로 그물에 걸려들기를 기다리는 듯했다.

"아무도 없습니까?"

안개가 점점 흩어졌다.

눈앞이 점점 선명해졌다. 짙은 안개가 가라앉자 돌과 나무가 그의 앞에 나타났다.

그는 자기도 모르는 사이 광활하고 평탄한 곳에 와 있었다. 고개를 돌리니 그가 왔던 길은 여전히 안개에 뒤덮여 있었으나, 오직 이곳만이 초목이 무성하고 밝은 달과 별이 보였다.

그는 이슬을 한껏 머금은 시든 풀을 밟으며 앞으로 가다가 누군가의 뒷모습을 발견했다.

멈칫한 묵연은 이내 황급히 달려가며 외쳤다.

"사존?"

초만녕은 그를 등진 채 덩굴에 가려진 동굴 옆에서 무릎을 꿇고 있었다. 그의 앞에 회죄대사가 가부좌를 틀고 눈을 감고 있었는데, 아무런 말이 없었다.

"사존! 왜……."

순간 말문이 막혔다. 고개를 돌린 초만녕의 속눈썹이 젖어 있었고 뺨에는 눈물 자국이 있었다.

묵연은 깜짝 놀랐다.

"왜 그러세요?"

초만녕은 대답하지 않았다. 그는 계속 자신을 억눌렀다. 아주 오래전부터 그는 항상 고고하고 위엄이 넘쳤다. 마치 태어날 때부터 어른이고 선존이었던 것처럼, 어리석음과 나약함은 없었다.

"묵연……."

그러나 지금 기력을 다한 그는 입을 열어 단 두 글자만 내뱉었다. 입술 사이를 비집고 흐느낌이 새어 나왔다.

묵연이 더듬더듬 그의 곁으로 가 무릎 꿇고 앉아 그를 꽉 안았다.

"……왜 그래요? 왜 울어요?"

묵연은 말을 하며 고개를 숙여 초만녕의 머리카락을 쓰다듬었다. 초만녕의 몸이 매우 차가웠다. 하지만 이 순간 그를 찾아 품에 안을 수 있었기에, 묵연의 마음은 울컥 뜨거워졌다.

그가 매 순간 누리던 평온함은 훔친 것이었고, 초만녕에게 했던 모든 말은 하늘이 실수로 베푼 은덕이었다. 조금만 더 가질 수 있다면 보물처럼 대하며 감히 가볍게 여기지 않을 터였다.

"괜찮아요."

자신도 무력한 주제에 그는 뜨겁게 달아오른 넓은 가슴으로 초만녕을 끌어안고 위로했다.

"괜찮아요. 제가 있잖아요. 제가 왔어요, 여기 있어요."

묵연이 초만녕의 이마에 입을 맞췄다. 그 순간 그는 문득 자신의 품속에 기대어 애써 참고 있는, 하지만 여전히 떨리는 몸으로 눈물을 흘리며 손으로 옷자락을 꽉 움켜쥔 초만녕이, 마치 다시는 볼 수 없는 도화원에서의 어린 사제처럼 느껴졌다.

강자로 태어나는 사람은 없듯이, 초만녕도 유년 시절의 모습을 간직하고 있었다.

묵연은 심장이 철렁했고, 무언가 짚이는 데가 있었다. 그는 미세하게 떠는 초만녕을 안고 이마에 입을 맞추고는, 그의 머리카락을 쓰다듬으며 회죄대사를 쳐다보았다.

노승은 차가운 거대한 암석 위에 앉아 미간을 찌푸린 채 눈을 반쯤 뜨고 있었다. 눈동자는 전혀 생기가 없었고 손에는 해당화 한 송이를 쥔 채 살짝 앞으로 숙이고 있었는데, 마치 누구에게 주려는 것 같았다. 그러나 상대는 아마도 그의 호의를 거절했는지, 이미 시들어 버린 꽃에는 떨어지지 않은 꽃잎 몇 개만이 붙어 있었다.

회죄대사가 입적했다.

수많은 신화와 의혹을 숨기고 있던 그는 마지막 순간까지 얼굴에서 그 어떤 설명도 찾아볼 수 없었다.

고통스러운 기색이었다.

더욱 안타까운 건, 죽은 그는 더는 삼십 대 젊은이의 얼굴이 아니었다. 완벽하게 노승의 모습이었다. 그런데 어째서인지 그의 얼굴이 빠른 속도로 금색의 작은 벌레에게 먹히고 있었다.

"저 벌레는……."

"의충이다."

드디어 입을 뗀 초만녕의 목소리는 끔찍할 정도로 갈라졌다.

"자신의 생김새가 마음에 안 드는 사람은 이런 벌레와 피의 계약을 맺는다. 의충은 보답으로 숙주의 외모를 바꿔 주며, 숙주가 죽으면 의충이 숙주의 전신을 먹어 치우지."

힘겹게 차분한 말투를 유지하며 천천히 말하는 초만녕의 목소리에 묵연은 그를 더 꽉 안았다. 품에 안긴 사람은 아마도 이곳에 오랫동안 앉아 있었는지 손발이 얼음장 같았다.

전생부터 현생까지 초만녕은 항상 그의 등대가 되어 주었고, 그의 화염이 되어 주었으며, 그를 몰아내던 어둠 속에서 그에게 따스함을 주었다.
그러나 지금 묵연이 안고 있는 초만녕은 얼음으로 만들어진 것만 같았다.
너무 차가웠다.
그래서 심장이 아렸다.
"저 여기 있어요. 제가 왔어요."
"오래전 나에게 용혈산으로 오라고 했었다."
초만녕은 몹시 지친 기색이었다. 마치 누군가 그의 피를 모조리 뽑아낸 뒤 그 자리에 무한한 고통과 시련을 주입한 것 같았다.
"내가 얼굴을 보고 이야기하고 싶어 하지 않는 걸, 그의 해명을 듣고 싶어 하지 않는 걸 알고 나에게 서신을 하나 남겼어. 서신에는 간곡함이 넘쳐흘렀는데도 나는 고집 부리며 그를 믿지 않았어……. 그를 의심하고 미워했다."
묵연은 그의 뺨을 어루만졌다. 그는 단 한 번도 초만녕의 이런 모습을 본 적이 없었다.
전생에서도 본 적이 없었다.
그는 두려운 마음에 물었다.
"대체 무슨 일이 있었던 겁니까?"
하지만 초만녕은 그저 허망하게 답했다.
"내가 그를 의심하고 미워했어……."
항상 냉정하고 이성적이던 사람이 끝내 무너졌다.
그는 마치 팽팽하게 당겨진 활시위가 끊어진 것 같은 모습이었다. 그는 묵연에게 안겨 덜덜 떨었다. 멈추지 않는 떨림은 너무도 절망적이고, 너무나 가여웠다.

초만녕이 잔뜩 웅크렸다. 반평생 버티던 사람이 한순간 무너지면, 오랫동안 쌓인 슬픔은 둑을 무너트리기 마련이었다.

"내가 진작에 이곳에 왔어야 했어……. 그의 말을 들었다면 많은 일이 일어나지 않았을 테지. 남궁사도 죽지 않았을 것이고, 사매도 눈이 멀지 않았을 것이다. 모두 막을 수 있었는데…… 충분히 막을 수 있었는데."

"사존."

"그가 서신에 쓴 말만 들었다면 이런 일은 없었을 텐데……."

묵연이 아주 긴 시간 공을 들여 간신히 그를 진정시켰다. 한참 뒤 초만녕은 눈물을 그쳤지만, 눈은 초점을 잃었다. 묵연이 그의 손끝을 만졌지만 아무리 만져도 체온은 돌아오지 않았다. 어떻게 해도 미세한 떨림이 멈추지 않는 것처럼.

"나는 왜 그를 한 번 더 믿으려 하지 않았을까……."

묵연은 묵묵히 들었다. 사실 이곳까지 오는 동안 답선제군 때문에 묵연은 초만녕과 다시 만났을 때 여러 경우의 장면을 상상했고, 수많은 해명과 애원을 생각했다.

그러나 다 쓸모없었다.

묵연은 그를 다시 만났을 때 이런 상황일 거라고는 전혀 예상하지 못했다.

"그가…… 기억 족자를 하나 남겼다……."

초만녕은 조금씩 진정을 되찾았다. 묵연이 차가운 그의 뺨을 쓰다듬었다.

"……그가 떠나기 전, 계속 네가 오기를 기다렸다. 너에게 직접 주고 싶어 했어.”

자신과 관련된 이야기에 묵연의 손이 멈칫했다.

기억 족자?

그 안에 뭐가 있을까? 회죄대사는 뭘 알고 있지?

묵연의 손이 차가워졌다. 차가워서 소름이 돋았고, 뼛속까지 서늘해졌다.

초만녕이 잠긴 목소리로 말했다.

“하지만 그는 기다리지 못했어. 그의 숨이 다했다.”

그러더니 극도로 고통스러운 상처를 만진 것처럼 잔뜩 인상을 쓰고 더는 말을 하지 않았다.

아마 그는 말을 더 하면 무너질까 봐 두려운 모양이었다.

초만녕이 팔로 눈을 가렸다. 그는 가까스로 진정하며 흐트러졌던 자신의 냉정함, 평온함, 청렴함과 믿음을 천천히 수습했다. 그는 조각난 파편을 주워 느릿느릿 몸에 걸쳤다.

그는 약자가 되는 데에 익숙하지 않았다.

마침내 초만녕은 촉촉하게 젖은 봉안을 뜨고 품속에서 족자를 꺼내 묵연에게 내밀었다.

“이 안에 그가 아는 모든 비밀이 담겨 있다.”

묵연의 목소리가 티 나지 않을 정도로 떨렸다.

“……사존에게도 보여 줬나요?”

“보여 줬다.”

묵연은 심장이 철렁했다.

초만녕의 눈을 본 순간 그는 너무나도 두려웠다.

그는 초만녕이 모든 걸 알았다고 생각했다.

청옥 그림 족자를 받아 들었다.

그는 별안간 너무도 불안해져서 초만녕의 손가락을 잡고 어루만졌다.

"만녕……."

"……."

"교산의 그자가…… 했던 말이 사실이라면 저를 미워하실 건가요?"

안 그래도 창백한 초만녕의 얼굴에서 핏기가 완전히 가시고 입술마저 파래졌다.

"저를 미워하실 건가요?"

묵연은 그의 손을 잡고 힘을 꽉 주었다. 고집스럽고, 심지어 야만적이기까지 했다. 그러나 힘과는 정반대로 부드러운 속눈썹 아래엔 애절함이 가득했다.

"그런가요?"

초만녕은 고개를 저으며 아무런 대답 없이 눈을 감았다.

"……족자를 보거라."

회죄대사가 남긴 족자는 음기가 너무 강했고, 속세의 주술과는 전혀 달랐다. 오히려 도화원의 우민이 만든 환각 세계와 비슷했다.

묵연은 다시 초만녕을 지그시 바라보다가, 영롱한 빛을 발산하는 그림 족자를 펼쳐 보았다.

용혈산의 모습이 사라지고, 끝이 보이지 않는 어둠이 펼쳐졌다. 어둠 속에서 회죄대사의 목소리가 울려 퍼지고, 탄식이 묵연의 귓가에 메아리쳤다.

– 초 종사, 묵 시주. 빈승에게 시간이 얼마 남지 않았소. 천하에 변고가 일어나고 대재앙이 닥칠 것이오. 두 사람이 되돌릴 수 있도록 내 남은 힘을 다해 모든 것을 낱낱이 일러 주지 않는다면, 빈승은 연옥에서 땅을 치고 후회할 것이외다.

잠시 멈췄던 목소리가 다시 서서히 이어졌다.

– 이 족자에 기록된 과거는 모두 상식을 벗어나며, 빈승이 과거 저질렀던 잘못 또한 숨김없이 들어 있소. 나는 반평생을 괴로워했고 과거에 큰 죄를 지었으며, 우둔하고 경망스럽고 옹졸하였소. 구차하게 살았던 이백여 년 동안 맑은 정신이었던 날이 손에 꼽으니, 선행도 부끄러울 만큼 적다오. 나는 평생 죄를 품고 살았을 뿐 속죄하지 않았으니, 죽은 뒤 무간지옥에 떨어져 영원히 환생하지 못할 것이외다. 다만 내가 바라는 것이 있다면, 두 사람이 족자를 본 뒤 빈승을 미워하고 빈승이…… 짐승만 못하다고 여기지 않는 것이오.

묵연의 눈앞에서 빛이 점점 환해졌다. 그가 눈을 깜빡이자 허물어진 담벼락과 고목 위 까마귀들, 도처에서 시체 잔해를 쪼아 먹는 새들이 보였다.

그는 당황했다. 너무나 익숙한 장면처럼 느껴졌지만, 그게 무엇인지 단번에 떠오르진 않았다.

이마에 띠를 두르고 화살을 등에 멘 채 성문에서 흙먼지를 일으키며 말을 타고 달려오는 사람들을 보기 전까지는. 그중 한 젊은이가 갑자기 고삐를 잡아 세우더니 말 등에서 내려 성문 앞에 있는 시체 한 구를 향해 달려가며 울부짖었다.

"아버지! 아버지!"

묵연은 등에 소름이 돋았다.

이건…….

도화원 우민의 환영인가?

전쟁 속의 옛 임안이라고?

235장 용혈산, 신목

하지만 도화원 때와는 다르게, 이번에 묵연은 직접 관여할 수 없는 방관자였다. 기억 속의 그 어떤 사람도 그를 볼 수 없었다. 그는 기마병 옆으로 다가가 고개를 숙여 시체를 부둥켜안고 통곡하는 소년을 보았다.

정수리의 핏줄이 실룩거렸다.

뼛속까지 한기가 느껴지고, 온몸엔 소름이 돋았다.

다시 보게 된 장면 속 소년이 나중에 임안 사건에서 어떠한 역할을 하는지 잘 알고 있었다. 태수 어르신의 공자인 초순을 팔아넘기고, 아버지의 환생을 위해 성 전체의 목숨을 아낌없이 바쳤다.

"소만, 죽은 사람은 다시 살아날 수 없다. 너무 슬퍼 말거라. 이곳에 오래 머물 수 없으니 어서 돌아가자."

"싫어요…… 안 가요……. 전 어디도 안 갈 겁니다. 아버지……

아버지는 절 대신해 음식을 구하려다가 돌아가셨어요. 제 잘못이에요. 아버지! 아버지!"

묵연은 소년을 뚫어지게 쳐다봤다.

누구지?

회죄대사의 부친인가? 아니면…….

그의 시선이 소만의 왼손에 닿았다. 왼손 범아귀[#10]에 좁쌀만 한 사마귀가 있었다.

문득 회죄대사의 손이 생각났다. 그 역시 같은 자리에 똑같이 생긴 사마귀가 있었다.

묵연은 경악했다.

그때, 아득한 목소리가 서서히 들려왔다.

– 나는 어렸을 때 임안에서 태어났으나, 부모가 없어서 태수부의 마부가 날 길렀소. 열네 살이 되던 해, 귀계의 천열이 열렸고 재난이 임안을 덮쳐 집에 먹을 양식이 없었지. 내가 배고픔을 견디지 못하자 의부가 식량을 구하겠다고 위험을 무릅쓰고 성을 나가 밤이 되도록 돌아오지 않았소.

너무 놀라서 어안이 벙벙했다.

회죄대사가 정말 이백 년 전 소만이라고?

회죄대사가 나지막이 말했다.

– 내가 성을 나가 의부를 찾았을 때, 그는 이미 귀신에게 죽어 창자가 쏟아졌고 새가 눈알을 파먹고 있었소. 평생 잊을 수 없는 장면이었지.

묵연은 귀가 윙윙거렸다. 그는 소만을 따라 성으로 들어갔

#10 범아귀 엄지와 검지 사이

다. 당시의 임안은 천열로 피비린내가 진동했고, 귀왕은 초순을 내놓으라며 사람들을 협박했다. 이미 한 번 봤던 일이었음에도, 다시 보니 여전히 처참하고 슬펐으며 사악했다.

그는 사건이 발생한 그날 밤 소만의 행적을 보았다. 그는 백방으로 뛰어다니며 양아버지의 시체를 토막 내지 말아 달라고 빌었고, 초순이 돌아올 때까지 시신을 온전히 남겨 달라고 애원했다.

"제발 부탁드려요. 조금만 더 기다려 주세요. 조금만 더 기다렸다가 공자님께서 돌아와서 시체를 볼 수 있도록 해 주세요. 제가 시체를 잘 지키고 있을게요. 만약 시체가 되살아난다면 제가 막을게요. 제발 부탁합니다."

"시체가 되살아나면 너는 못 막아. 뭐가 중요한지 잘 생각해!"

"아니에요! 아버지를 갈기갈기 찢지 마세요. 제발요."

폭우가 쏟아졌다. 소만은 땅에 무릎을 꿇고 얼굴이 피범벅이 될 때까지 머리를 조아렸으나, 막지 못했다. 아버지의 시체는 그의 품에서 질질 끌려 나와, 태수부 관사에 의해 관아 밖으로 끌려갔다. 그들은 언제든 변할 수 있는 시체를 에워쌌다.

소만의 시선이 가려졌다. 잠시 후 피가 사람들의 발아래로 흘렀고, 폭우에 섞여 순식간에 연한 분홍색이 되었다.

– 그때 이기적이었던 나는 실의에 빠져 모든 이에게 원한을 품었소. 그래서 임안을 등지고 스스로 귀왕의 수하가 되어 그들에게 복수하고자 했다오.

묵연은 그의 설명을 들으며 한때 자신의 심장을 서늘하게 했던 장면을 또 보게 되었다.

어머니가 아이의 내장을 삼켰다.

백성들이 그들의 영웅을 배신했다.

초순은 서낭당 앞 돌계단에 무릎 꿇고 앉아, 진창 속에서 허리를 숙이고 흐느꼈다.

묵연은 폭도들이 초순을 사당에 가두고 매가 먹이 위를 배회하듯 빙그르르 둘러싼 것을 보았다. 그들은 자신의 목숨을 부지하기 위해 초순의 목숨을 바쳤다.

초순은 자신의 심장과 영핵을 파내 애달프게 우는 보잘것없는 백성의 손에 쥐여 주며, 이곳을 최대한 빨리 떠나 다시는 돌아오지 말라고 했다…….

이 모든 것을 소만도 보고 있었다.

– 결국 나는 귀계로 갔소. 혼자 있을 때마다 당시 처참했던 초 공자의 모습이 떠올랐고, 그가 바친 심장이 떠올랐으며, 그가 예전에…… 나에게 잘해 주었던 것이 생각났다오. 이런 생각을 할 때마다 나는 무서웠고, 점점 죄책감에서 벗어날 수 없게 되었지.

회죄대사가 머뭇거렸다.

너무나도 고통스러운 목소리였다.

– 나는 배신자라오.

묵연은 말할 수 없는 씁쓸함이 밀려왔다.

선과 악은 어떤 때는 그저 순간의 마음에 따라 나뉘었다. 어떤 이는 칼로 찌르는 순간 이미 후회하지만, 그렇다 한들 어쩌리?

이미 되돌릴 수 없었다.

– 얼마 뒤, 나는 초순의 영혼이 저승에 떨어졌다는 소식을 들

었소. 그는 선인이었지. 비록 수행의 경지가 뛰어나지 않아 신선이 될 수 없었으나, 윤회하여 부귀영화를 누리며 평안한 삶을 누릴 수 있었소. 하지만 그는 떠나지 않았소. 그의 아이와 부인이 당시 재앙으로 혼령이 뒤섞이고 갈기갈기 찢겼기 때문이외다. 그는 염라에게 애원하며 자신의 세 번의 삶을 부인과 아들의 해탈과 맞바꾸겠다고 했소. 그러나 결과는 그다지 좋지 않았다오.

묵연은 귀계에서 사방으로 뛰어다니는 회죄대사를 보았다. 그는 죄책감에 초순을 볼 면목이 없어서 초순을 피해 다녔다. 그러면서도 귀신 졸개들을 끌고 다니며 묻고 다녔다.

"초순의 부인과 아들은? 염라가 뭐라고 말했소? 그들의 혼백을 모아 다시 환생하게 할 방법이 없소?"

귀신 졸개들의 반응은 시큰둥했다.

"방법 좀 생각해 보면 안 되겠소? 부탁입니다."

그가 다시 애원했다.

"제발 초순 공자를 위해 방법을 찾아보시오. 어떤 대가를 원하든 상의해 봅시다."

한 귀신 졸개가 그를 비웃었다.

"네 대단한 업적은 들었다. 애당초 너는 구왕을 도와 초순 일가를 죽이지 않았나? 왜 저승에 와서 갑자기 마음을 바꾼 거지? 초순이 귀신이 되어 너에게 복수할까 두렵나?"

묵연은 회죄대사의 뒤를 따라다니며 그가 많은 사람들에게 빌고 무릎을 꿇는 모습을 지켜보았다. 사람이 아닌 귀신이라고 해야 하나. 그러나 사람과 귀신의 본성은 다를 게 없었다.

초만녕의 말처럼 영혼은 성격과 취미와 성질이 달라질 수는 있으나, 그 본질은 윤회를 거쳤어도 변하지 않았다.

초순의 부인과 아들의 윤회를 위해 백방으로 뛰어다니는 회죄대사의 소식은 금세 구왕의 귀에 들어갔다.

구왕은 초순과 싸우다 한쪽 눈을 잃어 이미 초순에게 원한이 깊었다. 그런데 수하인 소만이 죄책감에 옛 주인을 도와 몰래 윤회하는 방법을 알아보고 있다는 소식에 크게 분노했다.

구왕은 자유롭게 귀계를 드나들 수 있는 영패를 빼앗은 뒤 회죄대사를 인간 세상으로 내쫓고, 귀신 졸개였던 그의 무한한 수명을 회수했다.

"속세로 꺼져라. 네 몸에 남은 저승의 기운이 모조리 사라지면 넌 죽을 것이다. 죽은 뒤 영원히 무간지옥에 빠져 네 영혼은 결코 환생하지 못하리라."

유일하게 하나 남은 구왕의 한쪽 눈이 회죄대사를 매섭게 노려봤다.

"이게 바로 옛 주인을 도우려던 것에 대한 대가다."

저승의 어둠이 사라졌다.

묵연의 귓가에 보슬보슬 내리는 빗소리가 들려왔다. 봄이었다. 가랑비가 푸른 새싹을 촉촉하게 적셨다.

그는 봄비 사이에서 머리를 깎고 중이 된 회죄대사를 발견했다.

– 나는 속세로 돌아왔다오. 이때 속세에서는 이미 백 년이 지난 뒤였지. 귀왕이 내 영패를 가져갔으나 난 몸에 남은 음기가 가장 강한 자시에 귀계에 돌아갈 수 있었소. 그러나 오래 머무를수록 음기가 많이 소모되었소. 나는 사실…… 죽는 게 너무 무서워서 귀계에 오래 머무르지 못했다오. 실마리가 절실할

때나 도움이 필요할 때만 몰래 귀계를 드나들었지.

묵연은 나지막한 그의 말을 들으며 눈앞에서 막대기를 짚고 대나무 숲을 쓸쓸히 걸어가는 회죄대사를 바라보았다. 매화에 눈이 쌓이는 겨울에도, 연꽃 위에 비가 내리는 여름에도 그는 홀로 걸었다. 만물이 소생하는 봄부터 서리가 내리는 가을까지.

걷다 보니 짚신이 해졌다.

회죄대사는 여기저기 돌아다니며 찾고 수소문했다. 짧은 기록이라도 찾아 그로 인해 영혼이 흩어진 모자가 환생의 기회를 얻을 수 있기를 바랐다.

회죄대사가 말했다.

– 또한 그것은 내가 조금이나마 속죄할 기회였소.

다른 사람들이라면 아무것도 느끼지 못하고 그저 회죄대사가 가소로웠을지도 모르나, 묵연은 눈가가 촉촉하게 젖었다.

속죄.

잘못을 저지르고 회개하고 싶은 사람은 모두, 물고기가 물을 갈망하듯 속죄를 갈망했다.

그가 그랬고, 회죄대사도 그랬다.

그들은 선인이 아니었다. 손에 너무 많은 피가 묻었고, 발아래는 온통 해골투성이였다.

어떻게 속죄할까.

한때 살인을 저질렀던 손으로 공덕지[#11]에 생명을 풀어 주면 죄악이 단번에 없어질까? 그저 인간 세상의 옳고 그름, 선과 악, 인과응보를 바라는 것처럼 간단한 일일까?

#11 공덕지 功德池. 극락에 있는 연못

묵연도 그렇지 않다는 걸 알고 있었다.

– 나는 인간 세상에서 또 백 년 가까이 걸었소.

회죄대사가 작게 탄식했다.

– 그 백 년 동안 재난을 당한 사람을 보면 구하고, 어려운 사람을 보면 도와줬다오. 그래 봤자 소용없다는 건 알고 있었지. 아무리 많은 덕을 쌓아도 나는 죽은 후 연옥에 떨어져 온갖 고초를 겪을 것이외다. 그러나 나는 내 마음이 조금이라도 편해지길 바랐소. 공자께서 속세에 계셨으면…… 분명 어려운 사람들을 걱정했을 거라 생각했소.

백 년간의 일이 흘러 지나갔다.

그는 회죄대사가 앞이 안 보이는 고아를 업고 산을 지나가는 모습과 밭일을 돕는 모습, 등불 아래에서 해진 옷을 기워 입고, 귀신에 의해 박살 난 촌락에 주머니를 털어 기부하는 모습을 보았다.

– 초 공자는 계속 윤회하지 않았소. 나중에 속세에 피어난 찬란한 해당화를 꺾다가 그와 부인이 가장 좋아하던 꽃이라는 게 생각나, 용기를 내 그를 만나러 귀계로 향했소. 결과는 말할 필요도 없지. 그는 나를 만나 주지 않았고, 앞으로 찾아오지 말라고 명했다오.

기억 족자 속 귀계의 골목에 서 있는 회죄대사의 뒷모습이 처량했다.

그때 그의 등은 이미 굽어 있었다.

– 나는 그의 심기를 건드리고 싶지 않아 다시는 그의 앞에 나타나지 않았으나, 그는 그 해당화를 버리지 않았다오. 그래서 나는 그가 아직도 속세의 꽃을 좋아한다고 생각했소. 저승

에선 그 꽃을 볼 수 없으니 난 꽃을 따서 사람을 통해 그에게 보냈지. 나를 향한 그의 분노가 조금이라도 줄어들기를 바라면서. 아주 조금이라도 말이오.

회죄대사의 말은 천천히 이어졌다.

– 한참 뒤, 나는 초 부인의 영혼은 시일이 좀 걸릴 뿐 회복될 수 있으나, 공자의 혼백은 이미 산산조각이 나 끝끝내 황천에 빠져 지상에도 지하에도 더는 없게 될 것이라는 소식을 들었소. 이 소식에 나는 죄책감이 이루 말할 수 없었고, 후회에 사무쳤다오. 그리고 어느 날, 어떤 물건을 얻었지.

봄날의 달빛이 산에 내려앉고, 산안개가 강 위에 자욱하게 깔렸다.

회죄대사는 배에 앉아 있었다. 배의 등불이 강물을 비췄고, 그가 손에 들고 있는 물건도 비췄다.

묵연은 가까이 다가가 대사 옆에 앉았다. 가까이서 보니, 나무였다. 기이한 생김새의 나무였다. 다른 나무엔 가지와 두껍고 거친 나무껍질, 자잘한 무늬가 있었으나 그건 없었다.

손바닥만 한 나무의 껍질은 매끄러웠고, 은은한 빛을 뿜었다. 환각 세계라지만 묵연은 나무에 흐르는 싱그러운 향이 느껴지는 듯했다.

– 염제의 신목이었다오.

"!"

묵연은 휘둥그레진 눈으로 믿을 수 없다는 듯 빛이 흐르는 나무를 응시했다.

이게…… 염제의 신목이라고?

전설 속 동해의 끝, 사람이 갈 수 없는 그곳에 자라는 천만년 된 신성한 나무라고? 묵연은 두 번의 생을 살았고, 강호를 수년간 떠돌았으니 어찌 염제의 신목에 대한 전설을 모를까.

죽은 사람도 살릴 수 있었다.

신무보다 더 강한 신무를 만들 수 있었다.

심지어 속인을 날 수 있게 했고, 윤회의 고통에서 벗어나 영원히 신선이 되게 할 수 있었다.

족자 속의 회죄대사도 전설을 아는지 나지막이 말했다.

"신목에는 영이 깃들어 있으니 정제하여 영핵을 넣으면 머지않아 날아올라 선인이 될 수 있겠구나. ……그럼 나도 연옥의 저주에서 벗어날 수 있겠지."

묵연은 별안간 회죄대사의 소문이 떠올랐다.

속세에서 떠들기를, 그가 천계의 초청을 거절하고 속세에 오래 남아 있다고 했다.

설마 소문의 진실은 그가 염제의 신목 정제에 실패한 것일까?

– 나는 정말…… 정말 이 신목을 나를 위해 쓰고 싶었소. 한동안 나는 하늘의 뜻이라고, 하늘이 불쌍히 여겨 나를 용서했다고, 그래서 내가 지옥에 떨어져 고통받지 않게 하려고 이 신목을 나에게 보낸 것으로 생각했다오.

배에서 신목을 어루만지는 대사의 눈에 갈망과 혼란이 교차했다. 모순적인 그의 표정은 묵연의 귓가에 울리는 목소리와 같았다.

– 그러나 나는 한 고서에서 읽었다오. 염제의 신목은 여와의 흙처럼 살아 있는 사람을 만들어 낼 수 있다고.

236장 용혈산, 무흔

"뭐?"

큰 충격을 받은 묵연이 뒷걸음질 쳤다. 기억 족자 속에서 실체가 없는 사람이 아니었다면 아마 그는 옆에 있는 낚시 바구니와 그물을 죄다 뒤엎었을 것이다.

염제의 신목으로 살아 있는 사람을 만들 수 있다고?

– 염제의 나무, 여와의 흙, 복희금,[#12] 이 세 가지는 원래 세 황제가 창세했을 때의 신무로 지극히 순수한 영력을 지녔다오. 세상의 첫 번째 신선 무리도 이 신무로 만들어졌다고 전해지지. 염제의 나무 한 토막을 얻은 나는 신농씨[#13]의 신통한 법력이 없어도 사람을 조각하는 건 어렵지 않았다오. 통천태사가 죽은 뒤 그 어미가 연뿌리로 육체를 새로 만든 것처럼 말이오.[#14] 나는 결국 이 신목으로 초 공자를 조각하겠다고 결심했소.

#12 **복희금** 伏羲琴. 만물의 마음을 지배하는 전설 속 신무
#13 **신농씨** 神農氏. 중국 상고시대의 전설상의 제왕. 염제와 동일인

묵연은 정신이 아찔했고 눈앞이 어지러웠다.

초 공자로…… 조각을…… 초란의 모습으로?

회죄대사가 말했다.

– 나는 은인께 아들을 돌려주고 싶었소.

묵연은 무언가 걸린 것처럼 목이 칼칼하여 한참 뒤에야 웅얼거렸다.

"그럴 리 없어……."

족자 속에서 무비사의 저녁 종소리가 울리자 어둠이 사방을 뒤덮었다.

새들은 둥지로 돌아갔고, 승려들은 옷자락을 펄럭이며 큰 장삼 옷소매로 복도를 쓸며 지나갔다.

회죄대사는 선방[#15]에 앉아 문과 창문을 걸어 잠그고 등잔불에 의지해 조금씩 세심하게 조각했다. 그는 감히 경솔하게 칼을 댈 수 없어서 염제의 신목으로 사람을 조각하기 전, 수백 수천 개의 나무에 실물과 똑같아질 때까지 기억 속의 초란과 똑같은 모습을 조각했다.

이날 밤, 그는 마침내 염제의 신목을 조심스럽게 꺼내 오랫동안 자세히 들여다보다가 신중하고 조심스럽게 칼을 댔다.

흩날리는 톱밥이 땅에 떨어지자 금가루가 되었다.

한 번 조각할 때마다 모든 공을 쏟았고, 한 번 조각할 때마다 눈앞에 두 사람의 모습이 아른거렸다. 백 년의 세월이 칼 아래

#14 통천태사가 죽은 뒤 그 어미가 연뿌리로 육체를 새로 만든 것처럼 말이오. 통천태사는 중국 고대신화에 등장하는 '나타'라는 신의 다른 이름이다. 봉신연의에 나타가 용왕의 아들을 죽인 후 그 화가 제 부모와 백성에게 미칠 것을 우려해 자살했는데, 연근으로 만든 몸을 통해 부활했다는 내용이 있다. 단, 봉신연의에서는 연근으로 몸을 만든 사람이 나타의 스승인 태을진인이라고 되어 있으나 여기서는 어머니라고 되어 있다.

#15 선방 禪房. 참선하는 방

에서 파란만장하게 펼쳐졌다. 머리를 깊숙이 숙인 노승의 목은 죄악에 짓눌린 듯했다.

– 나는 이곳을 폐관한 뒤, 오 년이라는 시간을 들여 마침내 '초란'을 조각해 냈소.

묵연은 엉거주춤 다가가 노승이 천천히 조각칼을 내려놓는 모습을 지켜보았다. 마지막 칼질로 나온 반짝이는 잔재를 회죄대사가 털어 냈다.

대사는 떨리는 손으로 나무로 만든 공자의 얼굴과 의관을 어루만지더니 눈물을 흘렸다. 그는 무릎을 꿇고 나무 조각상에 절을 했다.

묵연은 멍하니 탁상에 놓인 작은 조각상을 바라보았다.

육체가 될 신목을 죄책감이라는 칼로 조각했다.

작은 몸은 초만녕의 어릴 적 모습이었다.

마침 해가 지며 종소리가 울렸다. 세상에 남은 핏빛 석양의 마지막 흔적이 창살 너머에서 쏟아지며 탁상을 비췄다.

일몰을 알리는 종소리가 절에 울려 퍼졌다. 뜰 밖에서 승려가 태우는 편백나무와 솔잎의 짙은 향기 속엔 씁쓸함과 서늘함이 섞여 있었다.

저녁이 다가오자 절에 평온함이 내려앉았다.

"초만녕[#16]이라고 부르면 되겠구나."

마지막 종소리가 끝날 때, 회죄대사가 조각상에 대고 나지막이 중얼거렸다.

그는 손가락을 깨물어 상처를 낸 뒤, 금 속성의 영력이 담긴

#16 만녕 晩寧, 평안한 밤을 의미

피 한 방울을 떨어트렸다. 별안간 방 안에 찬란한 빛이 퍼졌다.

묵연은 화려한 빛 속에서 속눈썹을 떨며 눈을 감았다. 그는 눈꺼풀이 계속 떨렸지만, 빛 속의 모든 것을 보려고 최대한 노력했다. 그러나 눈물이 앞을 가렸다. 자극적인 빛에 그 무엇도 제대로 볼 수 없었고, 그 무엇도 보이지 않았다.

너무 눈이 부셔 눈을 완전히 감았을 때, 묵연은 생각했다.

이 모든 것을 알게 된 초만녕은 얼마나 마음이 아팠을까?

살아 있는 사람이 아니었다.

부모도 없다.

나무 한 토막과 피 한 방울에 불과했다.

그렇게 아무것도 모른 채 이 세상에서 삼십여 년을 살았다.

– 신목에는 영이 깃들어 있어서 피를 떨어트려 사람으로 만들자, 정말 내가 바라던 것처럼 초란 공자가 됐다오. 나는 그를 사원에서 제자로 키웠소. 그는 자라면서 나에게 자신의 출신을 묻기 시작했고, 어디서 왔는지 궁금해했지.

묵연은 회죄대사 옆에 앉아 당호로를 먹으며 질문하는 어린 초만녕을 발견했다.

"사존, 저를 눈밭에서 주워 오셨다고 하셨는데, 어디서 절 데려오신 거예요?"

회죄대사는 서늘하고 검푸른 먼 산으로 시선을 돌렸다. 그는 잠시 멍하니 있더니 탄식하듯 말했다.

"임안이다."

"그럼 저는 임안 사람인가요?"

"그렇지."

"저는 사원을 나가 보지 않아서 임안이 어떤 모습인지 몰라요."

초만녕이 울상을 지었다.

"사존, 산을 내려가 바깥세상을 구경하고 싶어요. 저…… 임안이 궁금해요."

환영이 점점 흐려졌고, 무비사가 점점 아득해졌다. 그리고 뒤이어, 내리쬐는 밝은 태양에 찬란하게 빛나는 강남의 여름 풍경이 펼쳐졌다.

때는 6월이었다. 연못 속 연꽃이 단아한 아름다움을 뽐냈고, 꽃 내음이 코를 찔렀다. 하사역보다 작은 초만녕이 청석이 깔린 길을 뛰어다녔고, 회죄대사는 그의 뒤를 따라갔다.

"만녕, 천천히 가거라. 넘어지지 않게 조심해."

초만녕이 웃으면서 고개를 돌렸다.

묵연이 한 번도 본 적 없는, 근심 걱정 없고 풋풋하며 앳된 미소였다.

"네, 여기서 사존을 기다릴게요."

그때의 초만녕은 푸른빛이 감도는 회색 승려복을 입고, 머리는 깎지 않고 묶었다. 그리고 머리 위에 연잎 하나를 얹고 있었다. 맑고 투명한 이슬이 맺혀 있는 연잎은 초만녕을 더 순수하고 밝아 보이게 했다.

회죄대사가 그의 곁으로 가 손을 잡았다.

"서호는 다 봤으니 이제 뭘 보고 싶으냐?"

"뭐 먹으러 가도 돼요?"

"그럼……."

회죄대사가 뜸을 들였다.

"성으로 가자."

그들은 나란히 성으로 들어갔고, 묵연은 그들 곁에서 따라갔다. 그는 무릎 높이 정도밖에 안 되는 초만녕이 연잎을 쓴 모습이 너무 사랑스러웠고, 또 슬펐다.

환각 세계의 사람을 만질 수 없다는 걸 알면서도 그는 손을 뻗어 초만녕의 머리를 쓰다듬었다.

"어?"

그가 쓰다듬자마자 초만녕이 별안간 발걸음을 멈췄다.

회죄대사가 다정하게 물었다.

"왜 그러느냐?"

초만녕이 고개를 들었다. 햇빛에 비친 두 눈은 샘물처럼 맑았고, 시선은 정확히 묵연에게 고정됐다.

놀란 묵연의 심장이 빨리 뛰었고, 피가 빠르게 흘렀다.

그는 이해되지 않았지만, 은근히 기대했다…….

"저게 뭐예요?"

초만녕이 회죄대사의 손을 놓고 묵연에게 달려갔다.

묵연은 볼수록 견디기 괴로웠다. 그는 단 한 번도 이렇게 아무 걱정 없이 명랑한 초만녕의 모습은 본 적이 없었다. 그는 참지 못하고 몸을 숙여 저도 모르게 두 팔을 벌려 그를 안으려고 했다.

그러나 초만녕은 묵연을 그대로 뚫고 지나갔다.

당황한 묵연이 고개를 돌렸다. 아이는 그의 뒤편에 있는 간식 가게 앞에 서서 고개를 들고 노점상 주인이 대나무 바구니를 여는 걸 보고 있었다. 바구니를 열자 그 안에서 김이 모락모락 피어올랐고, 연분홍색 꽃떡이 모습을 드러냈다.
마음이 놓인 묵연은 이내 또 낙담했다.
역시 우연일 뿐인가.
그는 회죄대사를 따라 함께 걸어갔다. 초만녕이 자신에게 다가오는 회죄대사를 보고 웃으면서 말했다.
"사존, 이 떡 맛있어 보여요."
"먹어 보고 싶으냐?"
"그래도 돼요?"
회죄대사가 아련한 표정을 지었다.
"역시 당신들 모두 좋아하는군……."
그의 말에 초만녕이 눈을 살짝 크게 뜨고 천진난만하게 물었다.
"누가 좋아해요?"
회죄대사는 우물쭈물하다가 말했다.
"……아니다. 옛 친구가 생각나서 그랬다."
찹쌀꽃떡 세 개를 샀다. 그는 생각에 잠긴 채, 떡을 한 입 베어 무는 초만녕을 보았다. 떡에서 뜨거운 김이 피어올라 아이의 얼굴이 뿌옇게 보였다.
지난 일이 흐르는 강물처럼 밀려왔다.
회죄대사는 작게 탄식하며 눈을 감았다.
갑자기 누군가 소매를 가볍게 당기는 느낌에 그가 고개를 숙였다. 반으로 쪼갠 떡 안에 든 부드러운 팥앙금이 따끈하고 달콤한 향을 풍겼다.
"사존 반, 저 반. 사존은 큰 거 드세요."
"왜 큰 걸 나에게 주느냐?"

"키가 크면 많이 먹어야 해요."

"……."

묵연은 회죄대사가 떡을 받아서 초만녕과 함께 길가에 서서 먹으며 이야기 나누는 모습을 지켜보았다. 그는 잠시 조용히 눈부신 임안의 햇빛 아래서 옅은 미소를 지었다.

너무 슬펐다.

그러나 또 봄날의 따스함이 가슴 속에서 번졌다. 이런 초만녕을 보고 마음이 약해지지 않을 사람이 없을 것 같았고, 싫어할 사람도 없을 것 같았다.

세상에서 가장 착한 아이였다.

눈앞에 펼쳐진 휘황찬란한 햇빛이 또 흐려졌다.

이번에는 새로운 장면이 바로 나타나지 않았다. 묵연은 칠흑 같은 어둠 속에 서 있었고, 회죄대사의 쓸쓸한 목소리가 귓가에 전해졌다.

- 나는 온종일 그와 보냈다오. 그에게 글을 가르치고 불경을 읽으며 이치를 가르쳤소. 하지만 내가 제일 관심 있던 건 법술이었지. 나는 그를 나의 은인에게 되돌려 주기 위해 이 아이를 만들었다는 걸 잊지 않았소. 처음부터 초만녕이 사춘기가 되어 영력과 육체가 모두 견뎌 낼 수 있을 때 그를 귀계로 데려갈 것을 계획했다오.

머뭇거리던 회죄대사의 목소리는 더 가라앉았다.

- 데리고 가서 초란 공자의 유일하게 남은 깨진 혼령을 그의 몸속에 넣을 생각이었지.

"!"

회죄대사의 목소리가 갈라졌다.

– 나는 그때 그것이 잘못됐다고 생각하지 않았소. 초만녕이 무엇이었소? 그는 살아 있는 사람이 아닌, 나무 한 토막으로 만든 조각일 뿐이었다오. 내가 그에게 생명을 주었고, 인간 처세술의 도리를 가르쳤소. 그러나 그의 몸에 흐르는 건 진짜 피가 아니었고, 뼈를 덮고 있는 것 역시 진짜 살이 아니었지.

회죄대사의 말에 묵연은 참지 못하고 줄곧 마음속에 품고 있던 그 말을 외쳤다.

"아닙니다!"

하지만 무슨 소용이 있을까?

회죄대사는 분노에 찬 그의 반박을 들을 수 없었다. 여전히 맴도는 승려의 목소리는 묵연을 더 깊은 고통의 소용돌이 속으로 빨려들게 했다.

– 초만녕은 잉여 존재였소. 그는 생명이 없고 영혼도 없으니.

"아닙니다! 왜 신목은 영혼이 없다는 겁니까? 그도 생명이 있고 혼백이 있습니다! 그는 아무나가 아닙니다! 그는 달라요!"

묵연이 환각 세계에서 짐승처럼 울부짖었다.

"회죄대사, 당신이 그를 키웠고, 매일 봤잖아요……. 그런데 살아 있는 사람이 아니라고요? 그가 당신과 나와 뭐가 다르단 말입니까?"

하지만 회죄대사는 염불하듯 계속 혼잣말을 했다. 여러 번 다듬은 말들은 정말 예불을 드리는 것인지, 아니면 그냥 마음속의 극심한 고통을 무디게 만들려는 것인지 알 수 없었다.

– 그는 내가 초란을 위해 조각한 육체였으니 초란의 영혼을

넣어야 초만녕은 진정한 사람이 되는 것이외다.

묵연은 모골이 송연했다. 그는 나중에 무슨 일이 벌어졌는지는 모르지만 미칠 것 같았다. 거의 실성한 사람처럼 어둠 속에서 날뛰었지만 어디를 가나 컴컴한 심연뿐이었다. 그 어디에도 출구는 없었다. 그는 자기도 모르게 중얼거렸고, 그런 중얼거림은 다시 비명이 됐다.

"아니야! 당신은 그를 다치게 할 수 없어. 대사, 그는 영혼이 있는, 살아 있는 사람입니다……."

묵연이 무릎을 꿇었다.

순간 너무나도 무서웠다. 심지어 전생의 진상이 폭로되는 것보다 더 두려웠다.

그는 문득 회죄대사가 초만녕을 귀계로 데리고 가, 가슴을 가르고 영핵과 초란의 혼백을 하나로 만드는 장면이 이어서 나올까 봐 두려웠다.

그럼 원래의 초만녕은?

초만녕이 가진 신목의 영은 몸을 떠나서 여섯 번의 윤회를 거칠 텐데, 나무토막인 그는 어디로 갈 수 있지?

천상, 저승, 천국, 황천.

그 어디도 그를 원하지 않을 것이다.

"안 돼요…… 회죄대사…… 그러면……."

덜덜 떠는 묵연의 입술이 새파래졌다.

"그러면 안 돼……."

어떻게 영혼이 없을 수 있을까?

어찌 살아 있는 사람이 아닐 수 있을까?

푸른 연잎을 쓰고 배시시 웃으며 길거리를 뛰어다니던 아이.

조심스레 꽃떡을 반으로 갈라 큰 걸 스승에게 주고, 자신은 작은 걸 먹던 아이.

어린아이인데도 그 누구보다 정이 넘치고 생기발랄했다.

피와 살로 만들어진 그 누구와 비교해도 그는 손색이 없었다.

그런데 어떻게 살아 있는 사람이 아니란 말인가…….

그러나 묵연의 절망에 사무친 애원과 외침으로는 회죄대사를 깨울 수 없었다.

회죄대사는 백 년 동안 마음에 응어리가 졌다. 그는 초순 가족에게 빚을 졌다고 생각했고, 천신만고 끝에 조각해 낸 육신인데 그가 어찌 포기할까.

– 하루하루 지날수록 초만녕은 점점 커 갔다오. 초란이 환생할 육신이었기에 나는 그의 안전을 내 목숨보다 백배는 더 걱정했소. 그래서 그가 대여섯 살 때 임안에 데리고 가 몇 달 지내던 것 말고는 오랫동안 무비사를 한 발짝도 벗어나지 않았다오.

회죄대사는 한숨을 뱉더니 이어서 말했다.

– 가끔 나는 가여울 정도로 속세의 모습을 안 보여 준 건가 싶기도 했다오. 그는 열네 살까지 임안을 제외하고 그 어디도 가 본 적이 없었소. 그에게는 처음부터 끝까지 무비사 사원의 한 뼘 하늘과 짧은 나날들뿐이었소.

눈앞이 갑자기 환해졌다.

달밤이었다. 묵연의 눈에 가장 먼저 들어온 것은 선방 입구에서 뜰 밖을 내다보는 회죄대사였다.

묵연은 황급히 다가갔다. 서리 같은 달빛 아래에서 열네 살의 초만녕이 검무를 추고 있었다. 해당화가 흩날리는 차가운 달빛 아래에서, 흰옷을 입은 그 소년은 마치 하늘에서 내려온 선인 같았다.

회죄대사의 목소리는 사라지지 않고 날카로운 검이 허공을 가르듯 귓가에 맴돌았다.

– 하지만 나는 또 본 게 적다고 꼭 나쁜 일은 아니겠다 싶었소. 속세에는 고난이 너무 많았으니 말이오. 신목의 영이 십여 년의 짧은 삶을 살다 초란에게 대체될 운명이라면, 홀가분하고 정직하게 평탄한 삶을 살며 번잡한 세상의 괴로움을 모르는 것이 더 너그러운 처사가 아니겠소?

검무가 끝났다.

그리고 시든 꽃잎이 떨어졌다.

초만녕은 장검을 팔 뒤로 거두고, 다른 손을 세워 정신을 가다듬었다.

그는 살짝 거칠어진 호흡을 가다듬은 뒤 고개를 들다가, 자신을 보는 회죄대사를 발견하고는 웃었다.

밤바람이 얼굴에 내려온 머리카락을 간질였다. 그는 입으로 가볍게 바람을 불어 뺨을 끈질기게 간지럽히는 머리카락을 불어 넘기려 했다. 그러나 아무 소용이 없자 결국 손으로 쓸어 넘기고는 봉안을 반짝이며 회죄대사를 향해 미소 지었다.

묵연이 서 있는 곳이기도 했다.

"사존."

"그래, 잘했다."

회죄대사가 고개를 끄덕였다.

"이리 오거라. 네 영핵이 어떤지 보자."

초만녕은 아무런 의심 없이 다가왔다. 그는 눈처럼 새하얀 소매를 걷어 올리고 회죄대사에게 손을 내밀었다.

대사가 영핵을 확인했다.

"아주 단단해졌구나. 다만 아직 조금 불안정하니 조금 더 연습하거라. 그러면 겨울 전에 큰 수확이 있을 것이다."

초만녕이 웃으며 말했다.

"감사합니다, 사존."

그가 이 말을 할 때, 착각인지는 모르지만 묵연은 회죄대사의 어깨가 미세하게 떨리는 걸 본 듯했다.

그러나 회죄대사는 결국 아무런 말도 하지 않았고, 아무런 티도 내지 않았으며, 전혀 바뀌지 않았다.

그는 몸을 돌려 방으로 들어갔다.

묵연은 그 자리에 선 채 방 안의 회죄대사를 보러 따라가지 않았다. 그는 지독히 갈망하고, 지독히 절박하며, 지독히 탐욕스럽게 언제 사라질지 모르는 눈앞의 초만녕을 응시했다.

여전히 때 묻지 않고 순수했으며, 다정했다.

이런 사람이 어떻게 혼령이 없을 수 있지?

시선을 떨어뜨린 그는 무심코 흰옷 아래에서 뛰고 있는 초만녕의 가슴을 보았다.

묵연의 머릿속에 순간 무언가 번뜩였다. 날벼락을 맞은 느낌이었다. 가슴이 거대한 바위에 짓눌리고, 거센 파도가 치는 것 같았다.

"아니야……. 설마……."

그가 뒤로 한 발짝 물러났다.

그러나 뭘 어떻게 할 수 있을까?

기억은 흉악한 손톱을 뻗어 그의 오장육부를 움켜쥐었다.

그는 초만녕의 가슴에 있는 흉터가 떠올랐다.

……가슴이 열린 적이 있구나! 그는…… 그는…….

묵연이 몸을 바르르 떨었다. 눈앞의 초만녕은 달빛 아래에서 검무를 추며 날아다니는 꽃잎을 밟았다.

너무나도 아름다웠다.

그러나 묵연은 위장 속으로 얼음이 한 바가지 쏟아진 것처럼 등골이 오싹해졌다.

그의…… 가슴이 열린 적이 있다.

그럼 회죄대사는 결국 정말 실행한 건가?

그는 정말 초만녕을 귀계로 데려가 초란의 영혼 파편을 초만녕의 심장 속에 녹였고, 그래서 원래의 초만녕은 오래전에 사라져서…….

묵연은 머리를 감싸고 쭈그려 앉았다.

몸이 덜덜 떨려 더는 생각할 수 없었다.

아팠다.

심장이 너무 아팠다.

심장이 뜯겨 나간 게 차라리 자신이었으면, 혼령을 빼앗긴 게 차라리 자신이었으면 싶었다.

초만녕.

그는 너무 좋은 사람이었다.

그런데 왜 이런 고통을 겪고, 나중에는 결국 '살아 있는 사람이 아니다'라는 결론이 내려져, 생명을 내려 준 사람에게 생명도 없는 껍데기 취급을 받으며 다른 생명을 담아야 하지?

그럼 자신이 스승으로 모신 건 대체 누구지?

초란인가, 아니면 초만녕인가?

묵연은 미칠 지경이었다. 머리가 지끈거렸고 현기증과 구역질이 났다. 그는 그 자리에 얼마나 있었는지도 몰랐다.

하늘이 어두워지고 선방과 꽃나무가 사라졌다.

초만녕의 모습도 흐려졌다.

그리고 회죄대사의 목소리가 어둠 속에서 천천히 울려 퍼졌다.

그가 말했다.

– 초만녕이 열네 살 되던 해, 시기가 거의 무르익었소. 나는 일 년 뒤 그를 귀계로 데려가 초란과 혼을 합칠 생각이었다오.

237장 용혈산, 마음이 향하는 곳

묵연은 마음이 공허해져 무감각한 상태로 들었다.

그는 더는 소리 지르지 않고 그 자리에 앉아 멍한 눈으로 앞을 응시했다.

– 모든 것이 순조로웠지만 하수진계의 천열로 유랑민과 굶어 죽는 사람이 넘쳐 났다오.

눈앞이 다시 밝아졌다. 초겨울이었다. 잿빛 하늘에서 가랑눈이 내렸고, 산길 하나가 묵연 앞에 서서히 나타났다. 살얼음이 언 길에 눈이 새로 쌓였고, 그 위에는 마차 자국이 어지럽게 찍혀 있었다.

– 어느 날, 예상치 못한 일이 일어났소. 그와 산기슭에서 영석을 채집하고 돌아오는 길에 굶어 죽기 직전의 한 아이를 만난 거요.”

묵연은 여전히 멍한 눈이었다.

초만녕과 회죄대사가 산길에 나타났다. 초만녕은 낡은 광주리를 메고 있었고, 그 안에는 영력 원석이 담겨 있었다. 그는 방한용 외투를 걸치고 회죄대사 옆에서 걸었다.

"사존."

초만녕이 별안간 걸음을 멈추더니 고개를 돌려 풀이 엉켜 있는 비탈을 바라보았다.

"저기 사람이 있는 것 같아요."

"가 보자."

두 사람이 함께 다가갔다. 가느다랗고 하얀 손가락으로 풀을 헤치던 초만녕이 깜짝 놀라 봉안을 살짝 크게 떴다.

"아이입니다……."

그가 고개를 돌려 회죄대사에게 말했다.

"사존, 어서 와 보세요. 와서 아이 좀 보세요. 왜 이런 겁니까?"

왜?

회죄대사도 묵연도 한눈에 알아볼 수 있었다.

아이는 더럽고 냄새가 났다. 낡고 얇은 옷은 다 해져서, 한 번 벗으면 다시는 입을 수 없을 정도로 누더기가 되어 있었다. 안 좋게 말하면, 절에 살며 먹다 남은 음식을 먹는 개도 아이보다 때깔이 좋았다.

만약 아이가 신음하며 숨을 내쉬지 않았다면 썩은 살덩이와 다를 게 없었다.

어쩌지? 뭘 어쩔 수 있을까.

큰 재앙 앞에서 사람은 이토록 미약하고 보잘것없는 존재니, 아이가 죽으면 잡아먹는 건 드문 일도 아니었다.

절에서만 지낸 초만녕은 걱정하는 마음으로 이런 바보 같은 질문을 한 것이다.

회죄대사가 인상을 쓰고 말했다.

"신경 쓰지 말고 먼저 돌아가거라. 내가 살펴보마."

스승을 믿은 초만녕은 그 말을 듣고 바로 일어났다. 그러나 그곳을 벗어나려던 순간, 지저분한 작은 손이 그의 옷자락을 잡았다.

그 손엔 힘이 없었다. 당기는 힘이 너무 약해서 마치 어린 강아지가 살살 긁는 것 같았다.

초만녕이 고개를 숙여 눈코입이 잘 안 보일 정도로 더러운 작은 얼굴을 마주했다.

아이는 모기만 한 목소리로 말했다. 하늘에서 눈송이가 떨어지면 그 눈송이에 짓눌려 죽을 것만 같았다.

"밥……."

초만녕은 당황해 알아듣지 못했다.

"뭐라고?"

"……밥……."

아이가 웅얼거렸다. 새카만 얼굴에서 두 눈만 하얗게 보였다. 아이는 덜덜 떨며 밥 먹는 시늉을 하면서 애원했다.

"주세요……."

족자 밖에서 묵연은 눈을 깜빡이며 반쯤 정신을 차렸다.

그러나 머리는 여전히 멍해서 금세 정신이 돌아오지 않았다. 그저 어디서 본 듯한 익숙한 장면이라고 막연히 생각했을 뿐이다.

그는 빤히 쳐다봤다.

족자 안 초만녕은 이미 멍한 상태였다.

그는 놀라 눈이 동그래졌다. 이제야 그 뜻을 이해한 것이다. 처음에는 멍해서 어쩔 줄 몰랐고, 믿을 수 없었으며, 나중에는 허둥대며 마음이 다급해졌다.

그는 속세의 좋은 풍경만 알았지, 가죽만 남을 정도로 마른 아이는 본 적이 없었다. 금방이라도 죽어 버릴 것 같은 작은 강아지나 고양이처럼, 아이는 폭설이 내리는 날 눈밭에 웅크리고 있었다. 유일하게 추위를 막아 주는 건 여름에 입는 시원한 재질의 낡은 천 쪼가리였다. 아이는 초만녕을 꽉 잡고 딱 두 마디 했다.

밥, 주세요.

회죄대사가 호통쳤다.

"먼저 돌아가거라."

그러나 이번에 초만녕은 말을 듣지 않았다. 그는 더러운 강아지 같은 아이를 보고 너무도 마음이 아파, 황급히 입고 있던 외투를 벗어 아이에게 덮어 주었다.

그는 고통을 받는 게 아이가 아니라 자신인 것처럼 애절하게 말했다.

"배고프니? 기다려 보렴. 나에게 죽이 있단다, 쌀죽이."

그가 회죄대사에게 물어보자, 대사가 미간을 찌푸렸다.

"돌아가라고 하지 않았느냐. 네가 신경 쓸 일이 아니야."

"왜 신경 쓰면 안 돼요?"

초만녕은 이해가 되지 않았다.

"아⋯⋯ 아이가 불쌍해요. 사존, 보셨어요? 먹을 것을 달래요. 저렇게 두면 얼어 죽거나 굶어 죽어요."

그가 말하다가 이해가 가지 않는다는 듯 웅얼거렸다.

"어떻게 된 거죠? 세상은 평화롭다면서요? 그런데 왜……."

"돌아가거라."

초만녕은 당황했다. 회죄대사가 왜 이러는지 이해할 수 없던 그는 입술을 지그시 깨물고는 이렇게 말했다.

"죽을 먹여야겠어요……."

- 나는 고집을 꺾지 못하고 결국 허락했소.

탄식 섞인 회죄대사의 공허한 목소리가 바람에 흩날리는 눈처럼 표표히 묵연의 귓가에 떨어졌다.

- 나는 그에게 죽이 담긴 병을 주며 불쑥 나타난 아이를 돕도록 허락했다오. 당시에 나는 몰랐소, 이 일로 초만녕이 무엇을 느끼고 어떤 결정을 하게 될 줄은. 나는 그때 아무것도 몰랐다오.

묵연은 멍하니 초만녕이 병을 열어 아이의 입가에 가져가는 모습을 지켜봤다.

굶주린 아이는 바짝 다가갔지만 빨아먹지 못했다.

그는 이미 굶어 죽기 직전이었고, 남은 기력이 없었다.

묵연의 목울대가 떨렸다.

문득 정수리에 심어진 씨앗에서 싹이 돋아 흙을 뚫고 올라온 것만 같았다.

눈앞에 펼쳐진 모든 게 너무나도 익숙했다…….

그가 응시했다.

정신이 들었다.

그리고 어느 순간 교룡이 파도를 일으키고, 구름과 물이 소용돌이쳤다.

묵연이 벌떡 일어나 주먹을 쥐었다.

생각났다!

"당신이었어?"

그가 얼른 기억 족자 속 초만녕에게 달려갔다. 동공이 급격히 작아졌다.

"당신이 그 사람이라고? 그 사람? 당신이…… 당신이 어떻게……."

그가 말을 잇지 못하고 팔로 눈을 가렸다.

목 안이 썼다.

그는 전혀 생각지도 못했다.

초만녕이라니.

풀 더미 속에서 추위와 굶주림에 죽기 직전의 그 아이는, 어머니를 묻은 뒤 묘지에서 기어 나와 갈 곳 없이 여기저기 먹을 걸 구걸하고 다니던 자신이었다!

환각 세계와 기억이 겹쳐졌다. 묵연은 눈 내리던 그날, 외투를 벗어 자신에게 덮어 준 소년을 한 번도 잊은 적이 없었다.

초만녕이 걱정했다.

"왜 그래? 못 먹겠니?"

어린 묵연은 더는 말하지 못하고 약하게 울먹거리기만 했다. 그는 까만 눈을 가늘게 뜬 채 힘없이 초만녕을 바라보았다.

"그럼 내가 따라서 줄게. 신경 쓰지 마."

소년은 병을 열어 쌀죽을 손바닥에 부었다. 그는 조심스럽고 신중하게 손으로 받아 들었지만, 약간 망설여졌다. 이러면 더러워져서 아이가 먹지 않을까 봐 걱정되었다.

하지만 쓸데없는 걱정이었다.

더럽다고?

임기에서 무비사까지 오면서 묵연은 강물, 빗물 그리고 웅덩이 속 흙탕물까지 마셨다. 산열매와 먹다 남은 밥도 먹었다. 제일 막막했을 때, 그는 심지어 지렁이와 개미, 흙까지 먹었다.

그는 땅에 엎드린 채 가까이 다가가 죽을 마셨다. 목구멍으로 넘어가는 것은 생명을 살리는 감로수였고, 그에게 죽을 먹여 주는 사람은 구천의 신선이었다.

"천천히, 천천히. 먹고 더 먹어."

초만녕은 충격적이었고, 또 마음이 아팠다. 아이는 더럽고 작은 머리를 그의 손바닥에 파묻은 채, 처량하면서도 허둥대고, 탐욕을 부리면서도 가련하게 쌀죽을 핥아 먹었다. 마치 물을 마시는 동물처럼 혓바닥으로 할짝거렸다.

"어디서 왔니……."

초만녕은 자기도 모르게 이렇게 물었다.

하지만 묵연은 훌쩍이기만 할 뿐, 대답 없이 죽을 먹었다. 손바닥 틈새에 남은 것마저 남김없이 계속 핥는 바람에 초만녕은 간지럽고 아팠다.

간지러운 것은 손이었고, 아픈 건 마음이었다.

"괜찮아, 더 있어. 내가 조금 더 줄게."

초만녕은 죽을 손바닥 가득 따랐고 묵연은 그 과정을 빤히 쳐다봤다. 손이 뻗어 오자 그는 또 바짝 다가가서 기다렸다는 듯이 계속 할짝대며 핥아 먹었다.

초만녕은 병에 가득 담긴 쌀죽을 손바닥에 따라서는, 이렇게 쭈그리고 앉아 그에게 전부 먹였다.

묵연은 한 순간도 잊지 않았다.

사실 그는 그 뒤로 파란만장했던 삶을 살면서 수도 없이 생각했다. 만약 그때 그 사람을 만나지 못했다면 어떻게 됐을까.

그는 여러 가지 가능성과 상상을 떠올렸지만, 결국 두 글자를 벗어나지는 못했다.

죽음.

굶어 죽었거나, 늑대나 들개에게 잡혀 오장육부를 뜯겼을 것이다.

만약 그 형을 만나지 못했다면, 자신은 오래전 황천길을 건너 어머니와 재회했을 것이다.

그래서 훗날 묵연은 답선군이 된 뒤 무비사로 옛 은인을 찾으러 갔다. 그러나 너무 오래된 일이어서 은인의 얼굴이 생각나지 않았다. 뜰을 가득 채운 반짝이는 대머리를 보며 뭐라 말할 수 없이 짜증이 난 그는 결국 손을 휘저으며 돌아갔다.

그 당시 주지는 전전긍긍하며 무비사가 왜 답선군의 눈 밖에 난 것인지 몰라 불안에 떨며 처벌을 기다렸다. 그러나 다음 날, 답선군은 사람을 시켜 수백 수천 개의 상자를 보냈다. 상자를 열어 보니, 빛이 번쩍거리는 황금이 들어 있었다.

"폐하의 옛 지인이 누구인지는 모르나, 누구나 차별 없이 대했기에 무비사 승려에게 각각 금화 만 개를 내리는 것으로 은혜에 보답하고자 한다."

그런데 아무리 찾아도 찾을 수 없던 은인이 바로 사생지전에서 연금당하고 종일 그에게 괴롭힘을 당했던 사람이란 말인가?

과거, 생판 남이던 그 작은 형은 따뜻한 외투를 벗어 그의 작은 몸에 덮어 줬다.

무슨 운명의 장난인지, 묵연은 오히려 매일 밤 거칠고 거리낌 없이 그때 그 형의 옷을 갈기갈기 찢고, 휘장이 둘려진 침상에 그를 눕히고는 몸을 섞었다.

묵연은 한편으로 온 천하를 뒤져 은인을 찾아다녔다.

또 한편으로는 아무것도 모른 채, 은인을 강제로 자신의 무릎 사이에 꿇어앉힌 뒤 갖가지 방법으로 모욕을 주고, 허리를 숙여 복종하게 했다.

눈앞의 장면을 보는 묵연의 눈동자에 핏줄이 가득 섰다.

"어떻게…… 어떻게 당신이지?"

이번 생애와 두 번의 인생. 인연이 깊어 임을 만났고, 인연이 얕아 임을 다치게 했다.

모두 운명이었다.

눈앞이 다시 어두워졌고, 눈보라 소리만 귓가에 맴돌았다. 그리고 회죄대사의 공허한 목소리도 멀리서 울렸다.

– 나는 당시 아이에게 무비사에 잠시 머무는 것이 어떠냐고 물었으나, 아이는 어머니 대신 은혜를 갚아야 한다고 했소. 그래서 어찌 됐든 일단 상담으로 돌아갈 거라고 하더군. 나는 아이를 잡을 수 없어서 식량과 은자를 조금 쥐여 보냈소.

회죄대사가 말했다.

– 아이가 비틀대며 눈으로 덮인 언덕을 내려가는 동안, 만녕

은 줄곧 그 자리를 떠나지 않았다오. 아이의 뒷모습이 눈보라에 덮여 황량한 들판으로 사라진 다음에야 절로 돌아갔지. 나는 그때 다가가서 잡았던 그의 손이 얼마나 차가웠는지 아직도 기억하오.

그는 잠시 아무 말 없었으나, 목소리에 배어 나오는 고통은 억누를 수 없었다.

– 그날 이후, 만녕은 몇 번이나 하산하여 돕고 싶다고 말했으나 난 허락하지 않았다오. 나는 심지어 물에 떨어진 돌멩이가 파동을 일으켜 마음이 불안정해졌다며 그를 나무랐지. 그래서 나는 그에게 용혈산에서 벽을 보며 반성하라며 장장 백육십사 일 동안 외출을 금지했다오.

– 그는 처음에 나에게 내보내 달라고 부탁했으나, 나중에는 실망이 극에 달했는지 더는 말하지 않더이다. 백육십사 일 동안 매일 나는 그에게 깨달은 게 있냐고 물었고, 그가 태도를 바꾸길 바랐소. 하지만 그의 답은 항상 같았다오.

회죄대사의 긴 한숨은 눈처럼 조용하고 공허했다.

“속세로 나가겠습니다.”

사람들은 세상 밖에서 수행하려 하지만, 그는 고통받는 어린아이를 한 번 본 후로 되레 기꺼이 환난 속으로 들어가려고 했다.

– 나중에 그는 나와 자신의 경서를 태워 버리며 반발했소. 나는 이렇게 가다간 안 될 것 같아 결국 그의 연금을 풀어 주고 방법을 바꿔 설교하려 했지. 일 년을 더 버티다가 영핵이 완전히 안정을 찾으면 그를 귀계로 데려갈 것이고, 그러면 모든 것이 끝나는 것이었다오.

회죄대사의 목소리가 잠시 멈췄다 다시 이어졌다.

– ……다만 반성이 끝난 그날 밤, 초만녕이 말도 없이 떠날 거라고는 생각도 못 했다오. 그의 선방에는 서신 한 장만 남겨져 있었소. 그는 서신에 이미 지난 일이지만 전에 만났던 아이가 매일 생각나 안타깝다며, 산을 내려가 열흘간 돌아다니다 오겠다고 썼다오. 내가 막을까 걱정되어 밤에 떠난 것이었지. 나는 당시 그 서신에 화도 나고 초조하기도 했다오. 하지만 별다른 방법이 없었지.

회죄대사가 한숨을 내쉬었다.

– 나는 그가 어디로 갔는지 전혀 알지 못했소.

새로운 장면이 펼쳐졌다.

이번에도 무비사의 뜰이었다.

초만녕이 돌아온 뒤였다. 그는 전신이 피로 더럽혀져 있었지만, 눈빛은 달빛 아래에서 유달리 밝았고 생기가 넘쳤다.

지금의 그는 마치 오랜 시간 제련 후 마침내 나타난 불세출의 신무처럼, 그 누구도 막을 수 없는 기세가 느껴졌다.

회죄대사가 그의 앞에 서 있었지만, 두 사람은 대화를 나누지 않았다.

묵연의 귓가에 회죄대사가 느린 목소리로 설명했다.

– 열흘 뒤, 그는 정말 돌아왔소. 나는 안심했고 속으로 변고가 일어나지 않아 다행이라고 생각하며, 그를 몇 마디 꾸짖고 방으로 돌아가 푹 쉬라고 할 생각이었다오. 그런데 뜻밖에도 나에게 돌아온 건 날카로운 칼날이었다오.

화면 속의 초만녕이 무릎을 꿇고 길게 절했다.

회죄대사가 미간을 살짝 찌푸렸다.

"뭐 하는 것이냐?"

"사존께서 속세를 떠난 지 오래되셨나 봅니다. 지금 바깥세상은 사존께서 들려준 것과 매우 다릅니다. 감히 사존께 청하니, 산속에만 계시지 마시고 나가서 보시기 바랍니다. 속세는 끝없는 고통에 시달리고 있으며, 더는 사존이 말씀하신 무릉도원이 아닙니다."

회죄대사가 버럭 화를 냈다.

"건방진 것! 네가 지금 무슨 말을 하는지 알고 있느냐?"

초만녕은 자신이 직접 본 진상을 말하면 분명 눈과 귀를 막고 있는 스승의 태도를 바꿀 수 있을 거라고 생각했다. 그는 전혀 예상하지 못한 대사의 반응에 살짝 당황하더니 말했다.

"사존은 타인의 근심을 걱정하고, 타인의 고통에 슬퍼하라고 가르치셨습니다. ……지난 열흘 동안 제가 하수진계의 23개 마을을 돌아다니며 본 장면은 모두 충격 그 자체였습니다. 사존도 하산하시어……."

그의 말이 미처 끝나기도 전에 회죄대사가 분노하며 말했다.

"누가 감히 멋대로 하산하라고 했느냐?"

그가 엄한 목소리로 질책했다.

"이 산에는 해와 달이 없어 너는 곧 깨달음을 얻어 날아오를 수 있었다. 그런데 어찌 하늘의 뜻을 깨우치기도 전에 무턱대고 산을 떠나 속세의 일에 관여하는 것이냐?"

회죄대사가 더 목소리를 높였다.

"속세 사람들이 대대로 고통받는 것이 어찌 너 하나로 해결될

일이더냐? 너는 어찌 너 자신을 그리도 과대평가하는 게야!"

회죄대사는 점점 더 화가 치밀어 올랐고, 초만녕의 눈은 점점 더 커졌다.

초만녕은 자신의 스승이 달빛 아래를 왔다 갔다 하며 소매를 펄럭이더니, 그에게 손가락질하며 큰소리로 꾸짖고 화내는 모습을 지켜봤다. 해당화 나무의 무거운 그림자가 회죄대사의 그림자를 조각냈다. 묵연은 초만녕의 얼굴에서 처음엔 막연해서 어쩔 줄 모르다가, 그다음엔 충격과 실망으로 변하고, 끝내 고통스러운 표정이 되는 것을 보았다.

초만녕이 눈을 감았다.

회죄대사가 화를 냈다.

"네 잘못을 알겠느냐?"

"……."

"대답하거라!"

"저는."

멈칫한 초만녕이 단호하게 말했다.

"모르겠습니다."

짝!

회죄대사가 뺨을 내리쳤다.

"건방진 것!"

초만녕의 뺨이 바로 빨갛게 부풀어 올랐다. 그는 곧바로 고개를 돌려 의아함과 분노가 가득한 눈으로 말했다.

"사존, 그동안 저에게 올바르게 행동하고 사람과 세상을 걱정하라고 가르치시더니, 어찌 큰 재앙을 마주하자 수수방관하고 모른 척하라는 겁니까?"

"……그런 것이 아니다."

회죄대사가 이를 악물고 말했다.

"네가…… 지금 하산하여 뭘 할 수 있느냐? 네가 재능이 뛰어난 건 사실이나 세상의 사악함은 네 상상 이상이다. 너는 무엇을 위해 나가려는 거지? 십사 년 동안 널 키워 준 스승을 저버리기 위해서, 감정에 사로잡혀 재앙에 네 몸을 던지기 위해서?"

그가 말을 잠시 멈췄다. 이어 그가 내뱉은 말은 카랑카랑 쇳소리를 내며 무겁게 땅으로 떨어졌다.

"초만녕, 자신도 돌보지 못하면서 어찌 남을 돌보려는 것이냐?"

그러나 초만녕은 이 순간, 분노와 슬픔에 찬 표정으로 자신의 사존을 바라보고 있었다.

턱을 살짝 치켜든 그의 봉안이 점점 촉촉해졌다.

여태껏 눈물이 그렁그렁한 초만녕을 본 적 없던 회죄대사는 젖은 그의 눈빛에 마음속 불이 어느 정도 꺼졌다. 당황한 대사가 머뭇거리며 말했다.

"너…… 됐다, 그만하자. 방금 맞은 곳이 아픈 것이냐?"

이 모습을 지켜보던 묵연은 알고 있었다. 그런 게 아니라는 것을.

초만녕이 어찌 뺨을 맞았다고 아파할까. 그는 어려서부터 존경하던 사존이 자신의 마음속 위대한 모습과는 전혀 다른 논조를 펼친 것에 가슴 아팠다.

초만녕이 천천히 눈을 감았고, 잠시 후 묵연의 귓가에 너무나 익숙한 그 말이 들려왔다.

"남을 도울 줄 모르면서 어찌 자신을 돌볼 수 있겠습니까."

회죄대사는 마치 공양을 받는 불단 위 인형처럼 그 자리에 꼼짝없이 굳어 버렸다.

초만녕의 목소리가 조금 갈라졌다.

"제자의 어리석음을 용서하십시오. 속세의 고난이 바로 눈앞에 있는데 사존께서는 종일 높은 곳에 앉아 눈을 감은 채 어찌 승천할 수 있다는 것인지 모르겠습니다."

말을 끝낸 그가 천천히 몸을 일으켰다.

밝은 달빛 아래, 그가 떠날 때 입었던 의관은 흙과 핏자국이 묻어 더는 하얗지 않았다.

그러나 지극히 위엄 있고 기품이 흘러넘쳤다.

"그런 게 선인이라면, 저는 차라리 수행하지 않겠습니다."

회죄대사는 분노에 가득 차 눈앞이 어질어질했다. 그가 고함쳤다.

"배은망덕한 것, 네가 지금 무슨 말을 하는지 알고는 있느냐!"

"저는 사존께 배운 대로 행하는 것뿐입니다."

초만녕도 싸울 준비를 했다. 그러나 팽팽한 긴장 속에서 그는 미세하게 떨었고, 눈에는 상처가 가득했다.

"다 사존께서 가르쳐 주신 것입니다. 설마 그 도의는 그저 종이에 불과한 겁니까? 설마 수백만의 이재민이 돌아갈 집을 잃고 밤낮으로 고아가 죽어도, 저는 하산하지 않고 절에서 수행하며 깨달음을 얻어야 한다는 말씀입니까?"

회죄대사가 화를 내며 소리쳤다.

"선행은 승천한 뒤에 해도 된다니까!"

초만녕은 이런 사람은 처음 본다는 눈빛으로 회죄대사를 뚫어지게 쳐다봤다.

묵연은 가슴이 마구 뛰었다. 주먹을 꽉 쥔 그의 눈에 눈물이 파도처럼 밀려왔다. 묵연은 초만녕이 땅 위로 치솟아 교룡처럼 거친 물보라를 일으키며 회죄대사의 멱살을 잡을 거라고 생각했다. 그가 얼마나 어리석고 무슨 죄를 짓고 있는지 깨닫게 하려고 말이다.

그러나 초만녕은 몸을 부들부들 떨더니 결국 아무것도 하지 않았다.

눈시울이 붉어진 그가 갈라진 목소리로 말했다.

"사존, 제가 수행하는 것은 속세에 얽매이지 않고 자유롭게 살려는 것이 아닙니다. 신선이 되기 위해서만 수행을 해야 합니까? 그렇다면 저는 하지 않겠습니다. 차라리 저는 중간에 포기하고 아무것도 이루지 않고, 기꺼이 속세에 남겠습니다."

그리고 단호하게 덧붙였다.

"가진 것을 모두 버리고, 힘쓰다가 죽겠습니다."

"……."

"사존께서는 승천하십시오. 저는 살필 수 있는 모든 이를 살핀 다음 따라가겠습니다."

"초만녕!"

환각 세계였음에도 묵연은 당시 회죄대사가 얼마나 분노했는지 느낄 수 있었다. 그의 마음속에 감춰진 두려움과 뼈저린 실망도 동시에 느껴졌다.

나무 인형이 어찌 감히 생명을 불어넣어 준 사람을 사나운 눈초리로 본단 말인가. '그것'이 뭐라고?

회죄대사의 핏발 선 두 눈이 빨개졌다.

그는 못마땅했고, 부끄러워 화가 났다. 그의 마음속에 자리 잡은 고통과 원한, 그리고 비밀을 누구와 나눠야 할까?

그는 털어놓을 곳이 없었다.

결국 그는 뜰을 나가려는 초만녕을 얼음장같이 차가운 목소리로 불러 세웠다.

"배신자, 거기 서라."

238장 용혈산, 인간성

초만녕을 불러 세운 소리는 최후의 날 저녁 종소리 같았다.

묵연은 이제 어떤 장면을 보게 될지 짐작이 갔다. 온몸에 털이 곤두섰고, 피가 거꾸로 솟았다. 그는 한편으로는 환각 세계에서 나가 도망치고 싶었고, 또 한편으로는 어제로 돌아가 초만녕을 꼭 감싸 안아 주고 싶었다.

"안 돼……. 회죄대사…… 그러지 마세요……."

하지만 묵연은 그 무엇도 막을 수 없었다. 모든 건 이미 일어난 일이었다.

그는 그저 극도의 공포와 긴장 속에서 눈앞에 벌어지는 일을, 초만녕이 짙은 눈썹을 꿈틀거리며 회죄대사의 눈빛을 꿋꿋이 받아 내는 장면을 지켜보았다.

그러다 묵연이 자제력을 잃고 외쳤다.

"도망쳐요! 도망치라고!"

소년 초만녕은 언제나 회죄대사를 믿었다. 제물로 바치기 위해 그를 키운 스승을 믿었고, 의부이자 은인을 믿었다. 그래서 실망감이 극에 달해도 그는 회죄대사의 적나라한 눈빛 속에서 살기를 읽어 내지 못했다. 묵연이 초만녕의 앞을 막아섰다. 소용없다는 걸 알면서도 손 놓고 있을 수는 없었다.

"제발, 부탁이에요. 도망쳐요……."

초만녕은 도망치지 않았다. 그는 굴하지 않는 소나무처럼 한 걸음 한 걸음 회죄대사에게 다가갔고, 마침내 걸음을 멈췄다. 높이 묶은 머리카락과 피와 얼룩으로 물든 장포가 바람에 흩날렸다.

회죄대사가 입술을 달싹이며 말을 내뱉었다.

"절을 떠나 하산하려거든, 그러거라."

"사존?"

초만녕의 봉안이 살짝 커졌다. 음흉한 속내를 짐작하지 못한 그는 망나니가 치켜든 칼을 창가에 걸린 밝은 달로 착각했다. 순간 그는 감격스러웠고 기뻤다.

그는 회죄대사가 드디어 자신을 이해했다고 생각했다.

그러나 서늘한 칼은 이미 살기가 넘쳤다. 회죄대사가 말했다.

"오늘 밤 이 문을 나서면 앞으로 너는 무비사의 사람이 아니다. 너와 나의 십사 년 사제의 연도 이곳에서 끊어지는 것이다."

"……."

동그랗게 뜬 봉안에 담겨 있던 기쁜 빛은 점차 충격과 슬픔으로 변했다.

초만녕은 회죄대사가 이렇게까지 강경하리라고는 생각하지

못했는지, 한참을 그 자리에 서 있다가 입술을 달싹였다. 옆에서 안달이 난 묵연이 계속 재촉했다.

"제발요, 어서 가요. 여길 떠나요. 그만 말하고 이곳을 벗어나라고요."

묵연이 입술을 움직였지만 말이 제대로 나오지 않았다.

회죄대사가 초만녕을 응시했다. 이번에 최후의 승부수를 던진 것이다. 초만녕은 정을 중요하게 여겼고, 그들은 지난 십사 년을 함께해 왔다. 사제의 연이 끊어진다면 칼로 그의 심장을 도려내는 것일 테니 그는 분명…….

초만녕이 무릎을 꿇었다.

"……."

회죄대사는 당황했다.

그는 멍하니 생각했다. 아니, 어찌 이리 단호하게 고집을 부리는 것일까.

초만녕은 무릎을 꿇고 절을 올렸다.

한 번, 두 번, 그렇게 아홉 번을 절했다.

그가 다시 고개를 들었을 때, 눈가는 물기 없이 맑았으나 뺨은 젖어 있었다.

"제자 초만녕, 키워 주시고 가르쳐 주신 사존의 은혜에 감사드립니다. 앞으로……."

그의 목울대가 떨렸다. 앞으로 뭐? 그도 뭐라고 말을 이어 나가야 할지 몰랐다.

바람이 세차게 불고 날은 추웠다. 회죄대사의 몸이 바람에 휘청였고, 그의 가사 자락도 바람에 미친 듯이 펄럭였다. 그의 안색이 점점 어두워지고 차가워지더니, 입술마저 혈색을 잃었다. 그는 자신 앞에 무릎 꿇고 있는 사람을 응시했다.

이…….

이 나무가! 나무 따위가!

그가 조각하고 생명을 주었으며, 정성으로 가르치며 마음을 다해 키웠다.

그렇게 많은 일을 하면서 십사 년을 기다린 것은 나무토막을 귀계로 가져가 초란의 혼령을 담기 위해서였지, 오늘 여기서 침착하고 당당하게 나라와 백성을 걱정하는 꼴을 보기 위함이 아니었다. 제까짓 게 뭔데?

토막 난 나무 조각이 아닌가!

장작과 같은!

가슴속에서 치밀어 오른 분노가 눈동자까지 번졌다. 세상을 멸망시키고 싶은 충동이 극에 달했다.

이런 회죄대사는 매우 위험했다. 묵연이 몸을 숙여 초만녕을 안아 보려고 시도했지만 잡을 수도, 만질 수도 없었다. 초만녕은 여전히 고집스러우면서도 순종적으로 그 자리에 무릎을 꿇고 있었다. 완강한 태도는 마음속에 가고자 하는 길이 있어서고, 순종적인 자세는 마음속에 자리한 죄책감 때문이었다.

초만녕의 눈에 점점 일그러지는 회죄대사의 얼굴이 비쳤고, 가슴 속에는 주체할 수 없는 뜨거운 피가 흘렀다.

그의 온몸은 남을 위해 생겨난 것이었다. 장작이고, 나무였다. 혼령이 없는 물건이었다.

무릎 꿇은 그가 유일하게 위해 본 적 없는 것은 바로 그 자신이었다.

"만녕……."

묵연이 흐느끼며 만져지지 않는 그의 뺨을 손으로 어루만졌다.

"제발요……. 가세요…… 가라고……."

쨍그랑.

금속이 땅에 떨어지는 소리가 들렸다.

묵연이 천천히 고개를 돌렸다. 푸른 벽돌로 된 바닥에 곡도 한 자루가 있었다. 회죄대사의 칼이었다.

달빛 아래, 백정의 눈은 핏빛으로 물들었다. 그가 칼을 발로 차자 곡도는 그대로 초만녕의 무릎 쪽으로 날아갔다.

"안 돼! 아니야."

묵연은 이미 정신을 놓았다. 곡도를 빼앗으려 했지만 칼끝이 손가락을 허망하게 뚫고 지나갔다. 그는 잡을 수 없었다. 아무리 시도해도 끝내 잡을 수 없었다.

가늘고 긴 손이 뻗어 와 묵연이 아무리 애써도 잡을 수 없던 그 곡도를 집어 들었다.

이때 초만녕의 얼굴은 오히려 평온했다. 처음에 받았던 충격은 이미 사라진 뒤였다. 엄청난 고통 역시 회죄대사가 그에게 이 곡도를 던진 후 점점 가라앉았다.

그는 개운해 보였다.

"사존께서 제 목숨을 원하시면 드리겠습니다."

초만녕이 말했다.

"십사 년을 살든 백사십 년을 살든, 이 좁은 곳에만 있어야 한다면 다를 것이 없습니다."

회죄대사의 눈빛이 갑자기 속세에 초연했던 그 고승의 눈빛과는 완전히 달라졌다. 그 순간, 묵연은 그에게서 소만의 모습을 선명히 보았다.

임안의 비 내리는 밤, 배신하기 전날 밤의 소년이었다.

"초만녕."

회죄대사가 음산하게 말했다.

"네가 나와의 연을 끊겠다면 만류하지 않겠다. 지난 십사 년 동안 먹고 입은 것 역시 따지지 않겠다. 다만, 나에게서 배운 모든 것을 돌려줘야 한다."

"……."

회죄대사가 미간을 찌푸렸다.

"네 영핵을 가져갈 것이다."

영핵은 수행자의 정수가 응축된 것이다. 신목도 마찬가지였다. 영핵만 있다면 초만녕을 하나 더 조각하는 것도 가능했다.

이번에는 기필코 그에게 도의와 백성에 대해 가르치지 않을 것이며, 그가 자애로운 마음과 선함을 배우지 못하도록 할 것이다.

회죄대사는 초만녕의 영핵이 필요했다.

살아 있는 사람의 심장.

초만녕이 잠시 그를 쳐다보았다. 선사에 불빛이 일렁였고, 부처를 모신 대웅보전에는 야간 독경을 하는 승려의 경전 읽는 소리가 단향목 향처럼 퍼졌다.

회죄대사의 목소리가 갑자기 묵연의 귓가에 들려왔다. 그러나 이번에는 딱 두 문장이었다. 이 두 문장에 그의 평생의 용기와 기력을 다 쏟아부은 것 같았다.

그의 목소리는 순식간에 백 살 노인처럼 늙어 버렸다.

– 그가 땅에 무릎을 꿇고 앉아 나를 보는데, 문득 부처가 자신을 다치게 한 사람을 용서할 때 저런 눈빛이 아니었을까 하는 생각이 들었다오.

노쇠한 목소리가 뉘우치듯 한탄했다.

– 그는 그 망나니를 가엽게 여겼소. 칼 아래 놓인 생명이 피 묻은 백정을 불쌍히 여겼다오.

"안 돼!"

묵연이 새된 비명을 질렀다.

순간 번쩍이는 빛에 묵연은 눈을 확 감았다. 무언가를 찌르는 소리가 생생히 들려오자 묵연은 땅에 웅크렸다.

"안 돼……."

뜨거운 피가 솟구치며 뼈와 살이 분리됐다.

묵연은 슬프게 울부짖으며 초만녕의 곁으로 기어갔다. 그는 눈물과 콧물로 범벅된 얼굴을 쉬지 않고 흔들었다. 그는 허둥대며 초만녕의 상처를 틀어막고 영력을 불어넣어 피를 멈추게 하려고 했다.

아무 소용이 없었다.

아무 소용이 없었다.

그는 초만녕이 신음을 삼키며 순간의 고통에 정신을 잃지 않도록 술법을 거는 모습을 두 눈으로 지켜보았다. 그는 초만녕이 칼을 조금씩 가슴에 찔러 넣는 걸 두 눈으로 똑똑히 보았다. 사방이 온통 뜨거운 피로 가득했다.

뜨겁고 세찼고, 또 치열했다.

그런데 어떻게 살아 있는 사람이 아닐까.

살, 찢어진 건 분명 살이었다.

달큼한 선홍빛 피비린내가 자잘하게 부서졌다.

그런데 어떻게 살아 있는 사람이 아니야? 어떻게!

회죄대사는 그 자리에 얼어붙었다. 그의 얼굴은 흉악하고 잔인한 표정을 드러낸 채 마지막 그 순간에 멈춰 있었다. 하지만 눈빛은 오히려 망연한 듯 반짝이며 떨리고 있었다…….

그가 바라던 것이 정말 이런 것인가?

그 순간, 갑자기 장면이 흔들리면서 흐려졌다. 묵연의 눈앞에서 벌어진 상황은 회죄대사가 족자를 만들 때 느꼈던 감정 변화로 인해 어지럽게 뒤틀렸다.

묵연은 수많은 과거가 핏속에서 쏟아지는 걸 목격했다. 모든 과거는 보드라웠고, 또 진실했다.

묵연은 열한두 살 정도 된 초만녕이 금성호에서 천문을 소환하고 떠나려던 그때, 호수에서 끝부분이 해당화 모양으로 된 고금이 나타나는 장면을 보았다. 고금이 수면 위로 떠오르는 순간, 초만녕의 몸에서도 밝은 빛이 뿜어져 나와 마치 서로 어우러져 빛나는 듯했다. 그는 의아해하며 고금의 현을 쓰다듬었다.

"이게 어떻게 된 일이지?"

회죄대사는 아마 고금도 염제의 신목으로 만들어졌을 것이라고 짐작했다. 초만녕과 같은 계통이라 자연스럽게 서로를 감지한 것이었다. 흥분한 그의 표정에는 놀람과 기쁨이 어느 정도 섞여 있었다.

"네 운명의 신무인가 보구나."

"운명의 신무요?"

회죄대사는 놀라고 기쁜 기색을 숨겼다.

"……그래. 태생이 신묘하고 비범하여, 태어나면서부터 신무의 연을 가진 사람이 있단다."

초만녕이 웃었다.

"제 태생이 신묘하고 비범한가요?"

"……."

회죄대사가 대답을 피한 채 구가의 나무로 된 몸통을 만지며 감탄했다.

"고금이 너와 연이 있는 걸 보니, 아마 영핵이 없어도 소환할 수 있을 거다……. 너와 같은 계통이니."

장면이 바뀌고, 묵연은 임안성 밖에서 걷고 있는 두 사람을 발견했다. 회죄대사는 어린 만녕의 뒤를 따라가며 그에게 천천히 가라고 계속 말했다.

묵연은 뜨거운 김이 모락모락 나는 꽃떡 너머 순진무구한 초만녕의 미소를 보았다.

그는 객잔에서 초만녕이 작은 부들부채로 온 힘을 다하여 열심히 회죄대사에게 부채질하는 모습을 보았다.

그는 초만녕이 처음으로 계화연근조림을 먹고는 달콤한 양념이 듬뿍 묻은 입으로 회죄대사를 향해 씨익 웃는 모습을 보았다.

마지막으로 환영은 어느 여름날 연못가에서 멈췄다. 푸른 연잎은 하늘까지 닿았고, 연꽃은 연못 가득 찬란히 피어났다. 고추잠자리가 하늘거리며 날아다니다 살포시 내려앉았다. 그야

말로 더없이 아름다운 저녁 풍경이었다.
대여섯 살의 초만녕이 배시시 웃으며 회죄대사를 따라 가부좌를 틀고 칠흑같이 까만 눈으로 그의 스승에게 말했다.
"사존, 한 번 더 해요. 한 번만 더요."
회죄대사가 말했다.
"그만하자. 나는 옛 친구의 천도[#17]를 위해 염불을 외러 가야 한다."
"한 번만 더 하고 가세요. 마지막이에요, 진짜 마지막."
승려가 대답하기도 전에, 어린아이는 이미 푸른빛이 감도는 회색 승려복의 소매를 말아 올리고 연꽃을 흔들었다. 신이 난 그는 작은 손을 뻗어 상대하기 싫어하는 회죄대사의 손을 툭툭 쳤다. 앳된 목소리가 맑고 달콤한 것이 꼭 연근조림 같았다.
"너 하나, 나 하나, 무슨 꽃이 물속에 필까? 연꽃이 물속에 피지. 너 둘, 나 둘, 무슨 꽃이 주렁주렁 필까? 느릅나무 꽃이 주렁주렁 피지."
밝게 웃는 그의 얼굴을 보며 회죄대사는 결국 어쩔 수 없다는 듯 뒤따라 웃으며 고개를 젓고는, 그와 손뼉 치며 유치하기 짝이 없는 놀이를 했다.
"너 아홉, 나 아홉, 무슨 꽃이 바람 따라 날아갈까? 민들레가 바람 따라 날아가지. 너 열, 나 열, 무슨 꽃이 잎이 없을까? 납매꽃이 잎이 없지."
피에 젖은 옷섶은 붉은 연꽃이 스며든 듯했다.
선방에서 회죄대사가 눈을 감았다.

#17 천도 죽은 사람의 넋을 천상에 보내기 위해 기원하는 일

이건…… 토막 난 나뭇조각이다.

지난날의 앳되고 맑은 웃음소리가 여전히 귓가에 맴돌았다.

그래, 혼이 없는 사람이야.

"무슨 꽃이 물속에 필까? 하하하, 사존 바보 같아요. 연꽃이 물속에 피잖아요."

그가 초순에게 바칠 육신의 껍데기였고, 백 년 동안 갖은 노력을 해서 얻은 속죄의 나무다! 살아 있는 사람이 아니야! 영혼이 없다고!

"사존, 꽃떡 반 나눠 줄게요. 사존이 큰 거 드세요. 저는 작은 거 먹을게요."

회죄대사가 눈물을 흘렸다.

그가 떨었다. 격렬하게 떨었다. 덜덜 떨면서 이미 칼로 심장을 찌르고, 영핵이 깨진 아이에게 달려갔다.

그가 무릎을 꿇고 대성통곡했다. 그는 기진맥진한 채 초만녕을 품에 안았다. 하지만 초만녕을 스쳐 지나갈 수밖에 없는 묵연처럼, 피맺힌 울음만 목구멍에서 쏟아 냈다. 칼이 초만녕의 심장이 아닌 그의 목을, 그의 혼을 찌른 것처럼.

어찌 혼령이 없을까…….

그는 눈을 감고 보지 않았고, 귀를 막고 듣지 않았다.

그는 줄곧 알고 있었다. 마음속에서는 이미 인식하고 있었다.

초만녕의 웃음과 진심, 관용과 따스함, 고집과 의지 속에서 그는 초만녕의 영혼을 보고 있었다.

하지만 이기적인 욕심에, 소위 말하는 속죄를 위해 그는 눈이 멀고 귀가 먹은 척 자신을 속였다.

초만녕은 단 한 번도 나무 조각이었던 적이, 빈 껍데기였던 적이 없었다.

피가 흐르고 살이 있는, 울고 웃을 줄 아는 사람이었다…….

– 나는 그가 아이였을 때부터 매일 크는 걸 지켜봤다오. 어렸을 때는 초란을 닮았고, 조금 크니 또 초순을 닮더이다. 그러나 나는 그와 그들을 헷갈린 적이 없었지.

회죄대사의 목소리는 망가진 징처럼 심하게 갈라졌다.

– 그는 나에게 떡 반 개를 나눠 주고, 나를 사존이라고 불렀소. 또 내가 눈치채지 못했을 거라 생각하고 몰래 부들부채로 부채질을 해 줬다오. 무비사에서 십사 년간 내 곁을 지켰고, 날 보고 웃고 날 믿었으며, 내게 세상에서 가장 인자하고 선한 사존이라고 말했다오.

쓸개를 삼킨 듯 쓰디썼다.

회죄대사가 중얼거렸다.

– 가장 인자하고 선한 사존…….

족자 속 회죄대사가 초만녕의 손을 저지하고 영력을 막았다. 초만녕은 주술이 효력을 잃기 바로 직전, 통증에 정신을 잃었다.

회죄대사는 살아 있는, 뜨거운 피가 철철 흐르는 육체를 안았다. 이백 년 전 임안에 천열이 일어났을 때, 심장을 파내 사람들이 도망칠 수 있도록 길을 밝혀 준 초순 같은 사람을 받쳐 들었다.

하지만 달랐다.

초만녕은 고집과 자부심이 있는 사람이고, 자신만의 이런저런 버릇도 가지고 있었다. 이불을 덮지 않고 잔다거나, 먹다가

배가 부르면 자기도 모르게 젓가락을 씹으며 멍을 때리고, 빨래를 싫어해서 한데 뭉쳐 놓는 등의 자잘한 버릇 말이다.

그가 좋아하는, 습관과도 같은 것이었다.

그는 그 누구와도 달랐다.

사위가 다시 어두워졌다.

깜깜한 것이 차라리 나았다. 묵연은 이런 장면을 계속 보다가는 미쳐 버릴 것 같았다.

어둠 속에서 회죄대사의 탄식이 아득히 들려왔다.

– 사실 그가 매서운 눈으로 나에게 하산하여 사람들을 돕겠다고, 승천하고 싶지 않다고 했을 때, 나는 분명히 깨달았소. 그가 살아 있는 사람이라는 걸 말이오.

그가 흐느끼기 시작했다.

– 내가 나약하고 이기적이라서, 내 손으로 내가 키운 아이를 망칠 뻔했소.

"……."

– 그는 초란이 아니며, 내 속죄를 위한 제물이 아니었소.

"……."

– 그는 초만녕이었다오. 그를 깨운 그 시간, 마침 고요하고 평화로운 저녁 종소리가 울렸고, 장엄한 불상이 지켜보는 아래 탄생했기에 그에게 지어 준 이름이지.

"……."

– 하지만 내가 그에게 준 것은 이름뿐이었다오. 나는 줄곧 내가 그를 탄생시켰다고 믿었기에 그가 내 소유이고 날 위해 존재하며, 내가 제물로 올릴 수 있는 대상이라 믿었소. 하지만

그가 초 공자처럼 자신의 도의를 위해 기꺼이 가슴을 가르고 증명하는 것을 보고서야…….

흐느끼던 회죄대사는 말을 잇지 못했다. 한참 뒤, 겨우 갈라진 목소리로 말했다.

– 나는 마침내 깨달았소. 나는 그에게 혼령을 준 적도, 인생을 준 적도 없다는 것을. 그것은 모두 그의 것이었다오. 왜냐면 …… 왜냐면 나처럼 불결하고 나약한 죄인은 영원히 그런 청렴하고 의지가 강한 생명을 만들어 낼 수 없으니까.

거친 그의 목소리가 처절히 말했다.

– 영원히 불가능하지.

239장 용혈산, 진상

눈앞이 다시 밝아졌다. 추적추적 비가 내리는 새벽, 회죄대사는 선방에 앉아 염주를 돌리며 불경을 외고 있었다. 갑자기 선방 입구에서 빛이 번쩍이자, 그는 고개를 돌리지도 않은 채 목탁을 내려놓고 탄식하듯 말했다.

"깨어났느냐?"

묵연이 고개를 돌리자, 입구에 초만녕이 서 있었다. 수려한 모습은 옅은 햇빛 속으로 녹아들어 갈 것 같았다.

"왜 절 구하셨습니까."

"무비사에서 피를 볼 순 없다."

"……."

"너는 심장을 찔러 자신을 증명했고, 나도 네 뜻을 알았으니, 하산하거라. 앞으로 다시는 돌아오지 마라."

초만녕은 아무런 짐도 챙기지 않고 향과 염불 소리 속에 있는 익숙한 뒷모습을 한참 보다가 말했다.

"사존."

사존.

그리고 뭐라고 하지? 여기서 인사드린다고? 큰 은혜에 감사하다고?

가슴을 감싼 천에 피가 배어 나왔다. 칼은 이미 뽑았지만 심장은 여전히 아팠다.

십오 년 가까이 이어진 신뢰는 결국 회죄대사의 '네 영핵을 갖겠다'라는 말로 돌아왔다. 상관없었다. 십오 년 동안 그는 회죄대사가 가장 인자하고 선하며, 나무와 풀을 걱정하고, 약자를 가엽게 여긴다고 생각했다. 그는 세상이 임안성과 상수진계처럼 평화로운 줄 알았다.

하지만 모두 가짜였다. 회죄대사가 그를 속인 것이다.

영핵이 산산조각 나는 것보다 수백 수천 배는 더 아팠다.

초만녕은 눈을 감고 마침내 그에게 말했다.

"여기서 인사드리겠습니다…… 대사."

그는 자신의 다정함, 신뢰, 천진함을 모두 장엄한 사원에 남겨 두었다. 회죄대사가 그에게 주었던 것들은 결국 깨진 영핵과 쏟아진 피와 함께 모두 빼앗기고 말았다.

그는 몸을 돌려 멀어져 갔다.

- 그가 날 원망할 거라는 걸 알았다오. 설령 내가 그때 그를 따라 하산하여 도를 행했어도, 그의 마음속에 생긴 구멍은 사라지지 않았을 것이오.

회죄대사가 나지막이 말했다.

– 내가 그를 놓아준 뒤, 그의 기억 속에 나는 어질지 않고 의롭지 못하며, 이기적이고 매정한 사람으로 남았다오. 그는 나를 다시는 인정하지 않았고, 나도 그의 사존이라는 신분으로 남을 면목이 없었소이다.

그가 담담히 말을 이었다.

– 그때는 그의 생일이 막 지나서 열다섯이 됐을 때였소. 십오 년간 떠돌이의 인연이, 춘하추동과 희로애락이, 그날 이후 다시는 돌아오지 않았소.

회죄대사는 뜰의 계단을 쓸었다. 푸른 나뭇잎이 노랗게 물들더니, 결국 생기 잃은 가지에 늦겨울 눈이 내려앉았다.

승려는 두꺼운 승려복을 껴입고 처마 아래 서서 눈을 찌푸린 채 땅에 쌓인 눈을 바라보았다.

그는 얼굴은 젊었으나 노년의 눈빛을 띠고 있었다. 그는 늙어 가는 평범한 사람들처럼 넋 놓기를 좋아해, 우두커니 앉아 있다가 저도 모르게 얕은 잠에 빠지기도 했다.

– 나는 이미 늙을 대로 늙어 이백 살이나 되었소. 소년 시절의 일은 이미 기억 속에서 흐려졌지만, 초만녕이 내 곁에서 보냈던 세월은 오히려 점점 선명해졌다오. 나는 가끔 아이를 걱정하는 어른의 마음이 이런 것이 아닐까 생각했지……. 하지만 내가 무슨 어른이라고 할 수 있겠소? 나는 한낱 비겁한 백정일 뿐이라오.

회죄대사가 말했다.

– 내 몸에 남은 음기가 점점 약해졌고, 속죄는 이번 생에서는 희망이 없어 보였지. 나는 어디에도 가고 싶지 않아 무비사

에서 두문불출했소. 해당화가 피었을 때만 가장 예쁜 가지 하나를 꺾어 귀계로 가져가, 항상 그랬던 것처럼 사람을 통해 초순에게 보냈소.

그의 목소리가 아득히 울려 퍼졌다.

– 나는 마음이 넓은 사람이 아니라서 항상 자잘한 일만 했고, 일이 넘치면 하지를 못했소. 그래서 선택을 할 때는 항상 어쩔 줄 몰라 했다오. 나는 그렇게 여생을 살아갈 셈이었소. 어느 날, 내 뜰로 누군가 찾아오기 전까지는.

깊은 밤, 누군가 방문을 급히 두드렸다.

회죄대사는 일어나서 문을 열었다가 깜짝 놀랐다.

"……네가 어찌?"

뒤에 서 있던 묵연도 그 사람의 얼굴을 보았다.

초만녕이었다.

초만녕은 조급해 보였다. 안색이 매우 안 좋았고, 더 이상한 건 분명 추운 한겨울이었는데 얇은 여름옷을 입고 있었다는 것이다.

처음에 묵연은 그가 얼어 죽기 직전의 유랑민에게 겉옷을 줬나 싶었는데, 금세 그런 것이 아니라는 걸 깨달았다. 초만녕은 단정한 차림새였다. 그는 회죄대사의 허락을 받고 침실로 들어가더니, 막다른 길로 내몰린 짐승처럼 다짜고짜 회죄대사에게 주술이 걸린 향로를 건넸다.

회죄대사는 수많은 말을 삼키고 이렇게 물었다.

"네가…… 무슨 일이냐?"

"제 법력으로는 오래 버틸 수 없어 대사께 일일이 설명할 수 없습니다.”

초만녕이 빠르게 말했다.

“이 향로는 매우 중요한데 누구에게 맡길지 도저히 생각나지 않았습니다. 이 속세는 미지의 것이 너무 많아 ‘그’가 어떻게 변할지, 또 누가 운 좋게 재앙을 피해 이 비밀을 지킬 수 있을지 몰라, 어쩔 수 없이 폐를 끼치게 되었습니다.”

“……무슨 말이냐? 어디 아픈 것이야?”

회죄대사는 눈치채지 못했지만 옆에 있던 묵연은 머릿속이 웅웅 울리고, 눈앞이 까매졌다! 그는 ‘초만녕’이 어딘가 다르다는 걸 깨달았다.

바로 귀였다!

이 초만녕은 왼쪽 귀에 구멍이 나 있었고, 매우 작고 새빨간 귀걸이를 하고 있었다.

아주 사소한 부분이었지만, 묵연은 벼락 맞은 사람처럼 아무 말도 할 수 없었다.

이건 초만녕이 아니었다……. 아니, 이건 이 세상의 초만녕이 아니었다!

그…… 그는 전생에서, 답선제군의 시대에서 왔다. 그렇지 않고서야 절대 저 표식이 있을 수 없었다. 묵연은 그 귀걸이를 정확히 기억하고 있었다. 그건 그의 피를 굳힌 다음 욕정의 주문을 씌워서, 초만녕이 그의 손길과 침략에 더 민감하게 반응하도록 만든 것이었다.

틀림없었다!

당시 그는 더 음탕하게 어우러질 심산으로 침이 박힌 귀걸이를 만들었다. 그는 초만녕이 정신을 잃어 갈 때 그의 왼쪽 귀를 거칠게 빨며, 몸 아래에 있는 사람이 부르르 떨며 만족감을 얻는 걸 느끼고 있었다. 그는 초만녕이 경련하듯 떠는 틈을 타 귓불을 뚫었다.

초만녕이 낮게 신음을 내뱉더니 미간을 찌푸리며 이불을 움켜잡았다. 하지만 자신의 위에 올라탄 남자에게서 벗어날 수는 없었다.

– 아파?

그가 귀에서 흐르는 피를 핥으며 눈빛을 번뜩였다.

– 아파? 아니면 흥분되는 거야?

귀걸이를 찔러 넣어 연약한 피부를 찢자, 또 다른 방법으로 그를 정복한 것 같았다. 내 살이 아닌 다른 무언가가 살을 찌르면 아픈 법이었다. 그게 무엇이고 어디를 찌르든 말이다.

통증에 신음하며 몸을 떠는 초만녕을 보자 묵연은 점점 흥분했다. 그가 초만녕의 턱을 어루만지더니 고개를 잡고 돌려서 격렬하고 끈적하게 입을 맞추고는 숨을 몰아쉬었다.

– 귀걸이를 한 것뿐인데 왜 이렇게 떨어?

그는 뻔히 알면서 묻더니, 손에 힘을 주어 귀걸이로 거칠게 귓불을 뚫었다. 가차 없고 난폭했으며 사나웠다.

– 봐 봐, 완전히 뚫렸네.

그는 초만녕의 새로운 귀걸이를 만지작거리며 말했다.

– 들어갔어.
– …….
– 당신의 몸속에 있으니, 앞으로 당신은 내 거야.

전생의 초만녕이 현생의 세상으로 넘어왔다.
이 사실을 알게 된 묵연은 몹시 놀라 소름이 돋고, 두 눈이 흐려져 숨을 쉴 수 없었다. 그는 눈앞에서 펼쳐지는 장면을 멍하니 보고만 있었다. 대체 무슨 일이지?
그는 정신을 집중해 초만녕과 회죄대사의 대화를 들으려고 애썼지만, 너무 큰 충격에 정신을 차릴 수 없었다. 다만 초만녕이 회죄대사에게 무슨 말을 하는지는 어렴풋이 알 것 같았다. 귓가에 '시공생사문', '파멸의 금지 술법', '멈출 수 없다'와 같은 말들이 들려왔다.
의자에 무너지듯 주저앉은 회죄대사의 얼굴이 노랗게 질렸다.
"네 말이 사실인 것을 어찌 증명하지?"
"……증명할 수 없습니다."
마침내 묵연은 초만녕의 말을 듣게 되었다.
"대사께서 절 믿길 바랄 뿐입니다."

"……너무 터무니없다. 네가 다른 세상에서 시공생사문을 통해 왔고, 그 세상에는 답…… 답……."

"답선군입니다."

"답선군이라는 자가 있는데, 세상을 파괴하여 수진계 전체를 뒤엎었지만, 너는 그의 비밀을 발견한 후 수단과 방법을 가리지 않고 시공생사문을 열어 이 세상에 왔다고? 모든 것을 바꾸기 위해?"

"바꾸려는 게 아니라 막으려는 것입니다. 내버려 두면 그들은 언젠가 시공생사문 주술을 손에 넣을 것인데, 그렇게 되면 끝장나는 것은 우리 쪽 세계만이 아닙니다."

머뭇거리는 초만녕의 눈에 촛불이 아른거렸다.

"아무도 피하지 못할 겁니다."

"황당하기 짝이 없구나."

회죄대사가 중얼거렸다.

"그게 어찌 가능하지……. 이건 정말…… 말도 안 되는데……."

초만녕은 이따금 회죄대사의 방문 앞에 놓인 물시계를 보며 시간을 재더니, 다급해진 얼굴로 말했다.

"대사께서 지금은 못 믿으시겠지만 나중엔 이해하실 겁니다. 그 전에, 이 향로를 용혈산 동굴에 봉인해 주십시오. 향로에 제가 걸어 놓은 중요한 주술은 천천히 효력을 보일 테니, 대사께서는 신경 쓰지 마십시오. 유일하게 해 주셔야 할 것은……."

회죄대사가 고개를 들었다. 마치 미치광이를 보는 것처럼, 꿈꾸는 듯한 표정으로 초만녕을 바라보았다.

"유일하게 해 주셔야 할 것은, 아무도 용혈산 동굴에 접근하지 않도록 막으시는 겁니다. 대사께서 제 말을 믿게 된 다음엔, 무슨 수를 써서라도 이 세상의 '저'와 묵연이라는 자를 함께 용혈산으로 데리고 가세요. 그 후의 일은 향로의 주술로 이미 준비를 해 두었으니 걱정하지 않으셔도 됩니다."

회죄대사가 무력하게 입술을 달싹이며 무언가 말하려던 순간, 갑자기 창밖에서 날카로운 호각 소리가 들렸다.

이 호각 소리는 답선군이 사라질 때 났던 소리와 똑같았다.

초만녕은 이 소리에 얼굴이 창백해졌다. 그는 초조한 얼굴로 회죄대사의 눈을 주시했다.

"부탁입니다. 대사가 아니면 이 세상에서 저를 도울 수 있는 사람도, 제가 부탁할 사람도 없습니다."

부탁이라는 말에 회죄대사는 순간 움찔했다.

그의 눈동자에 세상의 온갖 풍파를 겪은 늙은이의 시선이 드러났다.

결국 그는 향로를 건네받고 가볍게 고개를 끄덕였다.

호각 소리가 더 날카로워졌다. 초만녕은 고개를 돌려 어두운 창밖을 보더니 회죄대사에게 말했다.

"반드시 용혈산의 동굴을 잘 지키셔야 합니다. 그리고 이곳에 답선군이 나타나면, 또는…… 제가 말한 것처럼 귀계의 대천열이 일어나면 사태는 분명 변할 겁니다. 그때, 대사는 오늘 제가 한 말이 거짓이 아님을 알게 되실 겁니다."

날카로운 호각 소리에 고막이 찢어질 것 같았다.

초만녕이 몸을 돌려 어둠 속으로 들어가다가, 마지막으로 회죄대사를 그윽한 눈으로 바라봤다. 그는 사제 간의 예를 차려 인사를 하려고 손을 반쯤 들다가 멈췄다. 그러고 나선 눈을 감고 허리를 굽혀 공손히 인사했다.

그 순간, 회죄대사는 어디서 난 용기인지 벌떡 일어나 초만녕에게 외쳤다.

"넌…… 내가 무슨 짓을 했는지 아느냐? 그 세상의 나는 설마 너에게 같은 짓을 저지르지 않았단 말이냐? ……네가 날 믿을 리 없을 텐데!"

고개를 가로젓는 초만녕의 얼굴이 어둠 속에서 흐려졌다.

"대사……."

그의 모습이 점점 멀어졌다.

"저는 시간이 없습니다……. 부탁이니 방법을 생각해서……."

초만녕의 목소리가 아득히 이어졌다.

"어떤 방법도 상관없습니다. 정말 중요한 일입니다. 그러니 제발 당신의 말을 듣도록 저를 설득해 그와 함께 용혈산으로 데리고 가 주세요."

마침내 그가 사라졌다.

무겁게 내려앉은 어둠 속에서 별이 반짝였고, 물이 일렁였다.

회죄대사가 뜰까지 뒤쫓아 나왔지만, 아득히 먼 곳에서 밤하늘보다 더 어두운 빛이 번쩍했다. 초만녕은 이미 종적을 감췄고, 회죄대사의 손에는 향로만이 남아 있었다. 그가 손으로 꽉 잡고 있는, 영력이 가득 담긴 향로는 이 모든 것이 꿈이 아니라는 걸 말하고 있었다.

묵연의 눈앞이 격하게 흔들렸다. 전에 봤던 장면 하나하나가 눈사태처럼 무너져 내렸다.

– 그가 무슨 방법을 써도 상관없다고 했지만, 무슨 방법이 있겠소?

회죄대사가 탄식했다.

– 그는 이미 나를 믿지 않은 지 오래고, 나를 떠나 멀리 갔소. 게다가 나는 마음속으로 이 모든 것이 음모는 아닐까 하고 의심했다오.

그가 말을 이었다.

– 채접진의 천열이 일어나고, 죽은 만녕을 부활시킨 뒤에야 나는 결심하고 그에게 서신을 썼다오.

탄식이 섞인 목소리가 이어졌다.

– 나는 심사숙고하며 서신을 썼소. 배후에 있는 자가 얼마나 신통한지 알 길이 없어 서신에 사실을 밝힐 수 없었지. 또 나는 그를 찾아갈 다른 핑곗거리도 없었소. 게다가 그는 강한 법력으로 사생지전의 옥형 장로 자리까지 겸직하고 있어서 그에게 억지로 가자고 할 수도 없었다오. 결국 그의 영핵이 완전히 회복되지 않아 몸이 불편할 거라는 걸 떠올리고 이를 핑계로 그에게 용혈산에서 보자고 했소.

그의 목소리에 후회가 배어 나왔다.

– 하지만 난 그를 십사 년이나 속였소. 그래서 내가 아무리 간절히 말해도 그는 나를 믿지 않았지…….

실의에 빠진 듯한 긴 한숨이 이어졌다.

– 나는 계속 기다렸소. 약 이십 년 전 내가 그를 산에 연금한 뒤, 매일 그를 찾아가 마음을 바꾸길 기대했던 것처럼. 나중에 나는 또 매일 용혈산에서 그가 돌아오길 기다렸다오.

노쇠한 목소리에 한탄이 섞였다.

– 그가 나에게 기회를 한 번만 더 줬더라면 얼마나 좋았을까.

노승의 쇠약한 목소리는 줄 끊어진 연처럼 표표히 멀리 날아갔다.

– 나에게 남은 시간이 별로 없어서 얼마 기다리지 못할 걸 알았다오. 그래서 마지막으로 이 족자를 만들었소. 나는 거듭 생각하고 몇 번이나 고쳐 가며, 한때 전혀 보이고 싶지 않았던 기억까지 이 안에 담았다오. 하지만 나는 결국 겁쟁이였소. 나는 내가 살아 있을 때 그가 이 족자를 보는 걸 원치 않았다오……. 나는 고통 어린 그의 눈빛을 견딜 자신이 없었지. 그가 열네 살이었던 그해의 그 눈빛을 나는 이미 충분히 봤다오.

그의 목소리가 미약하게 이어졌다.

– 그러니 만녕…….

그는 무거운 짐을 내려놓듯 작게 한숨을 뱉었다.

– 네가 이것을 봤을 때, 나는…… 이미 세상을 떠났겠구나.

참회하듯, 그의 목소리가 아득히 울렸다.

– 나는 끝까지 이기적이구나. 날 미워하는 널 보지 않으려고 떠나기 전에야 모든 사실을 너와, 네가 말한 묵연이라는 아이에게 전하는구나. 미안하다. 그때 내가 잘못했다. 너는 처음부터 살아 있는 사람이었다.

회죄대사는 한참을 말이 없더니 별안간 잠긴 목소리로 세상에 남기는 마지막 말을 뱉었다.

– 초 공자, 나를 용서해 줄 수는 없소?

초 공자가 백 년 후의 초만녕인지 아니면 백 년 전의 초순인지 알 수 없었다.

말소리가 끝나자 별안간 바람이 불었다. 무수히 많은 기억의 파편이 마치 하얀 눈처럼, 바람에 날리는 버들 솜처럼 얼굴을 스치며 날아갔다. 이백 년의 죄와 벌, 십사 년의 희비가 모두 뒤섞였다.

아이가 웃었다.

"너 하나, 나 하나, 무슨 꽃이 물속에 필까? 연꽃이 물속에 피지."

소년이 따졌다.

"남을 도울 줄 모르면서 어찌 자신을 돌볼 수 있겠습니까. 그런 게 선인이라면, 저는 차라리 수행하지 않겠습니다."

마지막에는 봉안을 내리깔았다.

"여기서 인사드리겠습니다…… 대사."

이 모든 장면이 겹겹으로 이어지며 빠르게 지나갔다. 빛이 밝게 빛나자, 묵연의 눈앞에 다시 허리가 굽은 회죄대사의 뒷모습이 나타났다. 그는 허리를 숙이고 탁상에 앉아 신목에 마지막 손길을 더하고 있었다.

저녁 종이 울렸다.

"초만녕이라고 부르면 되겠구나."

말이 끝나자 큰 파도가 밀려오고, 묵연은 미친 듯이 흐르는 기억 속에서 허우적거렸다. 곧이어 기억 족자에서 밀려난 그는 용혈산 동굴 앞 돌 위에 떨어졌다.

족자 안팎의 시간은 다르게 흘렀다. 속세는 황혼으로 물들고, 하늘은 붉은 노을로 뒤덮여 석양이 지고 있었다. 누워 있던 묵연은 다시 수년 전 그 밤으로 돌아간 것만 같았다. 회죄대사가 나무에 피를 떨어트리고, 세상에 초만녕이라는 이름의 아이가 탄생했던 그 밤으로.

가만히 누워 있는 그의 눈에는 초점이 없었다.

"사존…… 만녕……."

그는 이제야 초만녕처럼 그렇게 강인한 사람이 왜 자신의 품속에서 목 놓아 울었는지 이해했다.

깨달음의 대가는 칼에 갈기갈기 찢기는 것처럼 너무나도 컸다.

모두 그의 잘못인가?

전생의 답선군 잘못이었다. 초만녕은 두 평생, 천하를 어지럽히려는 그를 막기 위해 전력을 다했다.

초만녕은 영핵이 뜯겨 나간 적이 있었다.

무비사 앞에서 그의 목숨을 구해 준 은공(恩公) 형아였다.

사람이 아니라…… 신목의 영이었다…….

모든 게 돌에 깔리는 것 같은 엄청난 충격이었다. 단 하나의 사실만으로도 육체가 조각나 피투성이가 될 수 있는데, 여러 가지가 한데 쌓였으니 더 말할 것도 없었다.

그 순간 묵연은 누워 있는 온몸의 뼈가 산산이 부서져 다시는 아무것도 못 할 것 같았다.

모두 엉망이었다.

그의 시선은 한쪽에서 눈을 감은 채 아무 말 없이 앉아 있는 초만녕에게로 향했다. 후회는 뼈가 되고, 사랑은 살이 됐으며, 고통은 피가 되었다. 이 사람의 욕망을 지켜 그가 끝없는 고통과 망연함 속에서 버텨 내고 진창에서 벗어나도록 해 주고 싶었다.

묵연은 천천히 일어나 초만녕 앞으로 걸어갔다.

초만녕이 눈을 뜨고 그를 바라보았다.

두 사람 중 누구도 먼저 입을 떼지 않았다.

결국 묵연이 허리를 숙여 그를 안았다.

“사존, 신목이어도, 사람이어도 좋아요. 사존만 기꺼이 저를…….”

애써 참아 봤지만 흐느낌이 새어 나왔다.

“계속 저를…….”

계속 뭐?

옆에 있게 해 달라고?

그럴 자격이 없었다.

그는 결국 자괴감에 괴로워하며 말했다.

“저는 항상 사존 앞에 서 있을게요.”

나는 사존과 함께할 수 없어요. 난 어울리지 않아요. 나는 너무 비천하고 불결하고 모든 것을 망치지만, 당신은 결백해요.

나는 당신 곁에 있을 수 없어요, 만녕.

그러니 내가 당신 앞에 서서, 대신 칼날을 막게 해 줘요.

죽는 그날까지.

240장 용혈산, 초비

초만녕은 답선군의 일을 확인하지도, 언급하지도 않았다.

사실 묵연의 불안한 표정은 가장 좋은 답이었다. 더 이상 물을 필요가 없었다. 게다가 그는 이미 너무 지쳤다. 연이어 받은 충격에 머리가 마비될 지경이었다.

한참이 지난 뒤에야 그는 묵연의 품에서 벗어나 천천히 일어났다. 그는 묵연을 보지 않고 눈을 감은 채 말했다. 목소리는 간담이 서늘할 만큼 침착했다.

"동굴에 가 보고 싶다."

"……."

"또 다른 내가 심혈을 기울여 만들었다니, 보고 싶어."

"……사실을 알았으니 이제 저를 미워하실 건가요?"

유치하기 짝이 없는 질문이었지만 묵연은 그래도 물어봤다. 묻고 난 뒤엔 또 이렇게 중얼거렸다.

"저를 미워하실 거예요."

초만녕의 눈동자가 미세하게 흔들리더니 결국 고개를 돌려 그를 바라보았다.

"답선제군은…… 대체 무슨 짓을 했느냐?"

그는 '너'라고 하지 않고 답선제군이라고 했다.

묵연은 그 호칭이 일말의 희망처럼 느껴졌지만, 그 희망은 너무나도 아득했다. 그는 온 힘을 다해 잡고 싶으면서도 두려웠다.

초만녕이 입술을 움직이며 눈을 살짝 찌푸렸다.

"살인?"

묵연은 대답하지 않았다.

"마을을 몰살한 것이냐?"

묵연은 눈을 감고 여전히 묵묵부답이었다.

초만녕은 예전에 자신이 꾸었던 꿈을, 황당하고 야릇하고 미심쩍었던 그 꿈들을 떠올렸다. 용혼지 대전에서 그 남자가 자신에게 한 말과 행동도 떠올랐다. 그는 어렴풋이 자초지종이 짐작됐지만 그 말을 차마 뱉을 수 없어서 이렇게 말했다.

"나는? 나는 그의 옆에서 어떤 존재였지?"

목울대가 떨렸다. 묵연은 대답하고 싶었지만, 나오지 않았다.

그는 오랫동안 도망쳤지만 이제 더는 벗어날 수 없었다. 그는 형장에서 죽음을 기다리는 죄인이 된 것 같았다. 땅에 꿇고 앉아 있으니 망나니의 칼 그림자가 보이는 것 같았다.

언제 머리가 땅에 떨어지지? 언제 머리가 떨어질까…….

그는 문득 더 기다리고 싶지도, 도망치고 싶지도 않았다. 칼이 떨어지는 걸 기다리는 시간이 너무 길었다. 차라리 스스로 벽에 머리를 박고 죽고 싶었다.

묵연은 눈을 뜨고 말했다.

"동굴로 가요."

그의 손가락이 움찔거렸다. 초만녕의 손을 잡고 싶었지만, 결국 손을 떨구고 옷자락에 비벼 댔다. 그리고 앞장서 걸어갔다.

동굴에 들어가기 전, 그가 머뭇거리더니 고개를 돌리고 초만녕에게 웃어 보였다.

"사존."

초만녕이 그를 보았다. 그가 갑자기 찬란하고 뜨겁게 웃었다. 마치 모든 희망과 기쁨을 이 순간에 쏟아부은 것처럼.

여생에서 다시는 쓸 수 없을 것처럼.

별안간 초만녕은 이 미소에 심장이 쿡쿡 쑤셨다. 그래서 다가갔지만, 무슨 말을 해야 할지 몰랐다. 그는 심란한 마음으로 얼음장같이 차가운 손을 들어 똑같이 차가운 상대의 얼굴을 만졌다.

"……."

당황한 묵연의 눈이 점점 커졌다.

초만녕은 눈을 감고 한숨을 쉬었다. 그리고 묵연이 이제 더는 차마 먼저 잡을 수 없는 손을 잡더니, 묵연에게 말하듯, 또 자신에게 말하듯 말했다.

"나는…… 네가 지금의 모습으로 성장하는 걸 지켜봤다. 그러니 너는 그가 아니다."

그가 묵연을 달래듯 말했다.

"너는 답선군과 달라."

묵연은 여전히 미소 지으며 한참을 그대로 있었다. 그러곤 웃으며 떨리는 목소리로 말했다.

"네."

눈물이 앞을 가렸다.

어찌 다르단 말인가.

그는 세상에서 가장 악한 사람이고, 전생에서 도망친 귀신이다.

하지만 모든 것이 끝나기 전 이런 말을 듣자, 묵연은 하늘이 아직 자신을 버리지 않았다고 생각했다. 초만녕이 기억을 되찾은 뒤 어떻게 되든, 그는 이제 여한이 없었다.

그는 눈을 감은 채 초만녕의 손을 잡고 길게 한숨을 내쉰 다음 용혈산 동굴로 들어갔다.

안으로 들어가자 바깥이 전혀 보이지 않았다.

두 사람은 주변을 두리번거리다가 매우 작은, 사생지전 제자들의 침실과 비슷한 크기의 방을 발견했다. 사방이 텅 빈 동굴에는 작은 탁상이 있었고, 그 위에 얼룩덜룩 녹슨 자국이 있는 향로가 있었다. 바로 회죄대사의 기억 족자 속에 나왔던 그것이었다. 향로에선 은은하게 연기가 뿜어져 나왔다. 묵연은 향을 싫어했지만, 이 향로 속 향기는 자극적이지 않았고 서부해당화 향이 은은하게 났다.

"이건 무슨 주술이죠?"

초만녕이 고개를 가로젓더니 나지막이 말했다.

"……모르겠다. 이 '나'는 지금의 내가 아니다. 그가 어떤 인연으로 기회가 닿아 이런 법술을 배웠는지는 나도 모른다. 답선군이 너와 달리 버드나무 가지를 무기로 쓰지 않는 것처럼 말이다."

그는 연기가 흘러나오는 향로로 시선을 돌렸다.

"만져야 누가 왔는지 알 수 있는 것인가?"

그러고 나서 손끝으로 향로를 살짝 건드렸지만, 아무런 반응도 없었다.

묵연은 동굴에 들어온 뒤로 쭉 부드럽고도 슬픈 눈으로 초만녕을 주시했다. 그는 초만녕이 기억을 되찾기를 바라지 않았음에도 이렇게 말했다.

"'사존'이 우리 두 사람에게 남긴 환각 세계니 한 사람만 만져서는 소용없을 수도 있어요. 우리 두 사람이 왔다는 걸 알려 줘야죠."

"……그래. 해 보자."

두 사람은 양쪽에서 손가락으로 향로의 정교한 나뭇가지 문양을 만졌다. 동굴 안 꽃향기가 갑자기 짙어지고 연기가 파도처럼 흘러넘치더니, 순식간에 동굴을 가득 채워서 뻗은 손가락이 보이지 않을 정도였다. 이렇게 빨리 변화가 일어나리라고 예상하지 못한 묵연은 초만녕의 손을 잡으려고 했지만, 구름 같은 안개가 그를 집어삼켰다.

그가 깜짝 놀라 소리쳤다.

"사존!"

하지만 이미 늦었다. 구름 같은 안개 속 영력은 일반 영력과 달리 순수하면서도 강했다. 마치 몸이 하늘을 떠다니는 듯했고, 이윽고 온몸이 모두 얼어붙어서 통제할 수 없었다. 목소리마저 끊기기 직전, 그가 온 힘을 다해 외쳤다.

"사존, 괜찮아요?"

하지만 입에선 알아들을 수 없는 흐릿한 말만 흘러나왔고, 그 후 더는 움직일 수 없게 되었다.

초만녕의 상황도 묵연과 별반 다르지 않았다. 그는 자욱한 안개 속에서 묵연의 이름을 불렀다. 처음에는 대답이 들렸지만 금세 적막이 감돌았다.

"묵연?"

초만녕은 안개 속을 더듬어 가장자리를 찾으려고 했다. 그러나 향로 속에 설치된 주술에 공간이 끝없이 커져 끝에 닿을 수가 없었다.

"묵……."

갑자기 목소리가 막혔다. 초만녕도 묵연처럼 소리를 낼 수 없게 되자 당황했다. 그리고 곧 목소리뿐 아니라 자신의 몸조차 움직일 수 없을 정도로 행동 역시 통제가 안 된다는 걸 깨달았다. 예전 꿈속에서도 이런 느낌을 받은 적이 있었다. 꿈속의 그는 여전히 자기 자신이었지만, 말과 행동이 자유롭지 않아 아무것도 바꿀 수 없었다. 그저 눈 뜨고 눈앞의 모든 것을 바라보기만 했었다.

그는 정신없는 와중에서도 막연한 생각이 들었다. 할 이야기가 있으면 기억 족자를 남기면 될 텐데, 왜 이렇게까지 하는 걸까?

한참 뒤, 안개가 조금씩 흩어졌다.

그가 눈을 뜨자 원래의 광경은 사라지고, 흔들리는 붉은 촛불과 흘러내리는 촛농이 눈에 들어왔다. 그는 익숙한 황단나무 탁자 앞에 앉아 있었다. 깨끗이 정리된 탁자 위에는 물건이 많지 않았고, 표면에 깊은 흠집이 나 있었다. 그가 한때 야유신을 만들다가 실수로 칼로 그은 자국이었다.

……동굴이 어느새 홍련수사로 변했다.

초만녕은 꼿꼿이 앉은 채 여전히 몸을 움직일 수 없었다. 보아하니 도화원처럼 허실도로 환각 세계를 만든 모양이었다. 유일하게 다른 것은 일의 흐름을 바꿀 수 없고, 그저 이미 벌어진 과거의 재현 속에 있다는 것뿐이었다.

왜 이런 주술을 걸었지? 전생의 자신은 그가 무엇을 보기를 바라며, 또 무엇을 재현하길 바라는 걸까?

바깥은 이미 어두웠고, 그가 한 번도 본 적이 없는 하인이 그의 뒤에 서서 머리를 빗겨 주고 있었다.

환각 세계의 조종으로 그가 손을 올려 그들의 행동을 저지했다.

"하지 마라. 내가 하겠다."

말이 떨어지기 무섭게 '쾅!' 하고 거칠게 문이 열렸다. 초만녕은 자신이 문을 열고 들어온 사람을 매우 만나기 싫어한다는 걸 느꼈다. 그래서 꼿꼿하게 탁자 앞에 앉아 고개도 돌리지 않고, 아예 눈까지 감아 버렸다.

"모두 나가."

익숙한 목소리가 뒤에서 들렸다.

하인 둘은 곧바로 빗과 대야를 내려놓고 공손하게 고개를 숙였다.

"예, 폐하."

하인들이 물러갔지만 초만녕은 여전히 고개를 돌리지도, 눈을 뜨지도 않았다. 그는 누가 왔는지 알고 있었다. 그 목소리를 어찌 모를 수 있을까.

초만녕은 야생 짐승처럼 예민해졌다. 그는 그 사람이 다가오는 게 느껴졌다. 한 걸음, 두 걸음……. 갑자기 진한 술기운에 뜨거워진 숨결이 귓가에 전해졌다.

"왜 아직 안 자?"

묵연이 그의 뒤에서 가라앉은 목소리로 물었다.

초만녕은 자신의 냉담한 목소리를 들었다.

"자려던 참이다."

"아…… 그래 보이네."

묵연이 그의 귓가에서 가볍게 웃었다.

"장포도 벗고 관도 벗었군. 이 옷이 그렇게 싫었나? 본좌가 최고급 금사로 짓고 최상품의 옥화석을 새겨 만들라고 명한 옷이다. 네게 준 옷이 황후의 것보다 좋은데 왜 마음에 안 든다는 거지?"

"……."

"됐다."

초만녕이 대답도 하기 전 묵연이 말했다.

"어차피 내가 준 건 다 마음에 안 들겠지. 내가 못마땅하니까."

그러더니 피식 웃었다.

"그래 봤자 뭐 어쩌겠어? 봐, 결국 넌 내 사람이 됐잖아."

그러면서 묵연은 난폭하게 손을 뻗어 거칠게 뒤에서 초만녕을 안았다. 초만녕의 몸은 이런 자극과 분노를 견딜 수 없는지 결국 눈을 떴다. 그는 마침내 눈앞의 모든 것을 계속 볼 수 있게 되었다.

앞에 놓인 구리거울에 묵연과 그의 형체가 비쳤다. 묵연은 금붉은 색의 화려한 옷을 입고, 머리에는 구류 면류관을 쓰고 있었다. 혼례복이었다. 뒤에서 그를 안은 이 남자는 얼굴을 가까이 대더니 그의 귀와 목가에 입을 맞췄다.

초만녕은 분노에 몸을 떨었다.

"경솔하게 행동하지 마라."

"하, 경솔하지 말라니, 그럼 사존은 제가 어쩌길 바라십니까?"

위협은 먹히지 않았고 오히려 희롱으로 돌아왔다. 초만녕이 이를 악물고 매섭게 말했다.

"망할 놈!"

가볍게 웃는 묵연의 얼굴은 매혹적이었다. 살짝 술에 취한 그의 얼굴은 육감적이었다. 그는 입술로 쉬지 않고 초만녕의 옆얼굴을 지분거리며 웅얼거렸다.

"망할 놈이면 어때. 지금 당신은 완전히…… 내 것이 됐는데……."

어디서 온 살기인지 초만녕은 자신의 육체가 탁자에서 무언가를 집어 들고 몸을 돌려 묵연의 손등을 찌르는 것이 느껴졌다.

통증에 묵연이 신음했다.

그는 기회를 놓치지 않고 벗어나 분노한 눈으로 촛불 속 그 남자를 노려봤다.

"꺼져."

육체 속 초만녕은 똑똑히 보았다. 자신이 방금 그를 찌르는 데 쓴 물건은 금색 비녀였다. 남자가 혼인할 때 쓰는 장식품이었다.

"쯧……."

묵연은 손을 들어 피가 흐르는 상처를 보다가 차갑게 웃었다. 그리고 혓바닥을 내밀어 독사처럼 피를 핥고는 혀를 말아 입 안으로 가져갔다.

그의 눈이 광기로 번뜩였다. 야만적이고 잔인함이 충만한 눈빛에, 수려한 얼굴이 순간 악귀처럼 흉악해 보였다.

"영핵이 망가졌는데도 본좌에게 상처를 낼 수 있다니."

묵연은 피로 물든 입으로 웃었다.

"초만녕, 당신의 그 손을 내가 너무 얕잡아 봤네."

"……꺼져."

"꺼지라는 말밖에 못 하나?"

손을 늘어트린 묵연은 상처를 치료할 생각이 없어 보였다. 그는 고통을 즐기는 듯 변태적인 눈빛을 띠었다.

"그렇게 본좌를 미워하면서, 오늘 연회장을 가득 채운 손님 앞에서는 왜 아무 말도 안 했지?"

"……."

"본좌는 당신의 행동은 막았지만 목소리를 막지는 않았으니, 본좌에게 건들지 말라고 소리칠 수 있었을 텐데."

묵연이 다시 그에게 다가가 바로 가까이에서 비녀를 쥔 초만녕의 팔목을 낚아채고 세게 비틀었다.

묵연이 입을 벌리자 잇새에 묻은 피가 보였다.

"하지만 당신은 두 손이 속박 주술에서 풀리자 목욕물을 본좌의 소매에 끼얹었을 뿐이었지."

잠시 말을 멈춘 묵연이 웃었다.

"사존, 이렇게 화가 났는데 왜 그때는 가만히 있으셨나요?"
"이…… 뻔뻔한 놈!"
"본좌가 뻔뻔하면 누가 군자일까? 설몽? 오늘 연회에 오라고 초대장을 보냈는데 오지 않았더군. 그런데 왔으면 또 어쩌려고?"
묵연이 가볍게 웃었다.
"혼례를 올리고 있을 때 데리고 나가 달라고 부탁할 생각이었나?"
재현된 장면 속에 있는 초만녕은 무슨 말인지 알아들을 수 없었지만, 자신의 육체는 묵연의 말을 이해한 듯 이를 악물고 대꾸하지 않았다.
극도로 화난 그를 보던 묵연이 피 묻은 혓바닥을 내밀더니 그의 귀를 살며시 핥았다.
"……!"
"초만녕, 당신을 언제 가장 잡아먹고 싶은지 알아? 바로 그런 원한과 분노가 섞인 눈으로 날 볼 때야."
묵연이 그의 손을 잡고 아래로 끌어내렸다.
"못 믿겠으면 만져 봐. 크고 뜨겁지 않아? 사존, 옥형 장로, 초 종사……."
공경의 호칭이었지만, 마지막에는 끈적거렸다.
"봐, 이게 당신을 원하고 있어."
"꺼지라고!"
"그 말은 벌써 세 번째인 거 같은데."
그런 그의 모습을 보는 묵연의 악의가 더 짙어졌다.
"오늘은 본좌의 혼례 날이라고. 즉위함과 동시에 젊고 아름다운 아내를 맞이했지……. 그럼에도 본좌는 황후를 버리고 당신과 있으려고 왔는데, 이렇게 난폭하게 굴면 안 되지.”

한 박자 쉬고 묵연은 악의를 드러내며 두 글자를 내뱉었다.

“초비?”

“!”

육체 속 초만녕은 벼락을 맞은 듯했고, 자신의 육체도 다르지 않았다. 그는 두 글자에 역겨워하며 덜덜 떨었다.

하지만 묵연은 웃으며 눈을 반짝였다.

“왜 그러지? 본좌가 이렇게 불러 주니 좋아서 말문이 막히나? 어쨌든 나와 그렇게 오랫동안 잠자리를 했잖아. 매일 밤 쉬지 않고 몸을 섞었으니, 당신이 여인이었다면 아마 이미 임신을 해서 내 아이를 낳았겠지. 본좌가 네게 명분을 주지 않으면 앞으로 침상에서 시중들라고 하기 꽤 곤란하지 않겠어? 본좌는 그렇게 도리를 모르는 자가 아니야, 하하하하.”

초만녕은 너무 화가 나서 말문이 막혔고 눈앞이 아득했다.

이 분노와 역겨움이 어찌 육체의 것만일까?

육체와 자유를 통제당한 영혼도 강한 반감을 느꼈다. 초만녕은 구역질이 치밀었고, 소름이 돋아 믿을 수 없었다.

답선제군…….

전생의 묵연.

대체 무슨 짓을 한 거지?

미친놈! 미치광이!

웃을 만큼 웃은 묵연이 갑자기 초만녕의 턱을 잡고 거칠게 입을 맞췄다. 입 안에서 비릿한 피 맛이 났다. 그는 거칠게 한 손으로 초만녕의 양쪽 손목을 잡고 침상으로 끌고 가 밀었다. 그리고 몸을 숙였다.

초만녕은 눈을 감고 부들부들 떨었다.

뜨겁고 건장한 남성의 육체가 돌처럼 묵직하게 압박하여 빈틈없이 그를 눌렀다.

"부군의 시중을 들어야지."

묵연이 말했다.

"당신과 나는 이미 혼인을 했으니 이제 당신은 내 사람이야. 다시는 도망칠 수 없다."

241장 용혈산, 세 번째

금홍색 이불이 몸 밑에서 구겨지고 욕정에 물든 비릿한 냄새가 코끝을 찔렀다.

초만녕은 묵연의 얼굴을 보면서 지금 이 순간, 과거의 꿈이 현실과 겹쳐졌음을 느꼈다. 그건 꿈이 아닌 실제였다.

그는 묵연과 예전에도 살을 맞댄 사이였다. 두 사람은 혼례를 올렸고 묵연은 그를 감금했다. 초만녕은 얼음장처럼 차가운 곳에 무릎을 꿇은 채 묵연을 한 번만 만나게 해 달라고 간절히 빌었다…….

이 모든 것이 진짜였다니.

그 순간에 이르자, 초만녕은 지금 느끼는 감정을 설명할 수 없었다. 솔솔 피어오르는 미향 때문인지 그의 정신이 다른 세계의 초만녕과 서서히 포개졌다.

그가 느끼는 것을 그도 느꼈다.

그가 인지하는 것을 그도 인지했다.

옷이 찢기고 농밀한 입맞춤이 시작될 때, 초만녕은 두 눈을 질끈 감았다.

그는 너무 괴로웠다. 그는 대체 누구일까?

검을 쥐고 세상을 누빈 북두선존일까, 군주의 발밑에 엎드린 비굴한 초비일까? 묵 종사가 진심으로 사랑한 초만녕일까, 답선군이 증오하는 사존일까?

모든 것이 갈수록 흐릿해졌다. 시냇물을 따라 흘러가는 붉은 낱낱의 꽃잎처럼 과거의 일들이 눈앞을 스치고 지나갔다. 기억을 붙잡으려고 손을 뻗었지만, 잘 보이지 않았다.

결국 장막 사이에서 벌어졌던 기억만 선명했다.

결국 침상 위에서 벌어졌던 기억만 또렷했다.

이 몽환의 세계에서 그는 묵연에게 허리를 잡힌 채 몸부림쳤다. 묵연은 성급하고 우악스럽게 그의 속옷 바지를 벗기고, 전희라고는 전혀 없이 난폭하게 박아 대기만 했다.

이 장면은 환각에 불과한 것임에도 그는 조종당하는 묵연과 전생에 실제로 행했던 동작을 재현하고 있었다. 침상 위에서 묵연은 그를 내리눌렀다. 순간 등 뒤에서 옷들이 바스락대는 소리가 들렸고, 이내 아무런 애무나 입맞춤도 없이 뜨겁게 부풀어 오른 성기가 그의 뒤로 밀고 들어왔다.

"사존, 제 갈망이 느껴집니까? 본좌가 당신 안에 들어와 있어요."

"너…… 이 짐승!"

묵연이 차갑게 웃었다.

"그리고 당신은 그런 짐승한테 다리를 벌리고 있군."

찢어질 듯한 통증과 함께 한 번도 무언가 들어온 적 없는 구멍이 벌어지더니, 흉측하게 꿀렁이는 성기가 거칠게 짓쳐들어왔다.

아파.

너무 아팠다.

그는 묵연의 다정한 눈빛이 떠올랐다. 야심한 밤, 따끈따끈한 온천 안에서 묵연은 자신에게 입을 맞추며 이렇게 말했다.

– 진짜로 하게 된다면 사존은 버티지 못할 거예요. 제 말 들어요. 나중에 해도 돼요.

하지만 답선군은 조금도 그를 배려하지 않았다. 내벽까지 뚫을 듯한 섬뜩한 크기의 그것은 굵고 딱딱하고 뜨거웠다. 불덩이 같은 것이 난폭하게 밀고 들어와 더욱더 두꺼워지고 길어지자, 초만녕은 그것이 제 배를 뚫고 들어가 정수리를 관통할 것만 같았다.

초만녕은 뭍에 나온 물고기처럼 끊임없이 버둥거렸지만, 돌아온 것은 답선군의 매서운 손찌검이었다. 따귀를 올려붙인 그가 잇새로 낮게 으르렁거렸다.

"나한테 몇 번이나 당하고도 아직도 이리 고상하게 구는 거야?"

한 대 맞았을 뿐인데, 뺨이 발갛게 부풀어 올랐다.

그가 얼굴을 돌렸다. 머리칼은 헝클어지고 눈언저리는 발개졌다. 아무 말도 하지 않았고 눈물도 흘리지 않았다. 오늘 밤은 그 어느 때보다 굴욕적이었지만, 초만녕은 그 어느 때보다 고고했다.

묵연은 그의 허리를 단단히 잡고 사타구니를 그의 둔부에 쉴 새 없이 치댔다. 두 사람이 결합한 부위가 무섭도록 뜨겁고 축축했다. 묵연은 그의 표정이 보고 싶었다. 능욕당하는 그가 어떤 얼굴을 할지 궁금했다. 묵연이 삽입을 멈췄다. 위에 올라탄 잘생긴 남자는 나지막하게 숨을 헐떡였다. 남자의 눈빛이 이내 어두워지더니 그의 턱을 잡고서 강제로 비틀었다.

"너……."

또다시 모욕적인 말을 쏟아 내고 싶었다. 하지만 은은한 촛불이 비추는 가운데 극심한 고통을 참아 내는 눈동자가 너무 아름다웠다. 묵연은 잠깐 바라보다 갑자기 몸을 숙이더니, 그의 입술을 머금었다. 뜨겁고 말캉한 혀가 입 안으로 들어왔고, 까끌까끌한 혓바닥이 그의 입 안을 헤집었다. 격렬한 입맞춤과 함께 아랫도리의 삽입도 갈수록 빠르고 맹렬해졌다. 단단하고 뜨겁고 커다란 성기가 매 순간 가장 깊은 곳까지 뚫고 들어가 초만녕의 몸속에서 선명하게 요동쳤다.

맞붙은 성기와 구멍에서 진한 액체가 꿀렁꿀렁 흘러나왔다…….

입맞춤이 끝나자 묵연의 행위는 갈수록 끈덕지고 뜨거워졌다. 눈빛은 성욕인지 애욕인지 분간할 수 없는 욕망으로 번뜩였다.

"이불 잡지 마. 넌 내 사람이니, 나를 안아."

이 난잡한 성교에서 방금 그가 한 말이 유일하게 사랑에 가까운 말이었다. 하지만 초만녕은 그의 말을 듣지 않았다. 그가 원하는 대로 그를 안고 함께 쾌락에 빠지지 않았다. 이 모습에 묵연의 낯빛은 점차 음험해졌고 행위 역시 더욱 거칠어졌다.

초만녕이 이불을 꽉 붙잡자 손목 위로 짙푸른 핏줄이 툭툭 불거졌다. 그는 이런 괴롭힘에 가까운 행위를 견딜 수 없었다. 하지만 묵연은 그를 놓아주지 않았다. 크고 단단한 손으로 그의 허리와 엉덩이를 연신 주물렀다. 초만녕이 얼마나 오래 그것을 받아들였는지 모를 즈음, 묵연이 벌떡 일어나 그의 몸에서 빠져나왔다. 순간 초만녕의 갈라진 목소리에서 낮은 신음이 터졌다. 이내 그의 몸이 뒤집히고 끈적한 구멍이 음란하게 벌어지더니, 경련을 일으키듯 움찔거렸다. 구멍에서 성교할 때 생긴 점액이 미처 흘러나오기도 전에, 남자의 험상궂고 불덩이 같은 귀두가 구멍으로 다가오더니 거대한 성기가 몇 번 찌르고 들어갔다.

묵연이 말했다.

"크지?"

"……."

"부군이 기분 좋게 해 주고 있잖아. 안 그래?"

초만녕은 잘게 부서지는 목소리로 말했다.

"……꺼져……."

"젠장!"

묵연이 욕설을 내뱉더니 옆에서 무언가를 찾았다. 초만녕은 자신의 다리가 더 벌어지는 것을 느꼈다. 잠시 후 차가운 연고가 꽉 다문 그의 몸 안으로 비집고 들어왔다.

초만녕은 목멘 소리로 욕을 했다.

"묵연…… 묵연, 이 짐승 같은……."

묵연…….

묵연.

묵연이 아니다.

묵연은 나무 아래서 그를 보며 찬란한 미소를 짓던 사람이었다.

묵연은 '평생 사존을 위해 우산을 들게요'라고 말해 준 사람이었다.

묵연은 그의 머리칼을 매만지며 '아플 거예요'라고 다정하게 속삭여 준 사람이었다.

묵연은 보리 이삭이 금빛 물결을 일으키는 곳에서 입꼬리를 휘어 올린 채 그를 향해 양팔을 벌려 준 사람이었다. 말랑한 우유 사탕을 입에 넣어 주고, 말 한마디에 눈을 내리고 미소를 지은 채 얼굴을 살짝 붉히던 사람이었다.

그렇게 부끄러운 모습이 풋풋하게 느껴지는 사람이었다.

아니야.

깜짝 놀랐다.

동굴에 향로를 오래 놓아두어 효력이 처음과 같지 않아서인지, 이후의 장면은 갈수록 가물가물해졌다. 초만녕의 머릿속도 어지럽고 흐리멍덩했다. 볼 수도, 말을 할 수도 없었고, 오로지 감금당한 사실만 인지할 수 있었다. 묵연의 성기도 여전히 제 몸속에 박혀 있었다. 뜨겁고 크고 딱딱한 것이 자극해 올 때마다 그는 머리털이 쭈뼛 곤두서는 것만 같았다.

지루한 어둠이 지나더니, 천천히 밝아졌다.

초만녕이 의식을 회복한 후 처음으로 들은 것은 묵연의 비틀린 욕설이었다. 따귀를 맞은 얼굴에서 얼얼한 통증이 느껴졌다. 아래에 차갑게 박힌 단단한 것이 체내의 광기 어린 뜨거움을 식혀 주었다.

이것 역시 혼례 날의 잠자리였다. 초만녕은 그날 있었던 일을 똑똑히 기억할 수 있었다.

전생의 일들이 끊임없이 떠올랐다.

미약으로 된 연고가 비집고 들어왔다. 얼큰하게 취한 답선제군은 행위가 격렬해질수록 거칠고 잔인하고 음험해졌다.

술과 욕망이 묵연의 눈매를 달궜고, 증오와 쾌감이 이 젊은 제군을 지배했다.

초만녕이 숨을 삼키자 분노에 찬 묵연이 소리쳤다.

"초만녕, 이렇게 나오시겠다? 의지가 참 대단하네. 안 그래? 빌어먹을, 언제까지 고집을 부릴 건데? 농락당하다가 죽으면 그제야 만족하겠어?"

초만녕은 제가 말하는 소리를 들었다.

"……난…… 절대로…… 널……."

목소리가 부서지듯 흘러나왔다. 입술이 움직이는 게 아니었다면, 이것이 자기 목소리임을 믿지 못했을 것이다. 눈물이 얼굴을 타고 흘러내렸다.

"묵연…… 제발 용서해라……."

눈앞의 남자가 광기에 찬 얼굴로 으르렁거렸다.

"그럼 나는? 나는 누가 용서해 주지? 응? 초만녕, 누가 날 용서할 수 있는데? 그건 생각 안 해 봤어? 누가 날 용서해 줄까!"

침상 위에서 남자가 그를 내리누른 채 그의 몸 안에 박혀 있던 딱딱한 물건을 빼서 한쪽으로 던졌다. 소리로는 검인 듯싶었고, 아니면 촛대일 수도 있었다. 방금 제 몸에 박힌 게 뜻밖에도 검 자루나 촛대였던 것이다…….

남자가 그의 얼굴을 쓰다듬었다. 성급하고 광폭한 목소리가 들렸다. 착각일지도 모르지만, 어쩐지 슬픔이 느껴지는 목소리였다.

"초만녕, 네가 너무 밉다."

그의 말이 아득하게 이어졌다.

"넌 내가 이 세상에서 가장 사랑하는 사람을 죽였어. 어떡하지? 어떻게 할까? 난 어쩔 수 없이 너한테서 보상을 받아야겠어. 널 평생 내 손에서…… 무너뜨릴 거야…… 초만녕……."

남자가 성기를 붙잡았다. 무척이나 사납고 맹렬했기에 처음엔 잘 들어가지 않았다. 번들거리고 뜨거운 성기가 엉덩이 안쪽에서 미끄러졌다. 남자가 숨을 돌리고 자세를 고쳐 잡은 후에 초만녕의 허리를 잡고 다시금 욱여넣었다.

"아……."

초만녕의 목에서 막힌 듯한 신음이 새어 나왔다. 마침내 한계에 다다른 듯했다. 남자의 호흡은 묵직하고 거칠었다. 미약을 잔뜩 바른 안쪽으로 뜨거운 성기가 재차 비집고 들어가 빈틈없이 들어찼다. 초만녕은 땀으로 흠뻑 젖은 몸을 쉴 새 없이 바들바들 떨었고, 눈동자의 초점은 이미 사라지고 없었다…….
마침내 욕정이 그를 집어삼켰다.

또다시 눈앞이 깜깜해졌다.

다시 눈을 떴을 때, 그는 온전히 쾌락에 휩싸여 있었다.

이제는 환각 속의 육체와 현실 속의 육체를 구분할 수 없었다. 그는 이 장대한 몸을 가진 남자와 완전히 뒤엉켜 버렸다. 묵연이 그를 내리누른 채 격렬하게 박아 댔다. 초만녕은 그의 밑에 깔려 눈물을 흘리며 신음을 토했고, 야수와 같은 그의 피부에 손톱을 박아 넣었다.

남자는 침상 위에서 죽일 듯이 초만녕을 내리찍었다. 흉포하고 거친 행위가 이어지면서, 남자의 땀이 복부에 모여 초만녕의 허리에 툭 떨어지더니 움푹 들어간 곳으로 미끄러져 들어갔다.

"말해……. 내가 해 줬으면 좋겠지? 이렇게 음탕하게 교성을 지르면서 지금 고집을 피울 입장이야? 젠장, 나올 것 같아……."

초만녕은 계속된 공격에 거의 무너질 지경이었다. 광기 어린 정염이 그의 영혼을 물어뜯었다. 그에게 남은 것은 남자에게 유린당하면서도 음탕한 쾌락에 휩싸여 탐욕밖에 모르는 민감한 육체였다.

"말해……."

그의 뒤에 있는 남자는 그를 연신 쑤셔 대며 거친 숨을 내쉬었다.

"하……."

묵연이 깊숙이 짓쳐 들어가자 거대한 성기가 축축한 내벽 안에서 요동쳤다. 그가 낮은 신음을 토했다. 충혈된 눈으로 초만녕의 엉덩이를 더 높이 들어 올려 그 안으로 깊게 박아 넣었다. 살짝 빼서 흔들고 돌리면서, 미약을 발라 한껏 민감해진 남자를 강하게 자극했다.

사실 묵연은 자신이 졌다는 걸 알고 있었다.

세상에서 가장 강력한 약을, 그것도 거의 절반 넘게 썼다. 그

걸 구멍 속에 깊숙이 쑤셔 넣고 나서야 초만녕이 겨우 그에게 무릎을 꿇었다.

자신이 진 것이다.

하지만 그게 어떻단 말인가?

그는 자신이 원하는 것을 얻었다. 고결한 사존을 제 몸 아래에 깔고 헐떡이게 만들었다. 정염에 휩싸여 쾌락에 빠진 초비로 만들었다. 이보다 더 흥분되는 일이 있을까.

이 생각에 머물자 굵고 딱딱한 성기가 더 커졌다.

"말해. 범해 달라고 말해. 넌 내 것이라고 말해."

반복되는 시달림과 오욕 속에서 모든 것이 뒤죽박죽되었다. 결국 초만녕은 잠긴 목소리로 중얼거렸다.

"맞아……. 난 네 거야……."

의식이 떨어져 나갔고 이성은 산산이 부서졌다. 늘 반듯했던 그에게 무겁게 들끓는 욕정만이 남았다.

"날 원한다고 하지 말고, 박아 달라고 말해."

묵연이 악에 받쳐 말했지만, 사실 그도 거의 한계에 이르렀다. 목울대가 꿈틀대더니 초만녕의 둔부를 잡고 사정없이 밀어붙였고, 짐승처럼 격렬하고 사납게 박아 넣었다.

초만녕은 온몸에서 힘이 빠져 덜컹거렸다. 꿇거나 엎드릴 힘도 없이 진흙처럼 흐물거렸다. 그는 봉안을 감은 채 헐떡이며 신음을 토했다.

만고정독.[#18] 이 약은 한 방울만으로도 성현(聖賢)을 음탕한 짐승으로 만들 수 있었다.

#18 만고정독 萬古情毒. 중독 시 사랑에 빠지며 성적으로 열망하게 만드는, 세상에 비길 데 없는 전설의 미약

묵연은 그의 몸에 이런 약을 절반 이상 쑤셔 넣었다.

"좋아? 내가 이렇게 해 주니까 좋아?"

묵연이 한 손으로 침상 기둥을 잡고 다른 한 손으로 초만녕의 가슴을 더듬었다.

침상이 격렬하게 흔들렸다. 묵연의 눈빛에 뜨거운 광기가 서렸고, 표정은 색정적이고 자극적이었다.

"말해, 박아 달라고."

묵연의 행위는 갈수록 빠르고 맹렬해졌다. 몰아치는 쾌감에 몸이 떨리고 자제력이 없어지고 두려움이 일었다. 초만녕은 결국 무너졌다. 그가 거칠게 헐떡이더니 마침내 갈라진 목소리로 울부짖었다.

"아…… 윽……."

"말해."

묵연이 눈을 감고 고개를 젖히자 목울대가 오르내렸다. 그가 초만녕의 엉덩이를 매섭게 때리고는 대답을 재촉했다.

"빨리 말해 봐. 더 기분 좋게 해 줄 테니."

"아…… 아…… 날……."

"널 뭐?"

초만녕은 극심한 시달림 끝에 이성이 거의 날아가 버렸다. 그는 절망에 가까운 전율을 느끼며 꽉 잠긴 목소리를 쥐어짰다.

"박아 줘……."

순식간에 묵연의 눈동자에 어두운 격랑이 일었다. 아래는 갈수록 격하게 움직였고 더욱 세게 박아 넣었다. 뺄 때 끈적한 귀두까지 쑥 빠져나오면, 고쳐 잡고 다시 짓쳐 넣었다. 그는 초만녕을 몸 아래에 깔고 끊임없이 박아 대며 거친 숨을 토해 냈다.
“사존, 당신 안이 너무 뜨거워. 축축하고 뜨겁고. 이러다가 중독되겠어.”
“하아…… 하…… 멈추지 마……. 아, 더 세게. 다시…… 아!”
초만녕은 놀랍도록 거친 신음을 쏟아 냈다.
“빨리…… 더 깊이…… 아……!”
부들부들 떨리는 팔이 붙잡혔다. 남자가 등 뒤에서 그를 안고 다정한 목소리로 그의 귓가에 대고 속삭였다.
“만녕, 오늘은 우리가 혼례를 올린 날이야. 너한테 다 쏟아 낼 거야, 모두 다. 네 배 속을 내 것으로 다 채워 넣을 거야……. 사존…… 너무 조여…….”
“아…….”
“왜 꼭 약을 쓰게 만들어?”
남자가 그의 귓불을 핥았다.
“분명 내가 이렇게 해 주는 거 좋아하면서……. 안 그래?”
“난…… 아…….”
길고 굵은 남자의 성기가 깊은 곳까지 들어오자 내장이 다 뚫리는 것만 같았다. 초만녕은 아무 말도 못 한 채 계속 머리만 휘저었고, 눈에는 눈물이 그렁그렁했다.
“좋아?”
“…….”
“싫어?”
그의 몸 안에 제 것을 넣어 둔 채로 묵연이 행위를 멈췄다. 초만녕은 자기 몸 안에 있는 그것이 세차게 박동하는 것을 느꼈다. 두 사람의 심장 소리에 맞춰 그것이 박동하고 요동쳤다. 이 미묘한 감각이 그의 애간장을 태웠다. 입은 바짝 말랐지만, 영혼은 완전히 식은 채였다.

묵연이 축축한 그의 몸 안에서 다시 그것을 살짝 뺐다. 이는 마치 거목의 뿌리가 땅을 뚫고 들어가고, 파릇파릇한 봄의 기운이 토양을 뚫고 나오는 것만 같았다.

초만녕은 침상 위에서 축 늘어진 채 격렬하게 몸을 떨었다.

남자가 그의 귓가에 대고 말했다.

“싫으면 그만두고.”

그가 커다란 눈을 번쩍 떴다. 가슴이 찢어지는 듯했다. 결국 그는 자포자기하듯 말했다.

“안…… 안 돼…….”

눈동자가 흔들리더니 천천히 감겼다.

“못 참겠어…….”

그것은 일반 사람이 복용할 양의 수천 배에 달하는 미약이었다.

묵연이 중얼거렸다. 그의 목소리가 한없이 낮고, 또 자신이 어지럽기도 해서 잘 알아들을 수가 없었다.

“내가 어떻게 해 줬으면 좋겠어?”

“넣어 줘……. 못 참겠어……. 제발…….”

등 뒤에 있는 남자가 한숨을 내쉬는 듯했다. 그의 애원이 만족스러운 듯 초만녕을 잡고 자신의 사타구니 사이에 앉히고는 아래에서 위로 거칠게 밀어 올렸다. 지금껏 이토록 깊게 들어간 적이 없었다. 삽입할 때마다 음낭이 비집고 들어갈 것만 같았다. 두 사람의 육체가 빈틈 하나 없이 밀착된 채, 초만녕이 끊임없이 신음을 토했다. 그는 묵연의 품에서 완전히 녹아내렸다. 쉼 없이 그를 탐닉하던 남자가 그의 얼굴을 잡아 옆으로 비틀고는 말캉한 입술을 머금었다. 두 입술 사이로 흐릿한 탄식이 새어 나왔다.

묵연의 목울대가 꿈틀대더니 낮은 탄성이 흘러나왔다.

"좋아……."

초만녕은 실성한 듯 중얼거렸다. 영혼 없이 욕망에 휩싸인 육체만 남겨진 채였다.

"아…… 멈추지 마……. 아, 뜨거워……. 더 빨리……."

"안 멈춰. 만족시켜 줄게……. 초만녕…… 만녕……."

묵연이 오랜 시간 넣고 빼기를 반복했고, 초만녕은 이러다가 그의 품 안에서 죽을 수도 있겠다고 생각했다. 체액이 몸 안에서 녹은 연고와 함께 밖으로 흘러나왔다. 빠져나온 하얀 점액은 다리를 타고 흘러내렸다.

갑자기 남자가 그를 꽉 끌어안았다. 다시금 침상 위에서 그를 내리누르고는 다리를 힘껏 들어 올려 짓쳐 들어갔다. 속도와 힘 모두 압도적이라 초만녕은 순간 눈을 동그랗게 뜬 채 신음을 토했다.

"읏…… 아……."

남자는 이성을 잃은 채 미친 듯이 제 것을 밀어 넣더니, 귀두까지 빼고 다시 무섭게 쑤셔 댔다. 빠르고 거칠게 몰아세우는 통에 목소리마저 파르르 떨렸다.

"만녕…… 만녕……."

남자는 다른 이름을 부르지 않았다. 그가 갑자기 초만녕의 얼굴을 감싸더니 자기 이마를 갖다 댔다.

"내 보배. 나올 거야. 네 안에 다 넣을 거라고."

초만녕은 죽기 직전의 물고기처럼 입을 크게 벌렸다. 그는 자기가 뭐라고 하는지조차 알지 못했다. 그저 머리끝까지 치솟은 욕망과 쾌감 속에서 신음할 뿐이었다. 비릿하고 진한 수컷의 욕망이 코끝을 자극하자 그가 연신 중얼거렸다.

"안에다 해…… 아! 아…… 읏!"

비릿한 정액이 꿀렁꿀렁 터져 나왔다. 묵연은 눈을 감은 채 낮게 신음하며 끊임없이 사타구니를 짓눌렀다. 정신없이 치대는 통에 이불이 침상 밑으로 떨어졌고, 초만녕은 침상 기둥에 머리를 계속 쿵쿵 부딪쳤다. 그를 농락하는 사람은 만족을 모른 채 사정없이 안으로 짓쳐들어왔고, 그 안으로 제 것을 분출하고 다시 밀어 넣었다. 초만녕은 이 강렬한 자극에 온몸에 경련이 일어나, 하얗고 매끄럽게 뻗은 발가락까지 단단히 힘이 들어갔다. 결국 양손을 뻗어 제 몸 위에 있는 남자의 목을 껴안았다.

서로 헐떡이는 소리가 얽히고설켰다. 절정에 이른 순간, 묵연은 낮은 신음을 터뜨렸고 그 밑에 깔린 초만녕은 갈라진 목소리로 울부짖었다. 강렬하게 휘몰아치는 이 욕정이 세상에서 가장 강력한 미약 때문인지, 두 사람 마음속에 있는 자신조차 몰랐던 욕망 때문인지 알지 못했다…….

한참이 지나 초만녕의 의식이 조금씩 돌아왔다.

그러나 어째서인지 의식이 돌아오면서 감각은 물론이고 전생의 기억까지 굽이치듯 덮쳐 왔다.

그와 묵연이 결합한 후에도 쉴 새 없이 밀려들었다.

천열이 일어났을 때 기억이 떠올랐다. 사매가 죽고 묵연이 설원에 무릎을 꿇고 슬픔에 몸부림쳤다.

유풍문의 피가 강물을 이뤘던 기억이 떠올랐다. 천지가 개벽했고, 묵연이 미친 듯이 웃어 젖히며 엽망석의 견갑골을 매몰차게 뚫고 들어갔다.

자신이 혈시계가 되었던 기억이 떠올랐다. 홍련수사에서 묵연이 자신을 구했지만, 그의 침전에 가둔 채 아무것도 할 수 없게 만들었다.

하나둘 생각났다.

동굴이 원래 모습으로 되돌아왔다. 자신은 차가운 바닥에 누워 있는 듯했다. 온몸은 실오라기 하나 걸치지 않은 채 축축하고 뜨거웠다. 초만녕은 뒤에서 자신을 강하게 껴안고 있는 묵연을 느꼈다. 청년의 팔은 바들바들 떨렸고, 두 사람 모두 전신이 끈적한 땀으로 번들거렸다. 공기마저 정염의 숨결로 가득했다.

모두 생각났다.

초만녕은 움직이지 않았고, 말도 하지 않았으며, 화도 내지 않았다.

머리가 깨질 듯이 아팠다. 두 사람이 하나가 되는 과정에서 보이지 않는 무언가가 묵연의 체내에서 그의 체내로 옮겨 간 듯했다.

바로 그것이 초만녕에게 전생의 기억을 떠올리게 했다.

그것은 대체 무엇이었을까?

한꺼번에 받아들여야 할 기억이 너무 많았다. 초만녕은 갈수록 머리가 욱신거렸다. 분명 자신은 그것이 무엇인지 알고 있었다. 하지만 지금 당장 머릿속이 정리되지 않았다.

"사존."

묵연의 목소리가 귓가에 울렸다. 초봄에 핀 새순처럼 조심스러운 목소리였다. 아까와 같은 폭력적인 느낌은 전혀 없었다.

"죄송합니다……."

묵연의 품에 안긴 초만녕은 고개를 돌려 그를 보진 않았지만, 그의 목소리에서 붉게 달아오른 눈동자와 죄책감에 일그러진 얼굴을 상상할 수 있었다.

"죄송해요. 제가…… 결국 사존을 아프게 했어요……."

향로에 취한 묵연은 초만녕과 마찬가지로 의식은 깨어 있으나 일거수일투족 제 의지대로 움직인 것은 하나도 없었다. 초만녕의 허리를 거칠게 내리눌러 강제로 안을 때, 묵연도 무척이나 고통스러웠다.

그는 이렇게 하고 싶지 않았다……. 자기 아래에서 눈가가 발갛게 달아오른 초만녕을 보며, 묵연은 그저 부드럽게 입을 맞추고 위로하고 안아 주고만 싶었다. 하지만 입으로 한 말은 너무나 잔인했고, 손으로 한 행동은 너무나 악랄했다.

그는 마음이 찢어질 것만 같았다. 하지만 어쩌겠는가? 묵연은 자신을 아예 통제할 수가 없었다.

초만녕은 차디찬 바닥에 엎드려 있었다. 머리가 깨질 듯이 아팠고 손가락 하나 까딱할 힘조차 남아 있지 않았다. 묵연의 사과를 들었지만, 그저 윙윙대는 소리로만 들렸다. 눈앞이 아찔했고 금방 다시 의식을 잃을 것만 같았다.

그가 입을 열었다. 좀 전까지 열락에 휩싸여 처참한 비명을 질러 댄 터라 목소리가 완전히 잠겨 있었다.

"먼저…… 좀 빼……."

묵연이 입을 사리물고 아무런 대답도 하지 않았다.

그는 초만녕보다 조금 더 일찍 의식을 차렸다. 제 몸을 통제할 수 있었을 때 이미 뺐지만, 초만녕은 참혹하게 찢어진 바람에 지금 이 순간 자신을 해친 '흉기'가 아직 제 몸에서 빠지지 않은 줄로 착각했다.

묵연은 가슴이 더 미어졌다.

동굴에 들어오기 전, 그는 기억 족자와 유사한 주술을 볼 수 있으리라 생각했다. 하지만 그때의 사생지전, 그것도 첫날밤을 치른 날로 돌아갈 줄은 상상도 못 했다. 당시 그는 금홍색의 화려한 옷을 입고 홍련수사 대문을 열었다.

묵연은 자신이 무슨 짓을 했는지 잘 알고 있었다. 하지만 이런 방식으로 그때의 일이 재현되리라고는 생각해 본 적이 없었다.

그는 두 번 다시 초만녕에게 상처 주고 싶지 않았고 답선제군이 되고 싶지도 않았다. 하지만 몸이 말을 듣지 않았다. 무엇보다 참담한 것은 자신이 이렇게 잔인한 짓을 하면서도 마음속 깊은 곳에서 격한 흥분을 느꼈다는 사실이다.

답선제군이든 묵연이든, 사실은 초만녕을 물어뜯고 정복하고 싶었다.

참아 본들 무슨 소용이 있겠는가? 어쨌든 그가 묵미우인 것을.

변할 수도, 벗어날 수도 없다.

묵연은 난폭하게 그를 몰아세울 때, 몸 밑에 깔려 헐떡이는 그의 고통스러운 신음을 들었다. 순간 묵연은 극도의 쾌감을 느꼈고, 이 쾌감은 강렬한 죄책감과 충돌하여 산산이 부서졌다.

그는 불현듯 자기가 묵 종사인지 답선군인지, 선한 사람인지 악한 사람인지, 충직한 사람인지 간악한 사람인지조차 구별할 수 없었다.

그는 이불 안에서 초만녕의 얼굴을 쓰다듬으며 한때 자신이 입으로 뱉었던 비열한 말을 지껄였다……. 초비라고?

전생에 그는 초만녕에게 세 가지 가장 몹쓸 짓을 저질렀다. 첫 번째는 그를 죽였다. 즉, 초만녕에게 살수를 썼다. 두 번째는 치욕으로, 강제로 그를 안았다.

세 번째는 바로 혼례였다. 묵연은 초만녕의 신분을 빼앗고 평생을 괴롭혔으며, 저승에 가도 제 것이 되도록 만들었다. 그는 이 같은 사리사욕을 채우기 위해 강직하고 고고한 선존을 자신의 입맛대로 첩실로 만들었다.

그 당시 제군의 '초비'가 어떻게 생겼는지 아는 사람은 많지 않았다. 하지만 강제로 그에게 붉은 면사포를 씌운 채 수많은 사람이 지켜보는 가운데 절을 올렸다. 제 아래에 두어 굴욕을 준 것은 부정할 수 없는 사실이었다.

당시에 묵연도 자신이 이렇게 하는 이유를 알지 못했다.

사실 묵연이 진심으로 초만녕을 욕보이고 싶었다면, 자기가 사존을 취한 사실을 만천하에 떠들썩하게 공표하면 그만이었다. 다시 말해, 북두선존이 답선제군의 남자가 되었다는 사실을 모든 사람들이 알게 하면 되었다.

하지만 왜 그렇게 하지 않았을까?

오히려 신중하게 행동하며 철통같이 비밀을 지켰다. 심지어 황후인 송추동조차 베일에 싸인 '초비'가 누구인지 오랫동안 알지 못했다. 그는 늘 복수를 꿈꿨지만, 결국 관객 없는 연극을 한 꼴이었다.

하지만 그는 오히려 즐거웠다.

어째서였을까?

묵연은 심지어 초만녕이 세상을 떠난 후 그에게 비석을 세워 주고 싶었지만, 천하가 알고 그를 비웃을까 봐 저 홀로 괭이 하나 들고 통천탑 앞에 직접 무덤을 팠다. 묵연은 초만녕이 자신과 혼례를 올렸을 때 입었던 길복을 그 안에 묻어 주었다.

답선제군이 비석 앞에 앉아 턱을 괴고 한참 생각에 잠겼다. 그는 비석에 이렇게 새겨 넣고 싶었다.

'선사 초만녕의 묘'.

하지만 이렇게 쓰면 자신이 완전히 지는 것 같았다. 아무것도 가진 것 없이, 당시의 선택을 땅 치고 후회하는 불만 많은 부인 같아서 한심하고 우스운 생각이 들었다.

그는 불귀를 들고 한참 생각에 빠졌다. 마침내 그가 눈빛을 반짝하더니 악질적이면서도 친근한 방법을 생각해 냈다. 묵연은 실성한 듯 웃으며 검을 붓으로 한 획 한 획 새겨 넣기 시작했다.

[초희의 묘][#19]

#19 초희의 묘 초씨 성을 가진 첩의 묘

비문을 적고 나니, 마음속을 어지럽히던 울화가 해소되는 것만 같았다. 하지만 아직도 부족했다. 언제나 자신을 흘겨보던 초만녕의 냉담하고 고고한 모습이 떠오르자 다시금 분노와 원망이 치솟았다. 앞으로 이런 그의 표정을 볼 수 없다는 생각에…… 다시금 마음이 복잡해졌다. 답선제군은 못 말리게도 불만 많은 부인을 자처하며 악에 받쳐 생각했다.

초만녕은 그를 버리고 달아났다.

그를 홀로 남겨 뒀다.

매정하기 그지없는 초만녕은 결국 죽음으로 그에게 복수했다.

너무했어.

원망에 사무쳐 눈동자가 벌겋게 달아올랐다.

그래, 너무해.

그래서 그는 초만녕을 능욕하고 고통을 주어야 했다. 초만녕이 구천에서도 눈을 감지 못하도록 해야 했다. 백 년이 지나 지옥에 떨어질 때까지 눈처럼 새하얀 옷을 입고 평생을 깨끗하게 살아온 사람을 마음껏 비웃어야 했다.

넌 졌어. 이긴 건 나지.

봐, 넌 죽었잖아. 난 아직도 널 능욕할 수 있어.

답선제군은 무덤 앞에서 불귀를 안은 채 오랫동안 생각에 잠겼다. 석양이 서쪽으로 기울고 어둠이 뒤덮을 때까지, 어두운 밤이 되고 별빛이 쏟아지는 한밤중까지 생각은 이어졌다.

물 같기도, 서리 같기도, 흰옷 같기도 한 달빛 아래에서 묵연은 결국 불귀를 들었다. 한 획 한 획을 비석에 추가로 새겨 넣었다.

[경정귀비][20]

돌 부스러기를 흩날리며 비문을 다 새겨 넣었다. 그가 턱을 괴고 히죽 웃었다. 이보다 더 기막힌 묘호가 있을까 싶었다. 초만녕이 묵연의 사람이라는 증거가 생긴 셈이다. 그가 원하든 원하지 않든, 반드시 자신에게 충정(忠貞)을 바쳐야 한다. 완벽했다. 초만녕이 이 묘호 때문에 화가 나 벌떡 일어나면 더 좋을 텐데.

기대감을 안고 눈빛을 반짝이며 홍련수사로 신나게 뛰어갔다.

초만녕은 성격이 더럽다.

이런 모욕을 당했는데, 가만히 있겠어?

그러니까 빨리 일어나. 일어나서 나랑 다시 겨뤄. 다쳤으니까 내가 한 수 양보할게.

그것도 안 되면 열 수도 양보할 수 있어.

그러니까 일어나.

묵연은 연못 앞에 서서 어느 한 군데 훼손된 곳 없는 그의 온전한 주검을 바라보았다.

본좌가 열 수를 물러 줄게. 눈치껏 좀 일어나. 본좌가 널 위해 비석을 세웠어. 화나지 않아? 내 멱살을 잡고 화를 내야지. 네 평생의 그 고결한 명성이 하루아침에 이름도 황당한 '경정귀비 초희의 묘'로 바뀌어도 괜찮아?

일어나.

#20 경정귀비 卿貞貴妃, 절개를 지킨 귀비

일어나.

무표정한 얼굴이 갈수록 일그러졌다.

하지만 초만녕은 누워 있었다. 말도 하지 않았고 움직이지도 않았다.

오랜 시간이 지나 묵연은 마침내 알게 되었다. 이것으로 자신이 그토록 원하는 바를 이뤘다는 것을. 결국 그의 굴복을 얻어 냈다.

나의 사존, 나의 원수, 침상 위의 반려자, 나의 초만녕.

그가 드디어 자신에게 순종했다.

적막하고 서늘한 용혈산 석굴 안에서 묵연은 상처투성이인 사랑하는 사람을 안고 있었다. 이 순간 두 사람 모두 아무 말도 하지 않았다.

문득 비 내리던 밤이 생각났다. 무상진의 객잔에서 풋풋하고 뜨거웠던 품 안의 사람은 자신과 몸을 섞고 뒹굴었다. 당시에 그는 귀를 발갛게 붉히며 나지막한 목소리로 좋은지 물었다.

그때 묵연은 맹세했다. 이번 생에서는 초만녕의 털끝 하나 다치지 않게 하겠다고. 천천히 조금씩 성적 행위에 적응시켜 초만녕에게 육체의 결합이 주는 쾌감과 전율을 선사할 생각이었다.

그는 수많은 생각을 하고 수많은 계획을 세웠다.

심지어 두 사람의 진정한 첫날밤을 언제, 어디서 보낼지 수없이 구상했다. 노을빛이 질 때도 좋았고 별빛이 총총할 때도 괜찮을 듯했다. 창가에 해당화나 살구꽃을 놓아두면 좋겠다고 생각했다.

그는 유일하게 이런 상황만 예상하지 못했다.

정염에 휩싸여 피부를 맞댔다. 두 사람은 자신의 첫날밤이 이토록 황당하고 아프고 광기 어릴 줄은 꿈에도 몰랐다.

그들은 녹초가 되었다. 그의 옆에 누운 묵연의 가슴 속에서 특별한 느낌이 피어오르기 시작했다. 심장 안에서 순결한 무언가가 격렬하게 흔들리더니, 백 년 묵은 거목이 뿌리째 뽑혀 흙먼지를 흩날리며 땅을 뚫고 나온 것처럼 갈라지고 무너졌다.

이 순결한 것은 그의 심장 속 섬뜩할 만큼 더럽고 추악한 것을 감싸고 있는 것 같았다. 그것은 밖으로 빠져나가려고 미친 듯이 몸부림쳤다. 잠시 뒤에 흑과 백의 그것들이 순식간에 몸에서 빠져나갔다.

묵연은 자기 심장에서 도망친 그 두 개가 무엇인지 도통 감을 잡을 수가 없었다. 하지만 그가 더 생각하기도 전에 초만녕이 불쑥 말을 꺼냈다.

"먼저 빼거라."

묵연은 아무 말도 하지 않았다. 할 말을 찾지 못했다.

그는 욱신대는 가슴을 부여잡고 말없이, 천천히 흩뿌려진 옷가지를 주워 초만녕에게 입혀 주었다.

옷을 입히는 데는 오랜 시간이 걸렸다. 초만녕의 허리 아래 부위는 감히 건드릴 수가 없었기 때문이었다. 시퍼렇게 물든 자국으로 엉망이 되어 있었다. 그것은 방금 자기가 무슨 짓을 했는지, 초만녕이 얼마나 큰 고통을 겪었는지 말해 주었다.

초만녕의 얼굴을 바라볼 수가 없었다.

이 순간 그의 눈동자엔 무엇이 담겨 있을까?

실망감, 분노, 공허함…….

그는 생각하고 싶지 않았다.

묵연은 한참 공을 들여 초만녕의 옷을 입혀 주었다. 순간 머리가 아파지기 시작했고, 전신이 식은땀으로 범벅이 되었다.

그는 머리가 아픈 이유를 알지 못했다. 아무래도 아까 제 심장에서 없어진 두 가지와 연관이 있는 듯했다. 그는 고통을 참으며 초만녕의 차가운 손을 붙잡았다.

묵연은 초만녕의 얼굴을 볼 용기가 나지 않았기에 자신이 잡은 손을 바라보며 한참 망설이다가 작게 물었다.

"사존, 다 기억나셨어요?"

"……그래."

묵연은 잠시 얼이 빠졌다.

그는 망연자실했다. 돌아갈 집을 잃은 버려진 개와 같은 모습이었다. 그는 멍청한 얼굴로 한참 정신을 놓고 있다가 결국 두 눈을 질끈 감아 버렸다.

이런 일이 일어날까 봐 그는 몇 번이나 두려움에 떨었는지 모른다. 하지만 정작 '심판'의 날이 다가오자 놀랍게도 평온하고 초연했다.

언제나 불안에 떨던 탈주범이 결국 붙잡힌 느낌이랄까.

묵연은 이 스산한 감옥에서 사방을 둘러보았다. 두려운 마음에 도망쳤던 악몽이 결국 현실이 되었다. 마음속을 짓누른 무거운 돌덩이가 마침내 쿵 떨어졌다.

도망치는 동안은 한시도 편히 잔 적이 없었다.

하지만 붙잡히고 나면 오히려 편히 잘 수 있었다.

더는 도망칠 필요가 없다.

희망이 없지만, 불안도 없다.

놀랍게도 후련했다.

"지금 너무 혼란스러워……. 많은 게…… 혼란스럽다."

격정적인 밤을 보낸 탓일까, 몰아친 피로 때문일까. 초만녕은 잔뜩 쉰 목소리에 묵연보다 낯빛이 더 어두웠다.

"아무것도 모르겠어."

묵연은 용기를 내어 그의 창백한 얼굴을 쓰다듬었다.

이 순간 묵연의 손도 안타까울 만큼 떨고 있었다.

"묵연……."

공허한 혼잣말이었다.

"답선제군……."

"……."

갑자기 눈을 감았다. 눈썹이 잘게 파닥거리고 미간이 잔뜩 좁아졌다.

"우선 아무 생각도 하지 말고 좀 자요."

묵연이 눈시울을 붉힌 채 그의 얼굴과 귀밑머리를 조심스럽게 매만졌다.

"제가 옆에 있을게요."

초만녕이 가느다랗게 떨었다.

묵연은 고통스러운 마음에 심장이 쪼그라드는 것만 같았다.

"사존, 무서워 말아요. 저예요, 답선군이 아니라……. 다시는 사존을 해치지 않아요. 절대로요."

초만녕이 촘촘하게 뻗어 나온 눈썹을 살짝 들어 올렸다. 새까만 눈썹 아래로 눈동자가 촉촉하게 흔들렸다. 할 말이 있는 것 같았다.

하지만 결국 말은 입 밖으로 나오지 않았다.

초만녕은 눈을 감고 고개를 돌리고는 무의식적으로 몸을 잔뜩 웅크렸다.

"사존……."

"물어볼 게 있다."

"……."

"……만약…… 네가 무비사 밖에서 쌀죽을 준 사람이 나라는 걸 알았다면."

초만녕의 목소리가 피곤함에 찌들어 있었다.

"……무산전에서 그때, 넌 날 놔줬을까?"

이 질문이 날카로운 칼날처럼 묵연의 심장을 콕 찔렀다.

그가 알고 있다……. 초만녕은 이미 알고 있었어…….

사실 전생에 묵연은 온종일 미친 듯이 은인을 찾으러 다녔다. 당시 초만녕은 후궁에 머물렀으니 모를 리가 없었다.

전생의 초만녕은 두 눈으로 똑똑히 보았지만, 말하지 않았다. 수많은 세월을 함께 보냈음에도 초만녕은 지금까지 진실에 대해 입도 벙긋하지 않았다. 그러다가 극심한 고통이 썩은 나무를 꺾듯 아주 쉽게 그를 무너뜨리고 말았다.

묵연은 온몸을 바들바들 떨기 시작했다. 목이 메었고 무슨 말을 해야 할지 알 수 없었다. 그저 손을 뻗어 눈앞의 사람을 안아 주고만 싶었다. 하지만 손가락이 닿았을 때, 그제야 초만녕의 어깨가 가늘게 떨리고 있다는 것을 느꼈다.

그는 울고 있었다.

묵연은 그가 더 이상 자신을 보고 싶어 하지 않는다는 걸 알 수 있었다.

시간이 조금 지나자 묵연은 이제 버틸 수가 없었다. 전생에 초만녕이 어째서 이런 미궁을 만들었는지 모르겠지만, 가슴속에서 느껴지는 이질감은 갈수록 또렷해졌다.

이때 불현듯 그의 가슴에서 희미한 연기가 피어오르더니, 초만녕의 가슴과 등 사이로 날아갔다. 연기는 거의 발견할 수 없을 만큼 무척 희미했다.

자세히 살펴본 후에야 이 연기에 잠시 검은 기운이 서린 것을 발견했다. 잠시 뒤 옥처럼 하얀 연기가 묵연의 심장에서 초만녕의 심장 속으로 쉼 없이 흘러들어 갔다.

이게 뭐지?

검은 기운이 초만녕의 체내에 들어가지 못한 채 튕겨 나가 하나로 뭉치더니, 옆에 있는 향로로 빨려 들어갔다.

대체 뭐지?

묵연은 초만녕을 깨우고 싶었다. 하지만 어느샌가 이미 정신을 잃은 상태였다. 전생에 관한 방대한 기억이 그에게 큰 부담이 되었고, 무엇보다 기억 자체가 복잡하게 얽히고설킨 상태라 초만녕의 머릿속에 새로이 자리 잡는 데는 시간이 걸릴 듯했다.

"사존."

아프다……. 어떻게 이리 아플 수 있지? 심장 안에 검은 것과 흰 것, 순수한 것과 더러운 것이 일진일퇴를 거듭하며 충돌했다.

묵연이 인상을 잔뜩 찡그린 채 간신히 몸을 일으켰다. 향로로 다가가 부들부들 떨리는 손으로 뚜껑을 열었다.

의식을 잃기 전에 그가 마지막으로 본 것은 이렇게 흘러나오는 검은 연기였다. 향로에서 검은 연기가 조금씩 검은색 겹꽃잎 모양으로 뭉쳤다.

二哈和他的白猫師尊

바보 허스키와 그의 흰 고양이 사존 9

초판 1쇄 발행 2021년 11월 30일
지은이 육포부흘육 **옮긴이** 어썸스토리 **감수** 치치
펴낸이 신현호
편집장 김승신 **편집** 원현선
본문조판 양우연 **마케팅** 김민원 **관리** 조인희
펴낸곳 (주)디앤씨미디어 **출판등록** 2002년 4월 25일 제20-260호
주소 서울시 구로구 디지털로 26길 111 제이앤케이디지털타워 503호
전화번호 02.333.2513
B-Lab 공식 트위터 twitter.com/B_lab_BL/

ISBN 979-11-278-6161-2 04820
ISBN 979-11-278-6152-0 (세트)

정가 13,000원

香江 文學城
WWW.JJWXC.NET

Published originally under the title of《二哈和他的白猫师尊》

Illustrated by dugong